講談社文庫

草々不一

朝井まかて

講談社

草々不一　目次

扉絵　白浜美千代

紛者（まがいもの）

草叢（くさむら）の中で、信次郎（しんじろう）は薄く片目を開いた。

「町人風情（ふぜい）が何たる狼藉（ろうぜき）、痩せても枯れても拙者は武士ぞ」

喚（わめ）き立てる声が、大川（おおかわ）の風上から流れてくる。

「必ず討ち返す。者ども、覚悟いたせ」

騒々しいの。

信次郎は大の字になったまま、舌を打った。

「なれど、今はこれまでなり」

また古い捨て台詞（ぜりふ）を持ち出したものだ。町人相手にそんなの、通じねぇよ。

あんのじょう、何人かが一斉に野太く嗤（わら）った。四人、いや五人ほどはいるか。

「大小を取り上げられて、ここまで這（ほ）う這（ほ）うの体（てい）で逃げてきなすったお方が、今はこのくらいにしておいてやるたあ、とんだ負け惜しみだ。俺たちゃ、己（おのれ）の仲間が目前でああもやられたら、死に物狂いでやり返しやすがね。あの茶屋前でね」

「その方ら、茶屋の者であるか」

「ただの常連だ。ただ、あんたの仲間がぐぢぐぢと、年端も行かねぇ娘にひでえ説教を垂れなすったんでね。水が悪い、餅が硬い、江戸にはまともな茶屋の一軒もねぇのかって言われりゃ、こちとらもすっ込んでられねぇんだよ」

「おうよ。田舎侍に江戸を虚仮にされて黙ってたとあっちゃあ、明日っから大手を振って歩けねえ」

信次郎が寝転んでいる場からは数間離れているが、男らの巻舌の端々が耳に入ってくる。

よくある喧嘩沙汰の図が目に泛んだ。茶屋で一服していた勤番侍の何人かが、茶汲みの娘を頭ごなしに叱りつけたのだろう。それを耳にした男らが「聞き捨てならねえ」と尻をまくった。

武士の中でも町人と悶着を起こすのは、市中見物で浮かれ歩く勤番侍がほとんどなのだ。参勤交代で主君の供をして江戸を訪れる者らで、「江戸詰」とも呼ばれる。江戸藩邸で奉公している者は「江戸定府」と呼ばれ、その風儀は旗本、御家人といった徳川家直臣の生え抜きに近い。つまり、大小を差した武士こそが己を律し、市中での諍いに巻き込まれぬよう意を払いに払って生きている。武士の威厳を保ちながらいかに彼らと折り合っていくか、そこを洗練させるのが今どきの「士道」だ。

ところが江戸詰の連中は平素は国許で暮らしているので、おおむね頭が遅れている。身分を笠に着て威張り腐り、百姓、町人を見下してかかるのがもっぱらで、しかも勤めは二、三日に一度、それも半日ほどだ。暇を持て余した男が考えつくことといったら誰しも同じで、江戸詰衆は仲間と連れ立って物見遊山に出歩き、呑み、喰らい、吉原大門を潜る。

主君の供をして江戸に逗留するのは一年限りだ。小煩い妻女から離れて暮らせるこの間に羽を伸ばそうと方々をうろつき回るので、茶屋や往来でこういった悶着をしばしば起こすことになる。

そもそも江戸者は喧嘩っ早さを売りにしている。血の気の多い連中にとっては格好の火種になるだろう。誰かが面罵されたと知るや、獲物を見つけた百舌鳥のごとき勢いで仕掛けてくる。まずは何人かで取り囲んで腰の大小を奪い取り、手近な天秤棒や六尺棒を摑んで相手を撲ちのめすのだ。

町人が喧嘩に用いるのは刀ではなく、棒である。抜き身を振り回せばそれだけで捕えられ、下手をすれば、江戸を追放される。それは武士も同様で、江戸の町は公儀の法度によって、そして諸藩は各々の法度によって刃傷沙汰を禁じている。

「拙者は逃走いたしたのではない。江戸市中で町人と斬り合いなどいたさば、御家に難儀が降りかかる。ゆえにならぬ堪忍をいたして」

頭の緩い男だの。悶着を起こしてから「御家」を云々して、何とする。おぬしがすべきだったのは、朋輩が茶屋娘を執拗に責めるのを止めることだったはずだ。

「立ち去った……ま、で」

言葉の尻を途切らせたかと思うと、ぐぇっと無様な声を発した。

おっと、骨が折れたな。

信次郎は身を動かして、腕枕をした。頬をのせ、また目を閉じる。

「おい、殺っちまうんじゃねぇぞ。死なせたら後が厄介だ、こっちも只じゃあ済まねえ」

「わかってらあ。こちとら、餓鬼ができてまだ三月、当分はこの首、胴から離すわけにはいかねぇんでね。ちゃあんと手加減してる、ぜッと」

戯言を口にしながら棒を振り下ろしたか、また呻き声が立つ。

また一本。お、ついでにもう一本折れたの。

信次郎は左手で握っていた刀を胸に引き寄せ、固く閉じた瞼になお力を籠めた。

せっかくの昼寝を邪魔されたうえ、かくも無粋な音を聞かされてはたまらぬ。

深川（ふかがわ）の裏長屋をふらりと出て、大川沿いの堤（つつみ）で寝転んだのは半刻（はんとき）ほど前のことだ。膝よりも丈のある草は陽射しでよい加減に温（ぬく）もっており、腰の物をはずして手脚を広げた。

草を褥（しとね）に冬空を眺めると、江戸暮らしの気楽さが総身にしみ渡るような気がした。晴れ上がった空はどこまでも青い。

天下は泰平、俺は安閑（あんかん）だ。

それもこれも、ふくという女に巡り合ったおかげだと思いながら、うらうらと微睡（まどろ）んでいた。

ふくとはこの冬で、そろそろ一年になる仲だ。生来の性（しょう）であるのか、ふくは人並みにしか喰わぬのにひどく肥（ふと）った女である。顎（あご）から首にかけてのくびれが見えぬほどで、腹や腿（もも）、尻にもたっぷりと肉（しし）がついており、交（まぐ）わう最中は餅に抱かれているような心地になる。深川芸者であるので、「餅が羽織を着ているごとき女」として、ちょっと知られているらしい。

浪人者である信次郎は、そのふくの住む裏長屋に転がり込み、喰わせてもらっている。時折、筆耕仕事が舞い込みはするが、酒代にも足りぬ稼ぎだ。ゆえに家内の様々を一手に引き受けている。これは人として当たり前のことだと、信次郎は思っている。主君から家禄なり知行地なりをもらって奉公するのと同じ伝で井戸の水を汲み、竈の前で屈み、畳の上の埃を裏庭に掃き出す。ふくの腰巻さえ手ずから洗うが、何の躊躇もない。

上役や朋輩の顔色を読みながら、作法違いや言葉遣いに汲々として生きていた頃がまるで別の者の人生に思えるほど、今はその日その日だけを考えて暮らしている。のらくらと、のうのうと。

長屋の者らも信次郎の襷がけをもう見慣れてか、あっさりとしたものだ。煮炊きは何度やっても焦がしたり生煮えを作ってしまうので、見かねた女房らがちょくちょく鉢を運んでくれるし、こっちはたまに魚を捌いて造ってやる。その折は、己で言うのも何だが独壇場だ。包丁捌きに「ほう」と井戸端で溜息が洩れ、洟を垂らした餓鬼どももその時ばかりは憧憬の眼差しを寄越す。

「刃物を握らせたらさすがだねえ、旦那」

「旦那の造った刺身を食べたら、魚六の奴がやったのは手で千切ったみたいだ」

「ほんに。同じ魚でも、切り方でこうも味が変わるとはねえ」

評判を下げた魚売りには気の毒だが、女房らの舌はまったく正しい。たとえ包丁といえども鈍らで造った刺身は舌の上に生臭さが残り、潔く切り分けた物は本来の旨みと潮の香りを引き出す。

ふくが座敷に出ない夜は熱燗と刺身を供してやるのだが、咽喉の奥で飴玉を転がすように笑う。

「これはまた、頰が落ちそうだよ、お前さん」

そう言いつつ、白くたっぷりとした頰を盛り上げる。細い目が埋もれ、への字が一対できる。歳は信次郎より九つ上の三十半ばだが、愛嬌のある顔貌だと信次郎は思っている。肌は隅々までねっとりと脂が乗って、初々しくさえある。

しかも躰の芯は潤みが過ぎず、何度も信次郎の物に粘ってまとわりつくようなうねりを起こすのだ。昨夜の床で得た昇天の深さといったら、この世でかほどの気を味える男は俺だけではあるまいかと思うほどで、閨を思い返すだけでまた抱きたくなった。青天の下で、袴の中の物が硬くなっていた。

天下は泰平、俺は果報者。

そんな小春日和であったのに、この喧嘩沙汰とは迷惑千万だ。

信次郎は草の中で長息した。荒くれ者が寄ってたかって武士を打擲している、その物音や声がまだ続いている。

「これに懲りて、江戸で大口を叩くんじゃねぇぞ、お武家様よぉ」

いい加減にしろ。早う、去ね。

そう念じたのが通じたものか、やがて辺りは静けさを取り戻した。死に損なった秋虫が、ちんちんと鉦を叩いている。

土の上に手をつき、草の間から目だけを出してみた。誰の姿も見えない。もう少し顔を上げると、堤の上を引き上げていく後ろ姿があった。ぞろぞろと五人いる。法被をつけているので木場の荒くれか、それとも賭場の者らか。いずれにしても、さような連中にかかわった侍が運の尽きだ。

さあて、ふくがそろそろ湯屋から帰ってくる時分だの。

毎日、昼過ぎに湯を使い、夕暮れまでには座敷着に替える。ふくは首筋に腕が回らぬので、背後に立って衣紋を整えるのは信次郎の役目だ。帯も結び、羽織を着せかけてやる。

「行ってくるよ、お前さん」

信次郎は「おう」とだけ答え、長屋の木戸の外に出て、ふくを見送ることにしている。内股が擦れて痛いらしく、少々、蟹股な歩き方だ。それでも三味線箱をしっかと抱え、今日の勤めに出て行く。

腰に長刀を戻しながら、信次郎は草を掻き分けた。と、くぐもった声が聞こえる。

振り返るな、かかわるな。

そう己を制したのに、間抜けな勤番侍の面をちっとばかし拝んでみたい気もした。

ほどなく、横ざまに倒れている姿に行き遭った。襤褸が身を丸め、呻吟している。

ほう。こいつぁ、こっぴどいやられ方だの。

刀を用いていないので血溜まりができているわけではないが、顔が葡萄のごとく膨れ上がっている。眉上と頬骨のあたりはぱっくりと裂け、肉色が露わだ。右腕と左脚が妙な具合にそっぽうを向いているので、やはり骨をやられているのだろう。だが声を洩らしているのだ、とりあえず息はある。

行き過ぎると、背後でまた嗄れ声が聞こえた。

「不覚を取り申した」

それは承知している。

「其許は、浪人にござるか」

ふと、足が止まった。捨ておこうと思うのに、気がつけば振り向いていた。侍は左腕で片肘をつき、半身を起こしている。赤黒く膨れた瞼の下で、信次郎の頭へと目玉が動く。風体を探るような目つきだ。

しばらく月代（さかやき）をあたっていないので、毛が伸び放題だ。真っ当な侍からすればさぞ見っともなかろうが、総髪は案外と具合が良い。夏は陽射しを遮（さえぎ）り、冬は寒風を防いでくれる。

「いかにも」

侍は折れているらしき右腕をだらりと下げたまま、腰と片脚を使ってさらに躰を立てようとする。蟀谷（こめかみ）に脂汗を滲（にじ）ませ鼻息を洩らすので、そろそろ激しい痛みに襲われているようだ。苦痛をはっきりと感じるのは、己が命拾いをしたと悟った後だ。生死が懸かった瀬戸際では、痛みすら覚えない。

草叢の中に腰を据えた侍は、しかと口にした。

「主君を持っておられぬといえど、武士は武士にござろう」

取り成すような言いようだ。厭（いや）な予感がして、己の口許を顎ごと掌（てのひら）で掴む。

「頼む」

風が吹いて、川沿いの薄（すすき）の群れがざざと波打つ。総身が粟立（あわだ）った。

「何を頼むと申される」

我知らず、訊（き）き返していた。すると侍の顔が斜めに傾（かし）いだ。

「武士が頼むと申さば、決まっておろう。助太刀ぞ」

しごく当たり前の道理が何ゆえ通じぬのかと、怪訝（けげん）な口調だ。

「今から茶屋に引き返して、あの者らを討ち返す」

「討ち返す」

信次郎は呟（つぶや）くように繰り返した。

陽射しは今も明るいのに、背筋がやけに冷たい。

「断る」

「今、何と」

「助太刀は断る。側杖（そばづえ）を喰うのは御免だ」

すると侍の口から血混じりの唾（つばき）が散った。

「頼むと言われて断るとは、聞いたことがあり申さぬ。その方、それでも武士（もののふ）か、恥を知れ」

恥を知らねぇから、こうしておめおめと生きてるんだよ。

信次郎は何の迷いもなく侍から離れ、堤の上に出た。

甘やかな吐息を洩らして、ふくが「ああ、そこ」と言った。

信次郎は親指に力を籠め、羽二重餅のごとき背中を押す。

「お前さんはほんに、上手だ」

「上手(うま)いのは按摩だけか」

耳許に口を寄せて囁(ささや)くと、うふと目を閉じたまま笑った。夜更けのことで家の中には手焙(てあぶ)り一つであるのに、ふくの肌はうっすらと汗ばんでいる。

座敷勤めから帰ったふくに湯漬けを喰わせ、時には共に酒を呑み、寝床に入ってからはこうして揉んでやるのが毎晩の慣いだ。女芸者がいかほど稼ぐものなのか、養ってもらっている身の上ではまるでわからないが、肩や背中、腰の具合で、今夜はいい座敷であったか、それとも辛いことの一つや二つは起きたかが察せられる。

しかしふくは、口癖のように言うのだ。

あたしみたいに不器量な年増でも、こうして声が掛かるんだもの。女芸者ってのは、つくづくと有難い稼業さ。

深川の芸者は「辰巳(たつみ)芸者」とも呼ばれ、女だてらに意気地と張りを売り物にしている。客に阿(おもね)らず、ずけずけと物を言うのが遊び慣れた客には逆に喜ばれて、それが美貌となればなおさら頭(ず)が高くなる。野暮(やぼ)な客には男のように伝法(でんぽう)な口をきいて、座敷を中途で引き上げてしまう女も少なくないという。

となれば、さすがに顔色を変える客もいて、そこをうまく座持ちするのがふくの腕、諸肌を脱いで客に相撲を取ろうと持ちかけるらしい。大抵の男は相撲が大の好きであるので、途端に機嫌を直す。むろん、座敷の上での余興だ。ふくは客と四つに組みながら、瓜のごとき乳房で客の横面を撫でてやったり、夏には団扇がわりにあおってもやるそうだ。

その後、本職である三味線を持つのだが、浅ましい客は「半身を晒したまま弾け」と所望するらしい。ふくの乳輪は大きな桜色でそれは美しいのに、客はふくの姿を見て腹を抱える。

自らがそれを口にしたわけではない。一度、ひどく酔って、置屋の下男らが数人で抱えるようにして帰ってきたことがあった。その時、信次郎は初めて聞かされた。

姐さんの三味線の腕は、深川でもそりゃ大したものなんでやすがね。裸弾きの名ばかりが売れちまって。これもご時世でござんすかね、旦那。近頃、耳のいい客がとんと減っちまいやした。

「それで、どうなすったんだい、そのお武家様は」

「ん。何だ」

「やだねえ、お前さんも草原の昼寝で行き遭ったんだろう、喧嘩沙汰に」

信次郎は「ああ、それか」と応えながら、背骨に沿って指を下ろす。

　ふくが帰るなり「船宿でえらい喧嘩があった」と口にしたので、「そういや、俺も五日前に」と、軽い気持ちで顛末を話したのだ。

「あの男は、そうさなあ」

　ふくの背中はどこもかしこも弾むように柔らかいのだが、信次郎は目を閉じていても背骨のありかがわかる。これはおそらく、幼い頃から武芸を鍛錬してきたからだろう。もっとも、躰の成り立ちを学んだのは、どこをいかに突けば相手に致命傷を与えられるかを会得するためだ。それが女の躰を揉むのに役立つとは、思いも寄らぬことだった。

「今頃はもう、この世にいねぇだろう」

　と、ふくの背筋が微かに強張った。

「お前さん、そんなに重篤なお人を見捨てたのかえ」

「どのみち、手遅れだ。ああも打擲されりゃ臓腑がやられて、藩邸に帰り着いた途端に口から血を噴く。よしんば無事であったとしても、それから討ち返しに出るとなれば、結句、死ぬことになる」

「討ち返し」

「仕返しのことだ。町人に大小を奪られてこっぴどく打ちのめされたとあっちゃ、やり返すしかないのよ、侍は」

「刀を持っていけば、そりゃあお武家の方が強いでしょうに」

「遺恨は晴らせるだろうが、御家の法度をむざと犯す所業だ。その後、腹を切らなきゃならねぇな」

「勝っても負けても、死ぬってことかい」

　ふくが尻を動かし、こっちを首だけで見返った。薄い眉根を下げ、口許を童女のように膨（ふく）らませている。

「そうだな」

「じゃあ、仕返しなんぞしないで、今日もお勤めに励んでなさるんじゃないの。やられた直後は頭に血が昇ってるだろうけど、気が鎮まったら分別を取り戻すだろう。きっと死んでなんぞいないよ。生きてなさる」

「そうはいかねぇのが、武士ってもんだ」

「何で」

　ふくにしては珍しく、喰い下がってくる。

「お前さんは何でもう死んでるって、言い切れるのさ」

　討ち返しを果たさねば、それこそ「命惜しみをした」と家中で嗤いものになる。であるばかりか、縁者や朋輩からまともにつきあってもらえなくなるのだ。主君や家老、目付の勘気を蒙り、末代までの「恥」が延々と続く。

武士にとってはそれこそが命取りだ。藩の法を犯してでも討ち返し、腹を切る。これは己の命一つを差し出せば済むことであるし、世間からも「立派だ」と評される。ところが面目を潰されておいて討ち返しもせぬとあれば、「士道に悖る」とされる。

あれは、紛者ぞ。

形は武士でも魂は偽者だと、謗られるのだ。ひとたび噂が立てば父祖伝来の名字に傷をつけ、仲間に入り混じっての奉公もままならなくなり、早晩、家は断絶の憂き目に遭う。武士にとってげに恐ろしきは人の目、口なのである。

ゆえに法度と士道、この建前と本音を両睨みしながら生きねばならない。あの侍のように、事を起こしてからでは遅いのだ。討ち返しをしてもしなくても、生きてはいられまい。

まあ、その士道とやらを捨てちまえば、別の話だが。

「そうだの。生き延びておるかもしれねぇの」

まだ躰を強張らせているので、心にもないことを言ってやった。

「ふくの申す通りだ」

「そうだよ。きっと生きてるよ」

目を上げて、行燈の向こうを見た。火影を受けて、刀の鍔が鈍い光を帯びている。

信次郎は苦笑いを洩らした。

腰を上げればすぐ鞘に手を掛けられる、大小がそういう位置にあるのを常に気に懸けているのだ。いや、長年の慣いで身についてしまっている。まったく、ざまあねぇな。未練がましいや。

「あ、痛っ」

力の加減を間違ったのか、ふくが半身を反らせた。

この十日の間というもの、信次郎は刀剣商を巡り歩いている。

いつかの夜に思い立った通り、刀と脇差を売ってしまうことにしたのだ。ところが思うように吟味されない。

「これは逸品でございますな」

番頭やら手代やらが店先の板間に出てきて、まずは丁寧に応対する。決して素手で触れることはなく、紫の袱紗でそっと持ち上げるほどだ。しかしどの店も、信次郎の心積もりを遥かに下回る値しか口にしない。

「手入れも行き届いておられますが、こうも古うては」と口を濁し、「実は、江戸では刀が余っておりますのですよ」と似たような台詞が出てくる。

「恐れ入りますが、合戦にお備えになるは遠い昔のお心懸けにて、今は泰平のご時世にございますれば、手前どもにお持ちになる得物も多うございまして」

「なるほど」

信次郎のような浪人者は、江戸か京、大坂を目指して流入する。町が大きければ何とか喰っていけるだろうと、目星をつけるからだ。ただし、武士の意地を貫きながら生き抜いていけるほど世間は甘くない。手職を身につける覚悟がなければ博奕場に出入りするか、信次郎のように女に頼るしかない。

そのいずれもできぬ場合はこうして刀剣商の暖簾を潜り、売り渡す。その決断をした者が存外に多いようだった。三日前の店では、薄笑いを泛べて詫びられた。

「ちょうどお武家様のお持ちになった御品ほどの物が、だぶついております次第で」

大名が贈答に用いる名工の品は別として、この程度の刀はもはやあり余っているらしかった。「逸品でございますな」は誰にでも繰り出す商人の決まり文句であることも、この十日の間に知った。

さて、如何したものか。

思案しながら日本橋通りを歩く。どうにも心持ちが定まらぬことに、信次郎はたじろいでいた。

刀剣商に丁重に断られて、あるいはあまりの安値に自ら腰を上げて、その時、どこかでほっとしているのだ。腰の重みを失わずに済んで、胸を撫で下ろしている。だがそのつど、ふくの顔が過って我に返る。

いつまでも武士でもあるまい。どっちつかずの身を綺麗さっぱり洗い流して素町人になれば、ふくが安堵する。それがわかっていた。ふくは何も言わないし、何も訊かない。信次郎がいずこの家中であったのか、何ゆえ江戸に流れてきたのかすら問おうとはしないのだ。

あの夜、酔い潰れて柳の下で倒れていたところを、信次郎は拾われた。羽織姿のふくは提げ提灯を手にした船宿の下男をつれていたが、誰の手をも借りずに信次郎を、そう、まるで犬ころを拾うかのように抱き上げて裏長屋に運び込んだらしい。自身はまるで憶えておらず、後に下男から聞かされた話だ。

ただ、夜空の高くに途方もなく大きな満月が出ていたことは忘れない。橙色の月明かりが川面を照らしていて、柳の葉が揺れていた。

長屋で目覚めた時、信次郎ははっとして腰に手を当てたのだ。身構えながら見回すと、そこにふくが坐っていた。かくも肥えた女をついぞ見たことがなかった。しばし唖然とした。すると、ふくはこう言った。

「好きなだけ居なすったらよござんすよ。ただし、去る時は一言でいい、きっと声を掛けて下さいな。黙って居なくなる身の上だったら、今日を限りで出て行っておくんなさい」

さしずめ凶状持ちか、それとも仇持ちかと思案を巡らせたのだろう。それとも、ふいに男に出て行かれたことが一度ならずあったのかもしれない。信次郎は黙って頷き、居候を続けている。

けれど半年前の、夏の初めだっただろうか。蚊帳から抜け出したふくが信次郎の刀の前に坐り込み、何やらをしていた。気づかれぬように様子を窺うと、右手の親指と紅差し指の爪で鞘を弾いていた。ゆっくりと二本の指を丸め、子供の額を弾くような仕草だった。びん、びぃんと音がしたような気がした。

刀を持っていようがいまいが、人間、死ぬ時が来りゃあ死ぬ。

肚の中でそう呟きつつ、ふくの仕種が無性に愛おしかった。蚊帳の端をめくり、背後から腕を取って中に引き入れた。

国許ではむろん、妻女を持っていた。親が決めた許嫁で、次男である信次郎は入婿だ。家内の切り回しに優れた女だった。薙刀の名手で、することなすことが立派だった。ゆえに己の夫も立派でなければならない。なぜなら私の夫であるのだからと、暗に求め続けられた。

――信次郎、もはやこれまで。

あの一件で義父から離縁を切り出された時、すんなり承知すると、妻は見下げたような目をした。

――情けない。骨の髄まで、紛者でおられましたか。

一言も返さなかった。いや、返せなかったのだ。妻も義父も己と同様、追い詰められていることは承知していた。子ができず、他家から養子を取る話が決まっていたのだが、それも先方から縁組を断ってきた。それだけが幸いであった。

ようやく人通りの多い往来を抜け、両国橋を渡る。ここまで来れば少しは行き交う者も減るので、肩肘が当たらぬように用心せずとも良い。と、背後で剣呑な声がした。

「待てい。他人を愚弄して逃走いたすとは、何たる卑怯」

振り返れば、往来の真ん中を一人が疾走し、それを何人かが追っている。逃げている者も追手も、共に侍だ。お店者や飛脚、棒手振りらが一斉に、道の両脇へと飛び退いた。逃走者の顔つきは定かではないが、走りようから察するにまだ若そうだ。追手は三人、いずれも信次郎よりは年嵩のようだ。

「おのれ、武士ならば神妙に手合わせいたせ」

また喧嘩沙汰か。もう飽き飽きだ。いざこざに巻き込まれる前に退散しちまえと足を速めた途端、大声が響き渡った。

「頼む」

俺か。まさか俺に、その一言を投げて寄越したわけじゃあるまいな。

素知らぬ振りをして歩を進めながら、ちらと首だけで後ろを見返った。すると皆がこなたを凝視している。追手の者らは明らかに、信次郎に向かって叫んでいた。

「お頼み申すっ」

やっぱり俺かよ。他に頼む相手はいくらでもいるだろうにと辺りを見回せば、今日に限って二本差しは信次郎一人だ。

まったく。喧嘩の加勢をしたい勤番侍どもは、どこにふけてやがる。こういう場にこそ、いろよ。武士同士なら存分に斬り結べるじゃねぇか。町人に棒でぶん撲られて切腹するより、よほど上等だ。

武士が「頼む」と言えば、たとえ見ず知らずの相手でも受けて立たねばならない。

いつぞやのように「断る」と言い放ったら、追手と悶着になるのは必至である。相手は三人、斬るのも斬られるのも真平御免だ。

と、逃げている侍が橋に向かって突っ込んできた。だが信次郎の姿を目に留めてか、たたらを踏んだ。刹那、視線が交差した。怯え切って目を血走らせ、月代まで蒼褪めているではないか。相当の距離を逃走してきたのだろう、息が上がりかけているのが知れた。

こいつ、殺られる。

若侍が追手に追いつかれ、三人を相手に刀を構える姿が泛んだ。いや、「構えさせられる」のだ。

信次郎は若侍の行く手をふさぐように橋の中央に立ち、大音声で追手に応えた。

「心得たり」

古袴の股立を取り、腰を低く沈めた。一気に駆け出すと、逃げ惑うていた侍が驚愕した。目玉が転がり出んばかりの形相で左右を見たかと思うと、橋の袂の脇道へと踏み出した。追手が追いつく寸前に方向を変えたのだ。「おのれ、待たぬか」と騒ぐ連中に信次郎は「任せられよ」と叫んで駆けた。

若侍は南へとひた走る。信次郎は追う。侍は背後をたびたび振り返り、手脚を闇雲に動かしている。走りながら抜刀するには右の足を踏み込むものだが、信次郎はあまり間合いを詰めぬように追い続けた。やがて新大橋(しんおおはし)を渡り、籾蔵(もみぐら)沿いを抜け、六間堀(ろっけんぼり)を越えて北に折れた辺りで追いついた。

背後を振り返るとやはり、追手らは追走できていない。今頃は息が上がり、どこぞの大名屋敷の塀にもたれて坐り込んでいるだろう。

信次郎は若侍の右脇に出て、走りながら小声で告げた。

「逃げろ」

「え」と洩らしたのを耳で掬(すく)い取ってから、そのまま駈け抜けた。

走りに走って、倒れ込むように裏長屋の油障子(あぶらしょうじ)を引いた。

とっつきに置いた水甕(みずがめ)の柄杓(ひしゃく)を遣っていると、開け放したままの戸口の向こうで人影が動いた。咄嗟(とっさ)に柄杓を投げ、刀の柄に手を掛ける。

ゆらりと影が動いた。さっきの若侍だ。

「おぬし、つけてきたのか」

「貴殿に一言、礼を申したく」

「礼なんぞもらう筋合いじゃねえ。帰れ」

「もはや屋敷には戻れませぬ」

「知るか。言っとくが、俺はただの行きがかりだぞ」

低声（こごえ）で窘（たしな）めると、「むろん、承知しておりまする」と首肯する。そして、入り口の土間に正坐した。

「貴殿に救うてもろうたこの命、あとしばらくお構い下さらぬか。この通り、後生にござる」

両の肘を曲げ、頭を下げている。

「あれは、おぬしの為じゃない。俺が後難を避けるための方便だ」

「やはり、さようでありましたか。お見事な機智にござる」

「おだてても無駄だ。帰れ、去れ」

「決して迷惑は掛けませぬ。今夜だけ、いえ、ほんの一刻（いっとき）ほどでいい、匿（かくも）うて下さらぬか。其許（そこもと）を真（まこと）の武士と見込んで、お頼み申す」

「断る。俺はもう金輪際、頼まれねぇぞ」

声を荒らげている最中に、湯桶を持ったふくが帰ってきた。

「おや、お客さんかえ。珍しい」

若侍はふくの大きさに口を半開きにしているが、土間に坐り込んだまま頑として動こうとしない。

「俺(おら)ぁな、女房に喰わせてもらってる紛者だ。武士なんかじゃねぇんだ、この野郎」

ふくの着替えを助(す)けながら説いて聞かせたが、「ならば、ここで腹を切る」と居直った。

「ついては、介錯(かいしゃく)を願いたい」

「図々しい奴だの。何でお前の首を俺が落とさなきゃなんねえ。ともかく出て行け。でないと、本気でぶった斬るぞ」

「本望なり」

強情にも、帯を結んでいる最中の信次郎を睨み返してきた。いや、他人を小馬鹿にしたような嗤い方だ。

「おい、土下座しながら顔半分で嗤うたあ、どういう料簡だ。手前(てめ)ぇ、嬲(なぶ)ってんのか」

頭に血が昇って怒鳴り上げると、ふくが「痛い」と身をよじった。

「お前さん、締め過ぎだよ。息ができない」

「おっと。すまねぇな」

と、そこにまた若侍が口を挟んできた。

「これは拙者の心にあらず。顔の右半分に、時折、蚯蚓が這い申す症にござれば」

「何だと」

見れば、若侍は己の涙袋の下を指で押さえている。

「拙者は断じて、愚弄などしておりませぬ。囲碁を脇で、何人かで拝見しておったただけにござる。すると、長考していた浅川殿が突如、その方、今、儂を下手だと嘲笑いたしたであろうと目を剝かれた。掌で碁盤の上を薙ぎ払い、朋輩とはいえ、それがしは二回りも年嵩ぞ、目上への礼儀がなっておらぬと怒鳴り上げられました」

面白くもない事情を唐突に聞かせやがると、信次郎は溜息を吐いた。

「何ゆえ、申し開きをせなんだ」

「然り。医者に診せたらば思い詰めがちな気性に出る症で、何事も気を安んじるが大事と言われていると申せば、その達者な物言いが小癪、そもそも強情なうえに可愛げがない、目つきが気に喰わぬと言い募り、胸倉を摑まれ申した。かくも罵倒を受ければ、さすがにそれがしも黙っておられませぬ。其許が囲碁で負けられたのはそれがしのせいではなかろう、八つ当たりではないかと申したら、いきなり刀を抜いて斬りかかって参ったのでござる」

「で、逃げたのか」

若侍は蒼褪めた顔を縦に振り、口許を引き結んだ。

碁で苛立っていたのか、それとも日頃からこの若侍の心証が悪かったのか。おそらく両者の不仲を薪にして、短気が火をつけた。

どこもかしこも、糞よりもつまらねぇ喧嘩沙汰だの。

心底、嫌気が差した。

「お前さん」

ふくに呼ばれて振り向いた。「行ってくるよ」と、帯の脇をぽんと叩く。「おう」と答えて三味線箱を持った。

「女房が今から稼ぎに出るんだ。そこを、どけ」

若侍に命じると、ようやく立ち上がった。が、戸口の外には梃子でも出まいと、肩をすくめて場を空けるだけだ。

「まったく。しようがねぇな」

頭を振りながら木戸の外まで見送りに出ると、ふくは三味線箱を受け取りながら囁いた。

「一晩くらい、泊めておやりよ。あたしは構わないよ」

「あいつ、俺の客でも何でもねえ、氏素性の知れぬ男だぞ。もっともらしい顔つきを作っちゃいるが、嘘八百を並べているかもしれねぇんだ。夜更けにずぶりと殺られるかもしれねえ」

「そうかえ」と、ふくは眉を下げる。

「お前さんがそう言うなら、それでもいいけど。でも」

「でも、何だ」

「お前さん、あたしを女房だと言ってくれた。それを耳にしたのは、あのお武家様が最初だから。何となく嬉しくなっちまってさ」

ふくは小首を傾げてから、「じゃ」と身を返した。

暮れかかった空の東に、大きな月が出ている。


信次郎は若侍を中に上げた。

情にほだされたわけではない。あの夜、己を拾ってくれたふくに免じて、束の間、匿ってやるだけだ。腹も空いていた。

「飯、喰うか」

「いいえ。そこまで甘えるわけには参りませぬ」

「そうか」

飯と香の物を搔き込み、酒だけは出してやった。すると素直に猪口（ちょく）を受け取る。音を立てて呑み干し、「旨（うも）うございます」と言った。

「江戸の酒は旨うないと思うておりましたが、末期（まつご）の酒はさすがに腸（はらわた）に沁（し）み申す」

「辛気臭いことを口にするな。酒が不味（まず）くなる」

「これは、したり」

若侍は頭を下げ、「申し遅れましたが」と袴の上に拳（こぶし）をのせた。「拙者」と言ったので、信次郎は「いや」と掌を前に出して遮った。

「名乗りは無用に願おう」

名を知れば縁ができてしまうような気がした。近いうちに腹を切るか、朋輩に斬って捨てられるかの男なのだ。かかわりを深めたくない。

意外と察しが良いらしく、「はッ」と素直に引き下がった。しばらく黙って呑んでいたが、「伺（うかご）うても、よろしゅうございますか」と訊（たず）ねる。

「何だ」

「拙者は父が早う亡くなりましたゆえ、切腹の作法を心得ておりませぬ」

頭を搔きながら、信次郎は「仕方ねぇな、もう」と零（こぼ）した。迷ったが、これも餞（はなむけ）かと、若侍に向き直る。

「刀は、浅く突き立てるがいい」

「浅く」

「いかにも。深く突き立てたら臓物に阻まれて、刀が動かなくなる。それを無理に動かせば腸が外に溢れ出て、大層、見苦しい」

若侍の目の下がひくりと動いた。なるほど、蚯蚓を仕込んでいるかのようだ。確かに、いい気持ちはせぬ顔つきだの。

「お前な、今からでも遅くねぇ。藩邸に帰れ。さっきの申し開きに嘘偽りがなければ、とんだ言いがかりじゃねぇか。今頃は追手の奴らもちっとは気が鎮まっているだろう、いきなり取り囲んで斬りかかってくることもあるまい」

「いいえ。誰も拙者の言葉に取り合うてくれるはずもございませぬ。浅川殿は松浦御家老の子飼いにて……まして、恥ずかしながらこの夜道をどう歩けば三田に帰り着けるか、見当がつきませぬ。江戸は上方と違うて、道がぐるりと渦巻いており申す」

信次郎は猪口を取り落としそうになったのを見られはしなかったかと咄嗟に目を走らせたが、若侍は伏し目になって愚痴を続けている。

やけに胸が騒いで、訊ねてみた。

「其許の御家の上屋敷は、三田か」

「いかにも。摂津の小藩、外様ゆえ、古川沿いにあり申す」

「松浦御家老とは、松浦左膳殿か」

「ご存じか、御家老を。これは迂闊なことを」

平静を装ったが、己の顔から血の気が引いているのがわかる。

「見知りではない。麻田藩の家中から、ちと耳にしただけの名だ」

松浦左膳は生きていたのか。

何ゆえ、奴だけが。

「当家の家中の誰から、お聞きになられました」

「いや、昔のことだ。もはや失念いたした」

手酌で猪口を満たし、一気に呷る。己に「落ち着け」と言い聞かせながら、懸命に丹田に気を据えた。

こんな若造、やはり家に上げるんじゃなかった。

信次郎は肚の底から悔いる。

何ゆえ、麻田藩の家中なんぞと行き遭ってしまったのだ。

二束三文でも良かった。今日の店で大小を売り払っておけば、「頼む」と言われなかった。いや、橋の上でこいつを斬って捨てておくべきだったのかもしれない。なまじ猿知恵を働かせて逃がしてやったばかりに、ついてこられた。

幼い頃、家の近くの草地に兄と共に出て、よく剣術の稽古をした。兄の忠澄（ただずみ）の指南は厳しいものだったが、帰り道、袴の裾や袖（そで）についた草の実を丁寧に取り除いてくれたものだ。小さな棘（とげ）を総身に持つ青い実で、触れると痛かった。

そう、松浦左膳だと、信次郎は遠い昔を睨（ね）めつける。奴はあの実を手下にたんと集めさせては投げつけてきた。家格では信次郎の家より遥かに上だったが、聡明で知られたのは忠澄で、剣術の腕も左膳より数段、上だった。

末は御家老に取り立てられるも夢ではないと耳にしたのは、信次郎が婿に入って一年ほど経った頃だ。忠澄は江戸定府を命じられて、三田の屋敷で勤めていた。左膳も同様だ。ほどなく江戸詰を命じられた信次郎は、兄と久方ぶりに会えるのが待ち遠しかった。忠澄も文を寄越し、兄弟で酒を酌み交わそうと書いてくれていた。

ところが、江戸に着到してまもなくのことだ。屋敷内の長屋に、定府の侍が血相を変えて飛び込んできた。

「大森（おおもり）殿、佐竹（さたけ）殿はおぬしの実兄であるか」

「さようです」

大森は婿入り先の姓だ。

「一大事ぞ」

その夜も、そして翌朝も忠澄とは会えなかった。切腹の沙汰が下ったと聞いて「腹を切る前にせめて」と上役に懇願し、四半刻(しはんとき)ほどの時を許されたのは死ぬ前の晩だ。兄はもう絶念してか、「その方にも迷惑を掛ける」と詫びた。声は至って冷静であったが、紙のように白い顔をしていた。

「兄上、いったい何が起きたのです」

信次郎がその日まで周囲に訊ね回って耳にしたのは、兄が市中で刀を抜き、見ず知らずの者を斬って捨てたということ、正体なく酔ったうえでの乱心とのことだった。いずれも信次郎には受け容(い)れがたい噂だ。

「埒(らち)もない言が飛び交(こ)うて、事の真相が知れませぬ」

信次郎が幾度頼んでも、兄はなかなか口を開こうとしない。

「これは、兄上の御身(おんみ)一つで済まぬ事態。それがしの身の処し方にもかかわり申す、どうか」

今から思えば酷(むご)い言いようをした。兄の咽喉仏が動いて、「事の発端は」と声を絞り出した。

「往来を歩いておったのだ」

「誰とですか」

「松浦殿に浅草寺詣りに誘われて、数人で連れ立っておった」

「それで」

「大川沿いに北に歩き、あれは神田浜町の付近だった。向こうから侍が一人、逃げてきた。その背後に追手も一人だ。追手が当方の姿に気づいて、頼むと言って寄越した。すぐさま松浦殿が心得たりと応じたが、刀を抜き損のうて逃走者を取り逃がしそうになった。で、それがしが斬った」

「松浦殿は、し損じられたのですか。何たる不手際。風上にも置けぬ」

そうだ、俺はそう言った。松浦の失態は、切腹すらも許されぬ仕儀だ。

であるのに、生きているだと。しかも家老だと。

何かがおかしいと目を閉じた。腕を組み、もう一度、兄とのやり取りを思い返す。

「ところが、だ」と、兄は切れ切れに言った。

「頼むと言ったその当人が姿をくらましていた。何が起きたのか、わからなかった。人を斬らせておいて己だけ遁走するなど、武士としては考えもつかぬことだ。それがしはその男を探して往来を走り回った。そやつがいなければ、ただの人斬りになる。しかも己の短慮、浅慮は隠しようもない。何としてもその男を捕えねば、大恩ある主家に迷惑を掛け申す。いや、信次郎、江戸でかような沙汰を起こせば藩の法だけで裁くことを許されぬ場合もある。御公儀の不快を蒙れば、殿の面目をお潰し申すことになる。むろん、佐竹家は取り潰しに相成ろう。そんな何もかもが一遍に頭の中を渦巻いて、血眼になってその男を探した。気がつけば、松浦らに羽交い締めにされていた。佐竹、乱心したかと頰を打たれて、はっと目が覚めた。それがしは」と細い息を吐き、蒼白の頰を歪めた。

「血塗れの抜き身を持ったまま、走っていたのだ」

「兄上が乱心など、信じられませぬ」

兄は「いや」と力なく否を唱えた。

「心得たりと応えた覚えはないと、松浦殿は申しているらしい。同道の者らも、皆、応えたのは佐竹自身だと申していると、詮議の場で言われた。であるならば、やはりそれがしは乱心しておったのであろう」

「酒は」

「呑んでいた」

けれど、兄が正体を失うほど酔うて市中を出歩くとは考えられない。酒の強さでは、家中でも群を抜いていたのだ。武士としての清廉さにおいても。

信次郎はぎりりと奥歯を嚙みしめた。腕組みを解き、相対した若侍に目を戻す。訝(いぶか)しげに目瞬(まばた)きをするので、「いや」と努めて平静な声を出した。

「先ほど、松浦御家老と知己(ちき)ではないと申したが、実は幼馴染みでの。兄は同い年、生家も近かった」

「さようでしたか」

「今はかような浪人者ゆえ、下手に申さば御家老の体面にかかわると思うて遠慮を立てた。が、おぬしとこうして酒を呑むのも何かの縁だ。ちと、里心がつき申したかの。中野(なかの)殿と藤本(ふじもと)殿、矢嶋(やじま)殿も息災にお過ごしか」

「ご健在であられますが。それにしても、当家の御重鎮ばかりではありませぬか」

やはり、あいつらも生きている。兄と同道していたという、松浦の手下らだ。

「あの面々、幼い時分は悪童での。子供のくせにやり口は陰険、他人を陥(おとしい)れて我が身の利を図る腕だけは図抜けていた。いや、これはご無礼を。今は立派に栄達されたお方らを悪(あ)しざまに申すとは、酒が回ってきたか」

笑い濁すと、若侍の目の下がまたひくついた。

「宜(よろ)しいのです。どのみち、それがしは先のない身。かくなるうえは、本音を晒(さら)してみとうござる」

そして吐き捨てた。

「御家老一派は腐っておられる。奸計を巡らせて賂を取るばかりが能とは、まことに陋劣にござる」

信次郎は深く溜息を吐いた。

俺は何ゆえ、気づかなかったのだ。兄上を追い落とすために左膳の腐れ野郎が仕組んだかもしれぬと、なぜそこに推量を至らせなかったのか。

松浦左膳が事の張本ではないかと、ひとたび疑いを持ってさえいれば。

信次郎は兄、忠澄の不始末を受け、江戸藩邸から国許へと戻された。そこに待っていたのは家中の黙殺だった。誰も目を合わせず、勤めの連絡を記した切紙も回って来ず、道で行き遭うた女子供は慌てて軒下に身を隠す。そして噂だけが絶え間なく、信次郎を襲い続けた。

よくもおめおめと、帰ってこられたものよ。実弟であれば、「頼む」と言いながら行方をくらました男を探し出して、討ち返すべきではないか。それがしであれば、何年かかってでも江戸じゅうを虱潰しに当たって、仇を取り申す。

武士の不心得、甚だしき。士道不覚悟。

妻にも「命惜しみをした」と見限られ、信次郎は国許を出奔した。逃げた。

「名を教えてくれぬか」

信次郎は徳利を持ち上げた。若侍は意を決したかのように、一献を受けた。

「吉井順之助にござる」

「それがしは、佐竹信次郎だ」

「佐竹殿」

順之助は何かに思い当たったような顔をした。五年前の事件であるので当時はまだ前髪を残していたかもしれぬが、噂は家中の隅々まで行き渡るものだ。

「順之助、今から送ってってやる」

「は」と、今度は戸惑いを見せる。

「たとえ一縷の望みも持てずとも、申し開きをしてみよ。国許の医者に、その顔の症を問い合わせてもらえ。囲碁の下手を嗤うたのではないと、己で証せ」

「なれど、それがしは逃げ申した。いきなり目の前で白刃が光った束の間、すくみ上がって後ろを見せました。その様子はもう、屋敷内を駈け巡っておりましょう。かような生き恥を晒しては、吉井家が立ち行きませせぬ」

「なら、勝手にしろ。俺は行く」

「いずこにですか」

「三田だ」

信次郎は口に出してから、もう一度、臍を固めた。

膝を立てて腰を上げ、枕屏風の向こうにある葛籠から三尺手拭と剃刀を出した。ふくの鏡台の前に坐り直し、手拭で鉢巻をする。急場で月代をするには、これが手っ取り早い作法だ。額に巻いた手拭の端を目途にして剃刀を遣えば、己で剃っても左右の剃り際が揃う。迷わず髪際から剃り上げ、手早く総体を直した。鉢巻をはずし、折り畳んで懐に入れる。

立ち上がって大小を腰に差すと、順之助も腰を上げた。

「残りたかったら、そうしろ。うちの女房は何も訊かずに泊めてくれる」

「いえ」と順之助は頭を振り、ついてくる。

「途中でまた逃げたくなるやも知れませぬが」と呟いたのが、聞こえた。

戸障子を引いて外に出ると、月が西へと動いていた。頭上高く、大きさも少し小さく見える。それでも夜道を照らしている。

果たし合いを申し込むべきは、松浦左膳一人ではない。手下の三人も引っ張り出さねば、事の真相はあぶり出せぬだろう。左膳の咽喉許に刃の切っ先を当てれば、誰かが吐くか。

しばらく歩くうち、道の向こうから提灯の灯が近づいて来た。ふくだと、すぐにわかった。

「旦那、今からお出掛けですかい、お珍しい」

送ってきた茶屋の下男が、提げ提灯を掲げるように高くした。

「おや、人相が違いやすね。随分とさっぱりしてなさる」

からかい口調を使うが、ふくは唇をすぼめて信次郎の頭をじいと見ている。つと、頬を揺らした。

「お前さん。あたし、独り寝は嫌いだよ」

語尾が湿ったような気がしたが、ふくは信次郎の胸を指の先で弾いた。

「寒いじゃないか」

「なに、野暮用だ。三日、いや五日ほど掛かるかもしれねぇが、必ず帰る」

討ち返しさえ済ませたら、たとえ膾（なます）に斬り刻まれても、這ってでもお前の許に戻る。

なればこそ、俺は一度、死にに行く。紛者から足を洗うために。

「行ってらっしゃい、お前さん」

考えたら、ふくに見送られるのは初めてだの。

「おう」

己の声が、澄んだ夜の中で響いた。

青雲

日盛りの坂道を、新吉（しんきち）は汗だくで下っていた。

「ごめんなさい。通ります、通ります」

目だけを上げて詫（わ）びを発しながら、一歩ずつ、道の土を足裏で摑（つか）むように歩を運ぶ。でなければ、樽（たる）ごと転がり落ちてしまいそうなのだ。得意先の料理屋や煮売り屋を回って集めた樽は四斗、二斗を合わせて十ほどもあり、それを重ねて荒縄で背中に負い、両肩にも提（さ）げている。空樽とはいえ杉板には酒がとっぷりと沁（し）み込んでいるので、身に喰（く）い込むほどの重みだ。

　まして坂道は、上りよりも下りの方が剣呑（けんのん）だ。腰を落とし、膝（ひざ）を曲げて動いていると、己が轡虫（くつわむし）にでもなったような気がする。実際、重ねた樽はいっときもじっとしておらず、ガタガタと騒々しい。そのうえ饐（す）えた酒の臭（にお）いを放つので、行き交う者は眉をひそめて袂（たもと）を鼻に当てる。

「やあ、樽拾いだ」

坂の下で黄色い声が上がったと思えば、たちまち芥子頭どもが駆け上がってきた。子供は音のするもの、臭うもの、そしてみっともないものが大好きだ。「樽拾い」は見事に、その三拍子が揃っている。酒屋の奉公人が空樽を回収する仕事を樽拾いと言い、ついでにその奉公人もそう呼ばれる。

新吉の周囲にまとわりついた子供らは、「樽が鈴生り」と囃しながら一緒に坂を下る。

「なあ。酒、舐めさせてくれろ」

生意気なからかい方をしてくる洟垂れもいるが、新吉は相手にしない。足を動かすのが精一杯で、目の中に入る汗も拭えない。

「ごめんなさい。通ります」

新吉は五年と半年前の文化二年、十二歳で酒問屋である伊丹屋に奉公に入った。樽拾いを命じられたのは、一年ほど経った頃だったか。その頃は躰も小さかったので、二斗樽二つを抱えるにも骨が折れた。坂道など樽を転がして下りるのがよほど早かろうが、「それだけは、しちゃいけない」と、手代にきつく戒められていた。道の小石で箍が傷むし、万一、人と衝突でもしようものなら大怪我になる。相手が大小を差した武家なら、お店ごとの惨事だ。

ちょうど今も、武家が二間ほど前の坂を下りている。新吉は用心して、手足に力を入れる。

「この樽拾い、だんまりだ」「へん、つまんねぇの」

子供らがようやくあきらめて離れてくれた。

新吉は足を止め、のろりと顔を上げた。顎先から汗を滴らせながら、道の脇に目を這わせる。背負っている樽の具合がどうにも妙なのだ。この辺りで荷を作り直しておかねば、道中でずり落ちてしまいかねない。

朱色の、小さな稲荷の鳥居が目に入り、あの下に屈んで結わえ直そうと爪先を動かした途端、誰かが後ろからぶつかってきた。「あ」と言う間もなく、前につんのめる。左右の肩に提げた樽が一斉に前へ動き、躰ごと坂道に持っていかれそうだ。

新吉の右脇を誰かがすり抜け、束の間、こっちに目を投げたが、そのまま走って鳥居の中へと姿を消した。

「おい、転ぶぞッ」

通りすがりの者らが口々に叫ぶ。が、いったん傾いだ躰は立て直せない。たたらを踏んだその刹那、ぐいと胸を押し返された。目の下に、男の頭がある。相撲の取り組みのごとく、新吉の胸にぐいぐいと頭が押し当てられている。月代と髷、その下には羽織の肩や腰の物も見えるので、武家であるらしい。

「空樽といえど、や、これは、なかなか、重いものよのう」

武家が「むう」と、苦しげな唸り声を洩らす。新吉が転がり落ちぬように、坂の下方からつっかえ棒になってくれているのだ。全力を使ってか月代が赤く染まり、髷は歪んであさっての方を向いている。

新吉は開き過ぎた右足を手前にじりじりと戻し、地面に踏ん張り直した。前に傾いた躰を立てると、樽の揺れも徐々に治まってくる。

「お武家様、もう大丈夫にございます」

「さようか。顔を上げた途端、それがしの上にゴゴンと落ちてこぬか」

「いえ、まことに。ほれ、この通り」

恐る恐るのように胸から離れた顔は、目と口、小鼻まで大作りだ。

「間一髪であったの」

大息を吐いている。新吉も肩で息をしていたが、何か妙な感じを覚えて、「ん」と首を傾げた。

武家の歳の頃は、四十も半ばか。汗まみれの顔にゆっくりと笑みが広がっていく。

目尻から頬（ほお）にかけて長い皺が何本も寄り、そこだけが日灼（ひや）けを免れたように白く見える。

ふと礼がまだだったことに気づいて「有難う存じました」と小腰を屈めかければ、武家は「いや、そのまま」と掌（てのひら）を立てた。

「しからば御免」

くるりと踵（きびす）を返し、坂をすたすたと下りてゆく。まもなく丁字に分かれた道の右に折れ、姿が見えなくなった。

新吉の周囲には、人だかりができていた。皆、呆気（あっけ）に取られたように坂の下を見やっている。

誰かが言うには、大変な勢いで駈け下りてきた侍がいて、危ねえなと思っていたら、あんのじょう、ふいに躰の向きを変えた新吉の樽とぶつかってしまったようだった。荷を作り直そうと思ったばかりにと、新吉は肩をすくめる。

「あのままだと、十中八九、あのお武家の頭の上に転がり落ちてたな」

「ふつう、横に飛び退（の）かねえか。けどあのお武家、後ろを振り向いた途端、迷いもせずに突進だ。下手すりゃ、一緒に下まで落っこちかねねぇのによ」

「相手によったら、不調法者め、そこへ直れッとか言われてやられるぜ。樽ごと、ばっさりだ」

「今どき、往来でお手討ちなんぞしやしねぇだろうが、黙ったままやり過ごす手合いは、まあ、いねえわな」

しかしあの武家はわざわざ坂を駈け戻り、新吉が身を立て直せるように支えてくれた、らしい。

「身を挺して、助けてくれなすったか」

皆、今頃になって感心しきりになった。坂下には枝を大きく張り出した榎があり、梅雨の晴れ間の陽射しで梢が青々と光る。

気を取り直して荒縄を肩に回そうとして、樽の中に気がついた。黒い、妙なものが落ちている。手に取ってみれば、髻の形に作った毛束だ。さっそく何人かが寄ってきて、新吉の掌を覗き込む。

「何だ、それ、仮髪じゃねえか」

「さては、さっきのお武家だな。ほれ、お前ぇの胸んあたりにドンと頭突きを喰らわせただろう。その拍子にはずれて、樽ん中に落っこちた」

そうかと、腑に落ちた。あの面貌に何やら奇妙な感じを受けたのは、月代の上にのっているはずのものがなかったからなのだ。つんつるてんだった。

「にしても、珍しいお侍だな。樽拾いに親切にして、そのついでに仮髪を落としていきゃあがった」

頭髪が薄い男は世にわんさといるが、とくに武家は仮髪を使う者が多い。禿頭のままでは医者や坊主衆と紛らわしいうえ、とかく装いには細かな決まりがある。「禿はいかぬ」というしきたりがあるわけではないが、身だしなみとして左右の鬢や髻の不足を補うようだ。市中では時々、それが落ちていて、猫がへっぴり腰で近づいては叩いたりしている。

「頭の上がないのに気づいた時は、さぞ大慌てだろうよ」

皆、気の毒がりつつも、「どぢだ」とばかりに可笑しがっている。新吉ももう追いかけようがなく、とりあえず懐に仕舞った。後で、番屋に届けておこう。

あのお武家、人はいいが出世はしなそうだ。

少し笑って、樽を担ぎ直した。

日本橋南の伊丹屋に帰り着き、堀川沿いの裏庭で樽を洗って干し並べていると、手代に呼ばれた。

「新吉、番頭さんがご用だ」

いつになく穏やかな物言いだ。「へい」と返事をして店土間に入る。すると、帳場格子の中から番頭が手招きをした。

「そこじゃ何だから、お上がり」

促されるまま土間で履物を脱ぎ、前垂れもはずして店之間に上がった。背丈は一人前に伸びたがまだ小僧の身分なので、商談に用いられるこの畳敷にふだんは上がることも許されない。

いったい何用だろう。もしや、坂道での顛末がもう耳に入っちまったか。

身を硬くしながら膝頭を揃えると、番頭がおもむろに切り出した。

「じつはね、新吉。文が来たんだ。身許請人のご親戚からだ」

番頭の眉間に縦波が寄って、神妙な声になった。

「兄さんがお亡くなりになったそうだよ」

「え」と、肩が動いた。

「いつですか」

「三日前だそうだ。肺腑を悪くされて、半年、養生されていたそうだが」

悔みを告げられて、ぼんやりと頭を下げる。なぜ、すぐに報せを寄越してくれなかったんだろう。

「ご親戚一同が集まって、いろいろ話し合われたそうでね。通夜は今夜だそうだ」

番頭は格子の前に出てきて、新吉の膝前に文を差し出す。手に取って目を走らせ、すぐさま読み終えた。短い文の趣意は、こういうことだ。

――瀬名家の跡目を継がせるべく、真吾を奉公から退かせてもらいたい。

新吉という名はこの伊丹屋に奉公した際に授けられた小僧名であり、名付け親から授かった名は真吾である。

真吾は家禄百俵の御家人、瀬名家の三男に生まれ、口減らしのために奉公に出された。貧乏旗本や御家人の家ではさして珍しいことではなく、しかも当時の瀬名家は祖父母に父母、兄が二人に妹に真吾の一家八人だ。父は病がちで、母がいかに内職に励もうとも暮らしは成り立たなかった。

それにしてもと、目を伏せる。父、長兄に引き続いてまだ二十歳の次兄まで亡くなるとは、思いも寄らない。里心がつくのが厭で、この数年は盆と正月の藪入りも、生家に顔を出すや早々に腰を上げた。不人情かもしれないが、兄を喪った悲しみよりも、突如、家に戻されることへの戸惑いの方が大きい。

「陰日向なく奉公してくれていたので、そろそろ手代に引き上げてもいい頃合いだと、つい先だっても、旦那様と話していた矢先だったんだけどね」

餞（はなむけ）がわりの世辞口かもしれないけれど、少しは慰（なぐさ）められる。

五年半もの間、きつい仕事も辛抱し抜いて、お店者（たなもの）として生きて行こうと肚（はら）を据えたのだ。言葉遣いや所作振舞いも武家のそれを振り捨て、樽を拾い、洗い、暖簾（のれん）の前を掃き浄めてきた。今では得意先にも顔馴染（かおなじ）みができた。煮売り屋の親爺が一杯の麦湯を恵んでくれたり、駄賃をそっと懐に押し込んでくれる女将（おかみ）もいる。

ご苦労さん。気をつけてお帰りよ。

空樽を回収して回るだけの、取るに足らぬ仕事にもようやく、働く甲斐が萌（きざ）したばかりだったのだ。さまざまをあきらめ、自身を努めて変えて、ようやくこうなった。

番頭は微（かす）かに顎を引き、声音を改めた。

「残念ですが、家督を継がれるとあっては、お引き止めのしようもございませんな」

物言いが変わって、それが真吾の耳には隔てを置くようにも響いた。

この身とて、抗（あらが）いようがない。瀬名家でただ一人の男子となったのだ。母と妹を路頭に迷わせるわけにはいかない。

手の中に畳んで持っていた前垂れを膝の前に置き、頭を下げた。

「長らく、お世話になりました」

商人になりたかった。

胸の奥に広がる落胆は、奉公に出されると決まった日の夜より大きかった。

「お勤め、ご苦労さまにござります」

早朝、母の清と妹の鈴江が玄関の板間に揃って手をついている。

「行っておいでなさりませ」

母は次兄の四十九日が済むまでは位牌の前でぼんやりとしている姿が多かったが、今は真吾を一家の主として支えることに全力を注いでいるかのようだ。

真吾が幼い時分から、母は片時も休まない人に見えた。縫物や下駄の鼻緒作りなどの内職をしながら飯を炊き、病弱だった父の介抱に明け暮れていた。父が没した後は舅姑、そして頼みの綱である倅二人も看取ったことになる。一年半ぶりに会った母の鬢に太い白が幾筋もあるのに気がついて、さすがに無沙汰を悔いた。

「行って参ります」

二人に頷いて返し、熨斗目半裃、右腰の後ろには印籠提物という正服で門の外に出た。

瀬名家が拝領している組屋敷は、本所の南北を貫く横川と竪川が交差する入江町の付近にある。冠木門は二本の丸太柱に横木を渡しただけの慎ましさで、塀も朽ちかけた板塀だ。宅地は七十坪、家屋は三十坪ほどなので残りの空地を畑にしてあり、今は母がこれを耕して日々の菜としているようだ。

日中はまだ夏の気配を残して暑いほどだが、東の朝空は秋らしく澄み渡っている。

真吾は今日、初めて勤めに出る。とはいえ、千代田の御城に上がるわけではない。

瀬名家は祖父に父、長兄、次兄と続く「小普請」で、非役、つまり奉公する職場がない。

そういった無職の幕臣は「小普請組」に組み入れられ、決められた日に組頭の屋敷を訪ねて面談を受け、日頃の品行検めを受けねばならない。文武の修業日、稽古日もあり、それらの出来も加味されたうえで、いずこかの職場に欠員が出た場合、組頭が上役に対して相応の推挙をしてくれるというしくみだ。

この、職に就くための面談通いを「勤めに出る」、あるいは「出勤する」と言い慣わしているのである。

小普請の人数は多いので今は十組に分かれており、真吾が組み入れられたのは兄の在籍した組だった。

目指すは同じ町内にある組頭の屋敷で、南割下水沿いに歩を進める。

生家に戻ってしばらくは、次兄の葬儀や法要、家督を継ぐ手続き、そして親戚への挨拶回りに忙殺された。己でも意外であったのは、久方ぶりに大小を腰にたばさんだ時、思いの外、異和感のないことだった。武家の男子は物心ついた頃から常に脇差に触れ、身につけて育つ。市井で暮らした間にも、三つ子の魂とやらは残っていたらしい。

少し道に迷ってようやく組頭の屋敷前に辿り着くと、門番が正門横の小門から招じ入れた。玄関の式台前にはすでに履物がびっしりと並んでいる。後れを取ったか。

初回の面談なので早めに出てきたつもりだったが、案内役に「名を書くように」と差し出された帳面にはやはり相当数の姓名が連なっている。控室の十畳に案内されれば三十人ほどが居並んでおり、大変な人いきれだ。皆、顔見知りらしく声を潜めて盛んに話を交わしているが、真吾の姿を認めると一斉に口をつぐんだ。敷居際の末席におずおずと腰を下ろすと、四方から視線が集まってくる。

「小普請の御家人、瀬名真吾にござる。よろしゅう願います」

頭を下げて挨拶をした。

「小普請たあ、承知の助よ」

奥の方から、芝居者のような台詞が返ってきた。巻き舌で、茶化すような物言いだ。

「ここに集うは、皆々、泣き暮らしの小普請組だあな」

「筋金入りのな」

二人は襖に背を預けるような不行儀で、笑いながら懐に手を入れ、盛んに胸を掻いている。

真吾の斜め前にいる老人が、そっと振り返った。

「お気になさるな。あの者らは、御咎小普請ゆえ」

黙って見返すと、さらに小声になる。

「お旗本じゃや。禄高三千石の」

「ならば、寄合に組み入れられるのでは」

非役の武家にも厳しい格の差があり、三千石以上の旗本は「寄合」、三千石に満たぬ直参は「小普請組」と、集められる組が異なる。

「それが尋常じゃが、素行が悪かったり過失があった者はここに落とされる」

入れ歯であるらしく、時々、カタカタと妙な音がする。一見するに、七十過ぎと思われる爺さんだ。

これほどの歳になっても、出勤しているのか。

真吾の胸の裡を読んだように、爺さんは顔じゅうの皺を動かして破顔した。

「六十を超してからは小普請金の上納を免除されておるゆえ、ちっとは楽になり申した」

そして「そうそう」と、真顔になった。

「兄上は志半ばでのご夭折、お気の毒でありましたな」

兄の見知りは他にもいるようで、通夜や葬儀に来てくれた者も何人かいるようだった。悔やみを受けて辞儀をしつつ、そうだ、上納金だと、頭が痛い。

非役の者は主君である大樹公、すなわち将軍への奉公を果たさぬまま家禄を頂戴している。いわば不労所得だ。それではあまりに忠義に悖ると、いつの時代からか、禄に応じた上納金を納めよという定めができた。瀬名家は高百俵であるので、年に一両二分を上納せねばならない。その最初の納期が今月、七月だ。

伊丹屋での奉公はまだ小僧の身であったので、給金がなかった。そのかわり衣食のすべてが与えられ、盆暮れには餅代、藪入りの際にも主から小遣いが下される。得意先でもらう駄賃も懐に入れてよく、真吾は時折、遣いの帰りにこっそり串団子を買い、道端でむさぼり喰ったものだ。生家で甘い物を口にするといえば葬式饅頭くらい、それを一家で小さく切り分け合う。

あの駄賃や小遣いも貯めておくべきだったか。いや、そんな馬鹿な。今の身の上を想定できる方が、どうかしている。

と、左前から視線を感じた。小柄な少年が半身を捩って振り向いており、肩越しに名乗りを上げた。

「大曾根忠太にござる」

憶えがあると思ったら、帳面に姓名を記した際、その名の左に真吾は書いたのだ。やけに大きな字だったが、まだ声の赤い子供ではないか。真吾も「よろしゅう」と頭を下げながら、訊ねた。

「そこもとも、面談を受けに参られたのか」

すると忠太とやらは鼻の頭にむっと横皺を寄せて、「むろん」と言い張る。

「年内には御番入を果たすべく、日勤しておりまする」

「毎日、ここに通うておられるのか。面談は毎月、十日と晦日の二度と聞いており申したが」

「組頭の面談はその通りですが、対客登城前を続けておりますゆえ」

真吾が戸惑っていると、忠太は呆れたように目を押し広げた。

「早朝、御老中や若年寄が登城される前に屋敷に参上して、お見知り置きを願うのです。その対客登城前も、いわば出勤。これを続けぬことには、とても御役(おやく)をいただくことなどかないませぬよ。それがしは今、松平伊豆守(まつだいらいずのかみ)様のお屋敷に日参しておりまする」

松平伊豆守といえば、老中首座だ。幕閣の中で最も権力を持つ、そんな大名の許(もと)にも「御役をくれろ」と通うのか。

「そこもとは、おいくつ」

「十七にござる」

嘘をつけと、内心で言い返した。十七なら私と同じじゃないか。どう見たって七つだろう、お前さんは。

しかし忠太は澄まして、先輩風を吹かした。

「腐らず、お勤めされよ」

武家では跡継ぎの長子が無事に育つまで出生届を出さないことも多いので、公の官年と実齢が異なっている例は珍しくない。とくに旗本家では十七歳未満で惣領(そうりょう)息子が早逝した場合、養子を取って家を存続させることが認められていない。そこで家の断絶を避けるため、家督を継ぐ男子の年齢を水増しして届け出ることが広く行なわれるようになったと、これは昔、亡くなった祖父が言っていたことだ。幕府の役人も書面が整ってさえいれば、杓子定規なことは言わぬのが慣例であるらしい。

それにしても、つい先だってまで襁褓を当てていたらしき幼児が十七歳とは、詐称が過ぎる。

忠太はもう真吾に取り合うつもりはないらしく、背中を向けている。何やら難しげな書物をこれ見よがしに広げているのが小憎らしい。と、さっきの爺さんはおもむろに口から入れ歯を取り出し、袖で入念に拭き始めた。

見るともなしに周囲を見回せば、どの後ろ姿も疲れ切っていることに気がついた。内職で根を詰めたのか、肩に手をおいて首を回し続けている者、貧乏臭く洟を啜り、溜息を落とす者、そして奥の不良旗本どもは益体もない馬鹿話に興じている。

庭に面して障子を開け放してあるので部屋には初秋の陽射しが満ちているのに、目の前が薄ぼんやりとしている。

小普請組は、己と歳の近い、それこそ青雲の志を抱いた若侍が整然と並んでいる場だと想像していたのだ。

しかしここは、とんだ吹き溜まりではないか。

襖の向こうで咳払いがあって、姓名を読み上げるような声がした。一番乗りは御咎小普請の片割れであるらしく、にやにやと笑いながら立ち上がっている。意外だった。不良でも早起きをするのだ。

真吾は待ちくたびれて、何度も鼻から息を吐いた。

控室に通されてから、かれこれ二刻は経っている。面談に費やされる時間は人によってまちまちであるらしく、入ったと思えばもう出てきたり、あの爺さんなどは四半刻ほど出てこなかった。世間話でもしているのか、時々、襖の向こうでしゃがれた笑い声がした。

忠太も面談を済ませ、待っている者らに会釈をしてからとことこと引き上げていったので、次はようやく真吾の番だ。周囲はすっかり空き、五人ほどがぽつぽつと離れて坐っているばかりだ。緊張がいや増してくる。

「次」と声が掛かって身構えたが、呼ばれたのは違う姓名だった。首を捻ったが、その男は「お先に」と呟いて襖の向こうに身を入れる。まもなく出てきて、次も違う名が呼ばれる。

「もしや、順序違いではありませぬか」

立ち上がった男を見上げて訊いてみたが、相手は「さあ」と頭を振りつつ、そそくさと中に入った。

これは、手違いが起きたに違いない。真吾は襖の前ににじり寄って待ち構え、襖が動いた機を逃さずに半身を入れた。

「恐れ入りまする。瀬名真吾にござりますが、順番が」と申し入れかけた途端、

「まだ呼んでおらぬ。呼ばれるまで、神妙に控えておれ」

有無を言わせぬ声で阻(はば)まれた。障子を背にして文机(ふづくえ)が置いてあり、それに向かって坐っている男の横顔が見える。男は帳面から顔を上げもせずに、手の甲で蠅(はえ)を追うような手つきをした。

「新入りは最後だ。次、入られよ」

それが決まりであるとは、爺さんも子供も言ってなかったじゃないか。まったく、余計な話ばかり聞かされたか。

苛々(いらいら)と待ちに待って、とうとう呼ばれた。気持ちを奮い立たせて座敷に入る。文机の前の男は筆を走らせており、気難しげに眉を寄せている。その前に膝を畳んで手をつかえかけると、

「ここは次之間(つぎのま)だ。座敷に進め」

右手の奥に目を動かせば、床之間の前に六十くらいの男が坐っていた。その前に膝(しっ)行(こう)し、ようやく挨拶だ。

「家禄百俵、御目見得以下の御家人、瀬名真吾にござりまする」

将軍に拝謁できる資格を持つ幕臣を御目見得以上といい、瀬名家は拝謁を許されていない以下者だ。

「当年とって十七の若輩にござりまするが、よろしゅう、お引き立てのほどを願いまする」

己で思っている以上に緊張してか、妙な掠れ声になった。

「組頭を勤めおる、西澤十兵衛である」

組頭はそこで言葉を切り、次之間に顎を向けた。こなたも振り向けば、文机の前の男がようやく筆を置き、中に入ってきた。

「組頭の配下にて世話役を勤めおる、臼井源四郎である」

素っ気ない声で、早口に告げた。

真吾は向き直って頭を下げたが、何かが引っ掛かる。

はて、この御仁、どこかで。

何となく、額や眉の辺りに見憶えがあるような気がしてならないが、どうにも思い出せない。すると向こうも、黒目を上げて左右にきょろきょろと思案顔だ。目と口、小鼻まで大作りの顔だと思った途端、ふいに黒い毛束の感触が手に甦った。

あの、坂道で助けてくれたお人じゃないか。

しかし臼井という世話役は目瞬きをした後、組頭に愛想顔を振り向けた。

「お頭、どうぞお始め下され」

人違いだろうか。あのお武家とは、ちと雰囲気が違う。

居ずまいを正すと、組頭がのんびりと口を開いた。

「得意とする武芸と学問を述べよ」

初日の面談でそんなことを訊かれるとは思ってもおらず、言葉に詰まった。もともと大した才もなかったが、十二歳から商家に奉公していたのだ。武芸、学問なんぞ五年以上も遠ざかっている。が、「できぬ」と言えば不利になることくらいは察しがつく。

「武芸と学問は、人並みにござります」

我ながらうまい言いようだ。と、また厭な視線を感じた。左手に坐る臼井を窺い見れば、ぶすりと仏頂面で真吾を睨み据えている。

一方、組頭は鷹揚な好人物らしく、うんうんと頷いた。

「なるほど、人並みであるか」

ほっと肩を緩める。

「長子か」

「三男にござりまする」

「では、家督を継ぐまでは部屋住みでおったか」

家にいたのかと訊ねられて、また狼狽えた。何と答えたものだろう。商家に奉公に出ていたと有体に答えるべきか。いや、それはいくら何でも拙いような気がする。

焦って視線を動かすと、また臼井と目が合った。その拍子に、日盛りの坂道のごとき汗が噴き出す。やはり、どう考えても似ている。もしや兄弟か。そうだ、髻だ。髻が仮髪であるかどうかを確かめればと顎を上げて盗み見たが、臼井はやにわに頭に手を伸ばし、月代を指で掻き始めた。

「瀬名は、部屋住みであったのか」

組頭に問い直され、つい首を縦にした。しかし口から出たのは「いいえ」だった。

舌打ちの音がして、また臼井だ。

「今、首肯したように見受けたが、違うのか。どっちだ」

頭が回らず、白状した。

「酒問屋に奉公に出ておりました」

すると組頭が「ほう」と、途端に気乗りを見せた。

「おぬし、酒を商(あきな)っておったのか」

「伊丹屋と申しまして、上方(かみがた)の下(くだ)り酒(ざけ)のみを扱うておりました。得意先は、名代の料理屋に大店(おおだな)、諸藩の下屋敷にもお出入りを許された老舗(しにせ)にございます」

口早に申し立てた。頼む、もうこの話は終(しま)いにしてくれ。

しかし組頭は興味津々(しんしん)のふうで、もしや酒好きなのかもしれない。

「伊丹屋と申せば、なかなかの大店(おおだな)であるぞ」

懐手をして、臼井に話し掛けている。

「まことに。間口七間はありましょうか」

二人はうまい具合に勘違いをして、何やら盛り上がり始めた。

江戸で伊丹屋という屋号の家は、山とある。真吾が奉公していた伊丹屋は中堅どころで、当主はまだ二代目、得意先は小さな料理屋、煮売り屋がもっぱらで、下屋敷に出入りを許されているのはただ一藩のみだ。

「今度、瀬名殿を通じて、酒を届けてもろうてはいかがにございますか」

臼井が妙なことを言い出した。

「伊丹屋の下り酒は、格別と申しまするぞ」

んな、勝手に何を提案してくれている。

「ん、まあ、それは瀬名を通じずとも、奥から申しつけさせるがの」

公平ぶりに胸を撫(な)で下ろすも束の間、組頭は何かを思いついたように「して」と言葉を継いだ。

「その歳頃であれば、手代を務めておったか」

咄嗟(とっさ)に、「はい」と答えていた。手代に引き立てられる寸前であったので、同じようなものだ。

「で、望みの御役(おやく)はあるか」

やっと本筋の話になって、真吾は思わず前のめりになる。

「いかなる御役でもご推挙いただければ、必ずや、勇往邁進(ゆうおうまいしん)の決意で奉公いたしまする」

「それは、重畳(ちょうじょう)。出精(しゅっせい)いたすがよい」

組頭は満足げに咽喉(のど)の奥を鳴らし、「本日の面談はこれまで」と告げた。

平伏した。組頭が腰を上げる気配がして、総身に安堵(あんど)が広がる。とりあえず、初日を切り抜けた。

次之間に引っ返せば、いつのまにやら文机の前に臼井が戻っている。辞儀をした。

「これにて、御免つかまつりまする」

腰を上げて退ろうとすると、「こらこら」と呼び止められた。

「まだだ。大事な物を忘れておろう」

「何を、にござりましょう」

「それがしが預かる」

「は」と、今度は尻上がりになった。見当がつかない。

「さては、持参しておらぬのか」

「と申しますと」

「組頭への、お届物だ」

ややあって、付届のことかと気がついた。汗よりも先に、血の気が引いてゆく。

「おぬし、かように肝心な物を用意せずに面談に参ったのか」

臼井は腕を左右に広げ、文机の両端をがっしと摑んだ。

「不遜な奴」

厭な大声だ。肝が縮む。

「小普請組で世話になる以上、組頭や世話役に相応の志を差し出すのは真っ当至極の心得であろう。え、さようなこと、思いつきもせなんだか。いや、わしは良いのだ。だがたとえ僅かであっても、お頭には差し上げねば礼儀を欠くではないか。それとも、おぬし、この西澤組を嘗めておるのか。随分とご立派な新入りだの」

「そんな、滅相もない」

しかし臼井は苛立たしげに、文机の端を爪で小刻みに叩き始めた。

「だいたい、今日の面談、あれは何だ。何を問われるかくらい想定できようものを、おぬしは答の用意をしてきた様子もない。その場限りの小嘘を、適当に喋り散らしおって」

何で小嘘だと知れたんだ。

「お頭の目はごまかせても、わしには通じぬと言うのだ。素振り口振り、汗の掻きようで、わしはすぐに察しがつく。おぬしのような凡人以下を、数多、見てきたからの」

ぼんじん、いか。

「今、旗本と御家人を合わせて、幕臣は何名おる」

また、いきなり矛先を変えられた。もう勘弁してほしい。

しかし臼井は、大きな目をさらにひん剝いている。

「何名おるッ」

「一万ほどにございましょうか」

「ほれほれ、また適当にごまかしおった。まったく、何ゆえ、世話役様、手前にはわかりませぬ、どうぞご教示くだされと頭を下げられぬかのう」

「お教え願います」と声が低くなったが、臼井は鬼の首を取ったかのようにふんぞり返った。

「およそ二万三千だ。しかし御役はどうだ、一千種ほどしかない。一つの御役を何人もが日替わりで分け合うても、常に三千人を超す幕臣が職にあぶれておるのだぞ。武芸、学問にひときわ秀でた者でも職を得るは並大抵でない。蠟燭の芯で竹の根を掘るような、至難の業だ。それを、おぬしごとき凡人以下がひょっくり漫然と面談を受けて、何とかなると思うてか」

もう何も耳に入ってこない。

「覚悟もなければ準備もしてこぬ者が、人並みなどと思い上がった口をきくでないわ」

吐き捨てられた。

夕餉の膳を前にしても、溜息が出る。

気がつけば、今日の顚末を思い返してしまうのだ。説教がしつこ過ぎて、結句、頭に残っているのは「凡人以下」という一言だけだ。ただ闇雲に胸糞が悪い。

何も、あそこまで腐(くた)さずともよかろうに。それほど私は駄目か、なっちゃいないのか。そっちこそ世話役としてどうなのだ。新入りを端(はな)から見下して、責め殺す手合いじゃないのか。

あの親切な御仁に似ていると感じたのは、とんだ見当違いだった。まったくの別人だ。

「お口に合いませぬか」

給仕をする母が、遠慮がちに訊いてくる。真吾は「いえ」とだけ短く応え、焼いた鰯(いわし)を頭から口に入れた。

「本来であれば小普請入りを祝(いお)うて、鯛(たい)の尾かしら付きをご用意すべきでありますが。堪忍して下され」

「私には鰯で充分です」

心配げに妹と顔を見合わせるのがわかったが、そのまま黙って飯を喰い、鰯を齧(かじ)り、また飯を掻き込む。

つくづく、不味(まず)い米だと思う。幕府から下される蔵米(くらまい)のうち、最も上等なものはまず江戸城の大奥、それから重職、激務の者と順に支給され、無職の小普請に回ってくるのは最下等の米だ。生まれた時からそれを喰ってきたので何とも思っていなかったが、なまじ商家奉公したばかりに味の違いがわかってしまった。江戸の町人はいかに質朴を心掛ける家でも、米だけは奢(おご)っている。

まともな米を母と妹に喰わせられるようになるためには、何としても御役を得なければならない。得さえすれば、その職に応じた御役料が家禄に上乗せされる。昇進すればさらに実入りが増え、方々からの付届も馬鹿にならない。

それまで何年耐えればいいのだろうと、葱(ねぎ)だけの清汁(すまし)を啜(すす)る。

そういえばと、真吾は汁椀を持つ手を下ろした。

あの髷、どうしたんだったか。あの帰り道、番屋に寄って届けた。いや、あのまま寄るのを忘れたかもしれない。

飯を終えた後、自室に入って竹行李(たけごうり)の中をまさぐってみた。樽拾いの小僧だった者が大した荷を持っているわけもなく、古手拭いの下から反故紙(ほごがみ)で包んだそれが難なく出てきた。

こんな仮髪、今さら番屋に届けても、持ち主の手に戻るわけはないか。

捨てるのも面倒で、行李の中に放り投げた。

次の日から親戚じゅうを駈けずり回り、金子(きんす)を借りた。

何軒かには「手許不如意にて」と断られかけたが、「何とぞ」と粘った。瀬名家のような微禄の御家人は、頼る相手は親戚しかない。内職の口も紹介してほしいと米搗き飛蝗のごとく頭を下げて頼み込み、二十日過ぎにようやく二両ほどを掻き集めた。だがこれで上納金を納め、家計の急場をしのぎ、その残りで付届を用意するのはかなり厳しい。それを母に相談すると、やけに張り切った面持ちになった。

「長年、贈答用の昆布や鰹節をご用意して参ったのは私です。安くて見栄えのいい物を吟味いたしましょうぞ」

まかせておけとばかりに胸に手を置いた。

その時、ついでのように聞かされた瀬名家の借金は、一年の収入の倍を超えていた。小普請といわず武家はいずこも同じようなものだと、母は平気の平左衛門だった。

七月二十九日、真吾はその品包みを持って組屋敷を出た。

明日は二度目の面談日だが、今日のうちに届けておく方が他の者の目にも立たぬだろうとの料簡だ。だいいち、あの世話役、臼井の面前で付届をするのも癪だ。

いったん歩き始めたものの、ふと思いついて踵を返した。そうだ、伊丹屋で角樽を一本、購おう。昨晩、母と妹が包みを作りながら話しているのが聞こえたのだ。

「そういえば、母上。亡くなった兄上は、時々、角樽などもお届物に使うておられましたね」

「あれは先様に喜ばれるゆえ、そなたも心得ておくがよいですよ。中身を呑み干してしまっても、そこに安酒を入れ足せば立派な贈物になります」

十二歳の娘に授ける知恵の、何とせち辛いことか。しかしこれが現実だ。小普請の妹は、おっつかっつの貧乏侍にしか嫁げない。

大川沿いに川縁を南に下り、永代橋を渡る。伊丹屋の暖簾を潜ると、番頭は目を細めてくれた。

「立派なお侍ぶりじゃありませんか。さすがにお生まれが違いますな」

さほど嬉しくもない褒められ方だ。角樽を用意してもらっている間も、あまり話は弾まなかった。曖昧な笑みを泛べて番頭の話に耳を傾け、早々に暇を告げた。本当は、身を粉にして立ち働いていた己が懐かしくて去りがたかった。

働きたい。奉公する場が欲しい。

右手に角樽を提げ、左手に包みを抱えて、来た道を引き返す。また大川を越え、組頭の屋敷を訪ねた。

門番に「小普請の瀬名」と告げると、今日は「裏門に」と回された。裏門から入ると、今度は「裏庭へ」と促される。野良着の下男が畝の合間に屈み込んで、せっせと手を動かしている。小普請組は老中の支配下にあり、その下に小普請組支配がおり、その下の組頭が十の組それぞれを束ねている。政の中枢からはかけ離れた末席の御役であるので、やはり裏庭の一部を畑に作り替えているようだ。

声を掛けようと近づいた時、下男が顔だけで見返った。汚い手拭いで頬かむりをしており、胡乱な目つきで真吾を睨む。

「何の用だ」

「組頭に」と言いざま、臼井だと気がついた。何たる間の悪さ。

「間の悪い奴だの。お頭は留守だ。つい今しがた、お出掛けになった」

さては裏門に回るうちに、入れ違いになったか。

「なら、出直しまする」と身を返しかけたが、臼井の目は素早く真吾が抱えた包みと角樽を見て取っている。

「よい所に参った」と、手の土を払いながら立ち上がった。

たった今、「間が悪い」と難癖をつけたじゃないか。

「そこの道具小屋に野良着がある。着替えよ。その、手にしておる物は濡縁に置いておくが良い。そう、そこだ。着替えたら井戸端に桶があるゆえ、水を汲んでこい。ぼやぼやいたすな。水運びは足腰の鍛錬であるぞ。剣術は腕ではない、腰なのだ。腰の強さがものを言う。さっさと行けい、瀬名真吾ッ」

命じられるまま道具小屋に入り、肩衣を外して半袴を脱ぐ。帯を解いて小袖をも脱ぎ、汚い葛籠から浅葱色の股引を引っ張り出した。素肌の上に野良着を羽織って帯を締め、尻を端折る。

くっそう。鹿爪らしい説教を垂れると思えば、ころころと言うことを変えやがる。ああ、やはり明日の面談日に持ってくれば良かったか。何ゆえ私が臼井なんぞの手伝いをしなければならない。だいたい、あの男は何でお頭の屋敷の畑を丹精しているのだ。暇か。暇なのか。

井戸端にのろのろと向かい、釣瓶の綱を曳いては桶に水を汲み入れる。担い棒の両端に荒縄を掛けた桶を吊るし、棒の下に肩を入れた。

「よッ」

右手で棒を支え持ちながら腰を上げ、動き出した。前後の桶の揺れを按配する法は躰が覚えている。畑に近づけば、臼井は濡縁に腰を下ろしていた。手拭いを頭から外して首に巻き、長煙管を手にしている。

「水遣り、できるな」

「できます」と答えるしかない。「できない」と言えば、また頭ごなしにやられる。

「なら、とっととしろ」

「この畝、すべてにございますか」

畑は八十坪ほどで、畝は十もある。

「異なことを申す。おぬし、畝によって依怙贔屓をするのか。あっちの青菜はごくごく水を貰うて、こっちの青菜はお預けか。おぬし、見かけによらぬ人でなしよのう」

わかりましたよ。畝の全部にすればよいのでしょう。

「こらこら、さような無体をするでない。上から撒いては葉が傷むのだ。根許にそっと、そうっと与えよ」

水桶を抱えて畝と畝の間を回り、空になれば井戸端に戻って水を汲み、また畑で水遣りだ。濡縁の臼井は煙をくゆらせながら高みの見物を決め込んでいる。これでそろそろ仕舞いだと井戸端に引っ返して水を汲み、担い棒を担ぎ上げた。さすがに息が切れる。

足許が危うくなってきたのでそろそろと畑に入ると、臼井が濡縁から下りて立っており、腕組みをしている。

「どうした、どうした。最初の勢いを最後まで保てんようでは、御役を射止めることなど到底かなわぬぞ」

いちいち、話をそこに持って行くな。あんたは、どうせ、お頭への胡麻擂りで野良仕事を買って出たんだろう。そうに決まっている。

「おぬし、この包みと角樽はお頭にお持ちしたのか」

「さようです」と、荒い息を吐きながら答える。こっちは水桶を運んでいる最中なんだ。お構いなしに喋り掛けてくるな。

「角樽は何ゆえ、一本なのだ」

「お頭はお一人にございますれば」

「なら、世話役のわしはどうなる」

「わしは良いのだと、仰せになったではありませぬか」

「やはり、わしには用意しておらぬのか。確かに、わしは要らぬと言うた。が、おぬしは十七にもなって、他人の気持ちを忖度できぬのか。武家奉公に限らず、一人で成り立つ稼業など、この世に一つもありはせぬのだぞ。そうも人の心がわからぬようでは、何も成し遂げられぬわ」

もう我慢の限界だ。担い棒が肩に喰い込んで腕が痺れている。肩を少し回そうと動かした拍子に棒が傾いで動き、前の桶に引っ張られるように前のめりになった。

臼井は「ん」と、首を傾げた。

「どこかで、似たような事態に遭遇したような」

水が辺りに飛び散る。真吾は臼井に取り合うこともできず、足がたたらを踏む。

「おぬし、もしや、た」

「あ」と叫んだ時、胸を下からどんと突かれた。臼井の頭が目の下にある。どうやら頭突きを喰らって、転倒を免れたらしい。

「む、むむむ」

足を踏み直し、息を整えて後、ようやく桶の揺れも治まった。

「世話役、もう大丈夫です」

顔を離した臼井は真吾をまじまじと見て、独り言のように洩らした。

「あの時の、樽拾い」

真吾も目を見開いていた。

臼井の頭がつんつるてんだ。水びたしで色が変わった土の上に、髷がぽっとりと落ちている。

秋が過ぎ、冬も十一月になった。

真吾は凍てつく日も早暁に起き、内桜田に「日勤」をしている。いつか子供侍の大曾根忠太に教えられた通り、幕閣の屋敷を毎日、順に訪ね回っているのだ。時間は登城前に限られているので、二邸は回れない。小普請組の面談日や稽古日以外の日を選び、今日は老中首座、松平伊豆守の屋敷だ。

組頭の屋敷とは比べ物にならぬ、豪壮な長屋門を見上げてから辺りに目をやる。開門までまだ一刻ほどあるのに、すでに二、三十人ほどはおろうか。寒風の中、首をすくめることもならず、誰も彼もが黙して立っている。過ごしやすい秋のうちは銘々が離れて立っていたものだが、こうも寒いと犬の子が寄り合うように固まって並んでいる。

だが、境遇はそれぞれだ。「対客登城前」には非役の小普請は少なく、御役に就いていながら昇進や異動を願い上げに来ている者が多い。真吾から見れば贅沢な希みだ。しかしそうやって誰かが昇進や異動を果たしてくれればこそ、下の御役にも空きができる。小普請組の面々は、そこに潜り込ませてもらうしか道はない。

ようやく門が開いて、一斉に屋敷内に雪崩れ込んだ。

「静穏に」

門番は毎朝叫ぶが、皆もまた毎朝、我勝ちに走って玄関に向かう。式台の前に帳面が用意されており、そこに姓名を記すのは小普請組の面談と同じだ。他人より少しでも先に名を書いて控室に入り、老中や若年寄が会ってくれるのをひたすら待つ。

その差配をするのは大抵、その家の用人で、とくにこの屋敷の用人は臼井に負けず劣らずの横柄さだ。

「登城前の慌ただしき折に、殿はお目通りをしてくださるのだぞ」

有難く思えと、今日も控室で念を押している。その居丈高な物言いにも、こうして控室でただ順番を待つのにも慣れた。そしてこの後、老中や若年寄が重々しく頷き、何と言うかもわかる。

「含み置く」

それだけだ。人によっては、こなたの顔を一顧だにしない。

初めての際は、「含み置く」と頷かれて舞い上がったのだ。何といっても、相手は御重臣だ。弥がうえにも期待が膨らむ。しかし、いつでも誰にでも、そう答えるのが慣いであるらしい。

小普請組の、月二度の面談でもそれは同様だ。組頭の西澤は相変わらずの温顔で、そして判で捺したような問いを繰り返す。もう数ヵ月も通っているというのに名前も憶えておらず、同じ言葉で締めくくる。

「それは、重畳。出精いたすがよい」

臼井はあれからしばらくは真吾と目を合わせず、しかしいまだ新入り扱いをして、順番を必ず最後に回す。そしてあれこれと、腰を据えての説教だ。

「この間の、武芸の稽古日はまたひどかったのう。御目見得以下の御家人とはいえ、おぬしは徳川家の直参ぞ。あの体たらくでは、戦場でろくな働きができぬ」

そこで真吾は、こう切り返す。

「世話役は、戦場にお出になったことがあるのですか」

「何だと」

「ははん、わかり申した。世話役の得意は、頭突きにございまするな」

わざと、にやりと笑ってやる。臼井の顔にみるみる血が昇り、月代まで真赤になる。

「樽拾いに戻してやろうか」

「これから頭が冷える季節になりまするぞ。風邪にご用心」

「わしは風邪をひかぬ性質だ」

「そうそう、お落としになったあの仮髪、まだ手前が預かっておりまするが如何いたしましょう」

「要らん。犬に喰わせろ」

　そんなやり取りをし合い、そして畑仕事を手伝わされたり、「鍛錬」と称して井戸浚（さら）いや薪（まき）割りにも駆り出される。臼井は真吾の前でも平気で組頭に尻尾を振り、奥のおなごらにも抜け目なく喰い込んでいる。

「何なりと、この瀬名をお遣いくだされ」

　そんなことを言うから、いつのまにやら女中らにまで追い回されている。掛け軸の掛け替えから、炬燵（こたつ）を出したり大火鉢を据えたり、遣わねば損とばかりに頼んでくる。

「さすがは臼井殿、お仕込みがお上手」

　御新造（ごしんぞう）に褒められて、臼井は手柄顔で笑っていた。

「まだまだにござりまする。こやつは、まったく気働きが足りませんでな」

　付届を渡さなかったことを今も根に持っていて、思い出しては皮肉を投げてくる。こっちも意地になって、鼻紙一枚、差し出すものかと決めている。ただ、己でも不思議なのだが、手伝い仕事から逃げようとは思わなかった。むろん初めは厭々だったのだが、躰を動かしている間は疑念や不安をしばし忘れられるのだ。

　足繁く「対客登城前」に通って、何になろう。いつまで、こんな徒労を続ければ良いのか。もしかしたら一生報われぬ骨折り損で終わるのではないか。祖父や父や、兄たちのように。

とくに「対客」の帰り道は気分が落ち、内職の串削りをしている間もしきりと考えてしまう。

こんなことなら、いっそ樽拾いに戻った方がましかもしれぬ。

何度もそう思った。商家奉公も、小僧から手代、手代から番頭へと上がれる者はほんの一握りだ。しかし人数が少ない分、将来(さき)が見える。

いや、さようなこと、とても無理だと手を止める。己の代で直参の瀬名家を断絶させると想像してみるだけで、あの世の父祖が目前に立ちはだかる。それは理屈ではなく、躰を流れる血が寄ってたかって心を止めにかかる。そんな感じがする。

左腕を押されて、真吾は我に返った。

「奥へ、もそっと奥に詰めよ」

正面の襖の前に立った用人が声高に命じ、皆、言われるままに膝行して動いている。

「今日はひときわ混み合(お)うておるの」

左手から声がして、見れば臼井だ。

「世話役、如何なさったのですか」

「如何も何も、わしも出精しておるのよ。一縷の望みを捨ててはおらぬ」

「てっきり、世話役をずっとお勤めになるお覚悟か、と」

有体に言えば、今の職にしがみついているふうに見えていた。

「まあ、わしほどの世話役は、十組のうちでも他におらんだろうがな」

くすりと笑い声が洩れて、臼井の左側からひょっくりと小さな顔が覗いた。

子供侍の大曾根忠太だ。真吾に会釈をする。

「瀬名殿、今朝も早うから並んでおられましたな」

「大曾根殿も、開門前からおられたか」

「はい。なれど門が開いてからの走りで、随分と抜かされてしまいます。汗顔の至りにて」

そう言いながらさして口惜しそうでもなく、隣りの臼井に眼差しを移した。

「で、世話役も、あの噂を小耳に挟まれて対客においでになったのですか」

「噂」と真吾が訊き返すと、忠太は目を押し開く。呆れた時の、顔の癖らしい。

「相変わらず、瀬名殿は疎いお方ですねえ。じつは、近々、上の方で大掛かりな御役替えがありますそうな」

黙って先を促せば、「つまり」と声を潜めた。

「御重臣の何人かがご隠退(いんたい)されて、その御役に配下のどなたかが就かれるのです。するとそこがまた空くので、下の者が昇る」

臼井はふふんと口の中で笑った。

「ようやく動くぞ。どん詰まりになっておった、立身の階梯(きざはし)が」

控室が続々と埋まっていく。いつもの倍、八十人ほどはいるのではないか。忠太が両膝立ちになって首を伸ばし、見回している。

「これでは時間切れになりましょうな。御老中が皆に目通りされたら、登城の刻限に間に合いませぬ。それにしても、見当たらぬなあ。ちゃんとお入りになれたのか」

「どうした」と臼井が訊くと、忠太は入れ歯の爺さんと門前で一緒になり、けれど門内に雪崩れ込んだ際の人波ではぐれてしまったらしかった。

「本日はこれで止めよ」

用人は廊下の前まで動いており、家来に命じている。が、騒がしい人声が途切れず、憮然(ぶぜん)となった。

「今頃、参っても遅いわ。帰れ」

だが廊下から足を踏み入れた姿を目にするなり、相好(そうごう)を崩した。

「これはお珍しい」

「無沙汰しており申す。いや、これは妻の里の親戚の息での」

用人の見知りの隠居が、遠縁の若者に付き添ってきたらしい。

「今、いずこでご奉公を」と用人が訊き、若者が小声で答えている。

「それはそれは。いや、しかしかような場にお出ましにならずとも、手前がお伺いに参上いたしましたものを」

「若いうちに苦労は買うてでもせよと、言うではないか。対客登城前を経験させてやろうと思うての」

「さすがのご賢慮。さ、ここは冷えますゆえ次之間にお移りを」

「いや、ここで良い」と隠居が坐り込んだので、「急ぎ、手焙りをもて」と家来に顎をしゃくった。

　その最中にまた一人、控室に入ってきた。ぜいぜいと肩で息をしている。見れば、入れ歯の爺さんだ。忠太が「やっとおいでになった」と、安堵したように呟いた。

　用人は爺さんの前を塞ぐように立ち、「遅い」と叱りつけた。

「控室が一杯であるのが目に入らぬか。帰れ」

「いや、それがしは遅参にあらず。名前は早うに、帳面に記してござる」

「ここに入ったは、其許が最も遅いではないか」

「雪隠が混み合うておって、それで後れを取り申した」

「下が緩いも、士道に悖る」

あまりの屁理屈に、控室で失笑が漏れる。

その時、ずいと正面の襖が引かれ、お付きの者が用人に目で合図を送った。用人は爺さんから離れ、咳払いをした。

「ただいまより、殿が目通りなされる」

妙にいい声で、触れた。皆が一斉に居ずまいを正す。これから用人は帳面を開き、記された名を順番に見て呼び上げる。小普請組の面談より遥かに人数が多いので、およそ七人くらいずつがまとめて呼ばれ、襖の向こうの次之間でまた待たされるのが常だ。

ところが用人は帳面を開きもせず、見知りらしき隠居の前に進んで片膝をついた。

「お待たせいたしました。どうぞ」

隠居は「ん」と立ち上がり、その横で若者がのっそりと腰を上げた。

控室の者のすべてが、一斉に息を呑んだような気配が立つ。

と、やにわに腰を上げた男がいる。

「恐れながら、何かの間違いにござりましょう。そのお二人のご着到は、我らよりも後にござる」

臼井だ。真吾は度を失い、目をしばたたく。用人は目の端を歪め、舌打ちをした。

「今朝はいつもより混み合うておる。早う着到した者ほど、さような奥に坐っておるではないか。手前から順に動いた方が、雑作がない」

そして隠居と若者に作り笑いを向け、「さ、ささ」と掌で招じ入れようとする。控室の中にむんと、さらに不穏な気配が立った。「あまりな御差配じゃ」と零しはするが、面と向かって抗議する者はいない。

「あいや、待たれい」

臼井は憤然として、用人に目を据えている。

「また、其許か。何じゃ、今朝は急いておると言うておるに」

「平素の順序を変えると、仰せか」

「いかにも。今日は取り込んでおるゆえ、いつもと逆の仕方でゆく」

用人は臆面もなく、さらりと吐いた。

「奥に詰めておるは、どうせ非役の小普請組であろう。其許らが先を急ぐ理由がどこにある。この後、其許らを待っている職場があるのか。え。さように急いで、どこに行く」

　控室の者らがざっと半身を動かし、奥を振り返った。眉を下げ、侮蔑を含んだ笑みを泛べている顔が大半だ。今、何らかの御役に就いている者らだ。働いている者だ。臼井の言に同調したふうであったのに、今度は用人の尻馬に乗って「小普請組のくせに」「偉そうに」と、見下げにかかる。

　一方、奥に詰めて坐っている者らは蒼褪めた顔を伏せていた。忠太の面持ちは、臼井の袴で見えない。

　真吾は尻を持ち上げた。

　ここまで、虚仮にされねばならぬのか。かように、つまらぬことで。

　ふいに、総身に無闇な熱が駈け巡った。

「順序違い、上等にござる」

　立ち上がっていた。皆が一斉に見上げる。

「本日、最も遅う控室に入ってきたのはあの御仁だ。あの方から対客していただこう」

　爺さんを指差すと、控室が奇妙に静まり返った。当人は目を白黒させ、入れ歯をカタカタと鳴らす音が微かに聞こえてくる。

真吾の指先も、なかなか震えが止まらない。

門の外に出ると、寒さでぶるりと背筋が波打った。

爺さんと忠太は対客を済ませて屋敷を出たが、真吾は臼井と共に用人にとっくりと搾られ、結句、老中は登城してしまった。

「おぬしが余計なことを申すから、対客できなんだではないか」

臼井は歩きながら、文句の言い通しだ。

「私のせいですか。最初に立ち上がったのは世話役ではありませぬか」

「おぬしのせいだ。わしはあそこまで、やる気はなかったのだ。もっと巧い絵図を描いておったのに、おぬしの青臭い熱血にぶち壊された。これでわしの出世の目がなくなったら、どうしてくれる」

途端に、真吾の肩もがっくりと落ちる。「なくなったら」じゃなく、もう「ない」だろう、永遠に。

「まあ、わしはたとえ今の御役を追われても、どうとでも喰っていけるのだ。養うべき妻子もおらぬゆえの」

「そういえば、私は世話役のことをよく存じませぬ。仮髪であるということ以外は」

「減らず口だの」

臼井はなぜか嬉しそうに笑い、せかせかと歩き続ける。

「わしはな、本来なら、おぬしと同じ歳の頃に番入りが叶うはずであったのだ。素読吟味、学問吟味でもなかなかの出来で、褒美を頂戴したこともある。しかし番入りは見送られた。父が、祖父の死を秘しておったためだ」

首を傾げたが、臼井は気に留める様子もない。

「祖父は在職中に没したのだ。が、その死を真っ当に届け出れば、祖父の禄は止められる。父は家計が逼迫するのを厭い、祖父が没した後も禄を受け取り続けた」

「さようなことができるのですか」

「できる。在職中に没した場合、死亡を隠して病や老衰で隠退した恰好にするなど、珍しくもない。幕臣は相身互いだ。年齢詐称は当たり前、死亡詐称にも目を瞑る。いずれ、己がそれをせねばならぬ時のために、だ。ただ、祖父と父、本人の三代が同時期に在職できぬという定まりは、さすがに曲げられなかった。機を逸したわしは世を拗ね、家を出たのよ」

臼井は、市井の泥水を存分に啜ったらしい。酒と博奕に明け暮れ、喰うに困れば駕籠舁きから吉原の牛太郎までやったと話す。

「その父も没して、わしは一族に説き伏せられて家に戻った。母はとうに亡くなっておったから、気楽なものだった。だが父にやられた。蓄財に長けていたはずの父は、妾にすべてを使い果たしていたのだ。綺麗さっぱり、何も残っておらなんだ」

さらに足を速めた臼井は、常緑の木立の中へと入っていく。その後を従いて歩く。

「文武に励んで才を磨き、付届を怠りなく。さらには毎朝、有力者の屋敷に日勤して機嫌を取り結ぶ。これを十年二十年続けて、それでも願いの叶わぬ者が山とおる。なぜだか、わかるか」

「御役の数が圧倒的に足りぬからです。そして幕府には、これ以上、御役料を増やす財源がない」

「当たり前の答を申すな。よいか。この泰平の世に禄を食む武士が職を欲して努力をするは当たり前、何の加点にもならぬからだ。いかに虚しかろうと、おぬしが今、取り組んでおるのは、ただの地ならしに過ぎぬ。しかし地をならさねば、立身の階梯をそこに掛けることもできぬ」

木々の梢が切れて、冬陽が臼井の肩を照らしている。

「さて、その後がまた厳しいの。お頭が推挙してくれても、決定はその上でなされる。そこで振り落とされる者がほとんどだ。つまり、青雲の階梯を昇っていくには努力だけでは足りぬのだ。その者が持ち合わせる運、巡り合わせがものを言う」

足を止め、振り向いた。

「だからわしは言うのよ。地ならしのあいだに肝を練れ、己の運を鍛錬せよ、と」

よくわからなかった。つくづく、何かを解するのに時が掛かる性質(たち)であるらしい。

すっかり葉を落とした大銀杏(おおいちょう)がやけに騒がしく、見れば雀(すずめ)の群れが枝々に集まっている。百羽、いや三百ほどもいるだろうか。まるで木が鳴いているかのようだ。

さらに枯れ萩(はぎ)と草叢(くさむら)を掻き分けて進むと、いきなり前が開けた。朱色の、小さな鳥居が見える。どうやら神社の裏手を通り抜けたらしい。鳥居を潜って、目を瞠(みは)った。

あの坂道だ。

「ここで、あなたに助けていただきました」

我知らず呟いていた。互いに「樽拾い」「仮髪」と言い合いながらも、「助けてもらった」と口にするのは初めてだ。臼井はどうとも答えず、「さあて」と両手を組んで揉むような仕草をした。

「明日こそ、御老中にお目通りを願わねば」

「まだ、あきらめていないんですか。あそこまで用人を怒らせておいて、もはや無理でしょう」

臼井の目玉が動き、「それも運よ」と不敵な笑みをみなぎらせる。

「あの用人を怒らせたというだけで、ともかく噂にはなろう。その噂が噂を呼んで、わしの直言ぶりが御老中、いや、上様のお耳に入らぬとも限らぬではないか。さんざん運を鍛錬してきた臼井源四郎、いよいよ、身を立てる時が訪れた」

自信満々に吠えた。

年が明けて、小普請組、西澤組の面々は大騒ぎになった。

控室に組頭の西澤までが出てきて、「それは、まことか」と忠太の肩を摑んだ。

「はい。年の瀬に内示を受けまして、千代田の表向に上がることと相成りましてござりまする」

「表向であるのか」

「小納戸として、上様のお側に仕えて諸事雑事を承りまする」

入れ歯の爺さんまで目を輝かせている。

「ということは、布衣の格を持つ旗本家に養子に入られるのじゃな」

「さようです。それがしの母方の大伯母が大奥でご奉公しておりまして、権勢のあるご老女に見込まれ、ご自分のご生家に養子を取って表向に奉公に上げたいとお考えになりましたそうな。出されたご条件は実に厳しいもので、頭が良く行儀が良く、かというて目から鼻に抜ける小賢しい者は上様がお厭いになる。愛嬌があり、頓智もきけばなおよろしいということで、それがしが選ばれましてござりまする」

あまりの出世に、誰もがしばし言葉を失った。

御役替えにまつわる昇進や新規取り立ては昨年のうちにすべて済み、西澤組の誰もが、その動きにかすりもしなかった。推挙すら受けなかったのだ。大曾根忠太が出世は、それとはまったく別の筋から降って湧いたものだ。そうと気づいた皆は忠太を褒めたたえ、さっそく己を売り込む者もいる。

笑いながら次之間に目をやると、世話役の臼井が頬杖をついてぽつねんとしている。真吾はそっと腰を上げて動き、文机の前に腰を下ろした。

「手前も向後は心して、運を鍛錬いたします」

臼井は呆けたように、半眼になっている。

「さよう、わしの申した通りであろう」

溜息と共に吐き出した。

蓬萊

手綱を引き、鹿毛の馬の脇腹を右足で軽く蹴った。

平九郎の意を汲んで馬は力強く背肉を弾ませ、鬣を揺らす。

そうだ、その勢いだ。

馬に声を掛け、正面の空を見上げる。

ここはお茶ノ水にある桜ノ馬場で、その名の通り、桜と楓の大木で知られる。今の季節の桜は黄葉し、楓の枝先はもう紅だ。木々の梢の向こうには、さらに大きな濃緑が空に突き出している。馬場の南東に隣接する湯島聖堂の森で、屋根の甍が緑の合間に見え隠れする。

平九郎は身を前に傾けると、鞍から少しばかり尻を浮かせた。手に弓を持っていればこのまま上体を立てて矢をつがえるところだが、馬場には的が構えられていない。

武芸の中でも刀と弓、槍、そして馬の四つはことに重んじられ、「武芸四門」と称されてきた。しかし戦の気配が消えて久しい泰平の世では、時々、将軍の意向によって思い出したように武芸が奨励されるが、大名、旗本の子弟にとって馬術はもはや嗜み、消閑に過ぎない。

　平九郎も、ただ馬が好きで乗っている。屋敷の厩にはこの鹿毛が一頭いるばかりだが、躰を洗うにも馬丁まかせにせず、自ら清水を呑ませ、毛並みを整えてやる。そしてこうして馬場を訪れて、一緒に疾走する。

　さらに身を起こし、膝をそろりと立てた。尻が持ち上がり、掌の指をゆっくりと開く。指先から離れた手綱を鞍の上に落とし、総身を真っ直ぐに伸ばした。馬の躰に接しているのは鐙に置いた足、そして膝の内側だけだ。

　そのまま走れ。突っ走れ。

　馬上で直立したまま両の腕を上げる。肩と水平に腕を広げ、手の甲を下に向けた。総身が風を受けるが、膝を締めれば躰は揺らがない。風の中をただ、ひた走る。

　床几に腰を下ろして休憩していた者らが、一斉に「おお」とどよめいた。四人とも平九郎の幼馴染みだ。いずれも旗本家の二男、三男で、親や長兄の厄介になっている「部屋住み」、すなわち冷飯喰いである。

「十文字乗りだ」

水の竹筒や手拭いを手にしたまま、次々と立ち上がった。

平九郎も同様の部屋住みで、三河以来の旗本、三浦家の四男として、本郷の拝領屋敷に生まれた。一回り歳上の長兄は亡き父と同じく、小十人組の組頭を務めている。

「平九郎が十文字乗りをしておるぞ」

馬術にはいくつかの流派があるが、平九郎は師に付いて格別の修業をしたわけではない。幼い時分から身が軽く、この幼馴染みの連中と馬場に出入りするうち、こんな無手勝流を編み出していた。十文字乗りなどという技名も、連中の誰かがいつしかそう呼ぶようになっただけのことだ。

連中がこっちを眺めながら、言葉を交わしているのが見える。

「久しぶりだの、あれをやるのは。しかし今日が見納めか」

「そうよな。明日はいよいよだ」

平九郎が初めてこの乗り方をした時、馬場に沸いた歓声を今でも憶えている。

万一、落馬して命を落としても、誰も困らぬ身の上だ。捨て鉢ではない。本気で、至って冷静にそう思っていた。

家督、つまり家禄を継ぐのは長男に限られるので、二男以下は他家に養子に入るか婿養子に入るか、このいずれかでなければ妻帯できない。親や長兄の厄介になっている間はほぼ無禄、年に二百俵ほどの「捨て扶持」しか収入がないのだ。とても妻子を養ってはいけず、多くの子弟は独り身の厄介者として生涯を過ごす。

「平九郎、落ちるぞ。いい加減にいたせ」

いや、いっそこのまま落ちてもよい。

そう思いながら、風の中を駈ける。お秋の後ろ姿がまた泛んだ。

お秋、すまぬ。

平九郎は明日、祝言を挙げる。格上の旗本、中山家に婿養子として入るのである。兄、真幸は上役からその縁談がもたらされた時、あまりの良縁に耳を疑ったと言った。

ふた月前、七月に入ったばかりのことだ。

「大番の組頭が、お前を婿養子としてお望みだそうだ」

真幸はいつになく上機嫌で、目尻を緩めている。平素は屋敷内で平九郎の顔を見るたび目をそらし、どこかが痛いような、まるで尻の腫物を思い出したような顔つきで通り過ぎるばかりだ。

平九郎の次兄は頭も見目も良かったので元服前に養子の口が掛かったし、三兄も二十歳になる前に義姉の遠戚に婿養子に入った。四男の平九郎だけが、二十六になるこの歳まで生家に居残っている。

むろん肩身は狭いが、家と家との間で決まる縁組など、己ではいかんともしがたいことだ。養子に限らず、婿養子も若者であるうちに話が決まることが多い。先方にとっては若く柔軟な歳頃の方が家風を仕込みやすく、跡継ぎも儲けやすいからだ。

「当家には分の過ぎる良縁ぞ。耳を疑うたわ」

平九郎も己の人生をほぼ諦めていたので、思わず訊き返した。

「大番の組頭が、にござりますか」

旗本が就く職務は大きく二つに分かれており、武官としての務めは「番方」、文官のそれは「役方」と呼ばれる。

番方は公儀の軍として殿中や城門の守衛、城番、そして大樹公が出行の際には供奉を務める。組織は書院番に小姓組、大番、新番、そして兄の真幸が勤める小十人組などがあり、中でも大番の番士は家柄を重視して任じられるのが長年の慣いだ。その組頭ともなれば、相当の格を持つ家だと知れる。

真幸は昂奮してか、額や頬に赤みが差している。

「先方は中山仁右衛門殿と申されての。家禄千石高ぞ」

三浦家は旗本の中では中堅どころの二百石、近頃では御家人でも御役によっては二百石の俸禄を食む者がある。

「それにしても、何ゆえ私を」

「弟によきご縁があればと、常々からお願いしておったのよ。それを香川様が気に留めていてくださった。有難き仕合わせ」

兄は上役らしき名を口にして、感激しきりだ。平九郎はなお腑に落ちない。

当主に子がない、あるいは娘しかおらぬ家は、そのままでは絶家となり俸禄も支給されなくなる。そこで養子か婿養子にふさわしい男子を探して縁を組み、跡継ぎに据える。これは珍しいことではなく、平九郎が知る限り、実子でない相続は十家のうち七、八家ほどに上るだろう。場合によっては夫婦養子を取っている家もあり、つまり本来の血筋はその時点で終わっている。血筋にこだわっていては、家などすぐに絶えてしまうのだ。

さまで頻繁な養子縁組であるが、まず家格相応の縁組であることが最低限の条件だ。かなうことならそれ以上、つまりわずかでも格が高く、持参金を厭いなく付けられる高禄の家から、才と人柄に優れた俊英を迎えたがる。その方が家としてより強固な縁故が作れ、養子や婿養子が順調に出世を果たせば一族郎党、なお栄えるからだ。

平九郎の幼馴染みも、「格」「富」「才」、そのいずれかを持っている者から順に縁談が訪れ、冷飯喰いから脱した。

しかし此度は、まるで逆だ。「遥かに格下で、大した持参金も用意できぬ家から、才も人柄も凡庸な男を迎えたい」と、言ってきている。己でそうと認めるのは不甲斐ないが、二十歳前後まではいくつかあった縁談も立ち消えになり、この数年は話すら来なかったのだ。認めざるを得ない。

にもかかわらず、なぜ格上の旗本が俺を望む。

「兄上、その中山家というは」

先方の真意を訊ねかけた時、真幸が顔を動かした。まだ夏が去りきらぬ七月の陽射しで、障子が白い。そこに人影が映って、「よろしゅうございますか」と声がした。真幸の妻である綾乃だ。背後に下女を従えており、膳を捧げ持っている。

はっとして顔を確かめたが、お秋ではない。胸を撫で下ろしている己に気がついて、たじろいだ。

そうか。お秋と別れることになるのか。

今頃、それが頭を過り、目を伏せた。主君や父、兄が決めた家の女と一緒になる、それが武家の定めではある。しかしお秋とは、もう三年越しの仲だ。

「平九郎殿、おめでとうございまする」

目を上げれば綾乃が膳の前にいて、酒器の片口を持っている。日暮れ前だというのに酒を勧められているのだとわかって、口の中で「は」と呟いた。義姉に酒を注がれるなど、初めてのことだ。

「平九郎、さように恐縮いたすでない。これからは気の張る酒宴にも出ねばならぬ身ぞ。家にふさわしく、悠々と構えるが肝要。そうだ、綾乃、小笠原流の礼式の書があったろう。あれを平九郎に渡してやってくれ」

「かしこまりました」と綾乃は請け合い、また平九郎に向かって口を開く。

「婿入りの御道具揃えは私がしかと承りますゆえ、ご安堵くださりませ」

義姉は口が大きい。それにしても、こんなに機嫌よく話ができる女だとは知らなかった。当家に嫁いできて十五年ほどになるはずだが、兄と同じく、年々、平九郎が気鬱の種になっているのが露わであった。

「ご遠慮なく召し上がれ」

促され、綾乃の酌を受けた。さして旨くもない酒だ。背後で気配がして、振り向けば甥が広縁から入ってくる。

十三歳で、まだ前髪がある。下座で膝を畳み、辞儀をした。

「叔父上、おめでとうございまする」

甥は母親に似て、やけに口が大きい。義姉上に言い含められて祝いを述べに訪れたのだなと察した途端、包囲されていると感じた。

兄の上役からもたらされた縁談なのだ。兄の立場や三浦家の今後を思えば、千に一つも、平九郎が断れる道理はない。しかし兄といい義姉といい、有無を言わさぬような圧をかけてくる。ますますもって、腑に落ちぬ。

盃を膳の上に戻し、膝を揃え直した。

「兄上」

妻の酌を受けている真幸が、目だけを上げた。義姉も酒器を持ち上げたまま、顔だけでこなたを見返っている。

「中山家の屋敷は、いずこです」

格別の意があって訊いたのではなかったが、兄が途端に眉間を皺めた。義姉は廊下に控えていた下女を呼び、甥を自室に連れていくように命じている。

「若様」と下女に促されて、甥は平九郎に会釈もせずに立ち上がった。

幼い時分は随分と懐き、子守りもよくしたものだ。それが部屋住みのできる、わずかな役割の一つでもある。しかし十を過ぎた頃からか、徐々に隔てを置くようになった。三浦家の嫡子として学問に励むようになったからだ。近頃は番方の家でも、文に秀でておらねば出世がかなわぬものらしい。

三浦家も元はといえば、六百石の禄を受ける家であったのだ。しかし七代前の当主が大樹公の前で失態を犯し、勘気を蒙って免職されたという曰くを持つ。以来、艱難辛苦の末、祖父がようやく小十人組に番入りを果たし、亡くなった父はひたすらその御役を守った。

そして目の前の兄、真幸も謹厳実直を貫き、出世はしないが失敗もないだろう生き方だ。勤めぶりを目の当たりにしたことはないが、身にまとっている気配でおおかたの察しはつく。屋敷でも大酒をせず、愚痴も大言壮語も吐かない。唯一の愉しみが将棋で、子供の頃、父をも負かす腕前であったのに、上役と対局すれば三度に二度は必ず負けて帰る。

そんな日はなお訥々と薄い笑みを泛べているので、平九郎にはわかる。出世のためではないのだ。今を守るために、兄は将棋で負ける。

兄夫婦はここまで地道に家を支えてきて、ようやく我が子に賭ける気になったのかもしれない。しかも頭痛の種であった末弟を、ついに家から出せる。

平九郎は、言い方を変えることにした。

「兄上、此度（こたび）のお話、真（まこと）に有難く、謹（つつし）んでお受け申しまする」

すると真幸は黙って頷（うなず）いた。

「おやおや、今頃、さようなことを」と、義姉が呆れたように頭（かぶり）を振る。断れる立場ではないではないかと言いたげな面持ちだ。しかし兄は「綾乃」と制してから、平九郎を見た。

「中山家は裏二番町（うらにばんちょう）だ」

一気に告げた。

「番町、ですか」

謎が解けて、そうか、なるほどと得心した。

「大層、お美しいご息女だと伺（うかご）うておりますよ」と、義姉が口許に手を添えて笑う。

「波津（はつ）様と申されて、お歳は二十歳。平九郎殿とも釣り合いがよろしゅうございまするな」

番町辺りは大身（たいしん）の旗本屋敷が多く、江戸の小町か衣通姫（そとおりひめ）かと謳（うた）われる美人が多いことで知られる。ただ、平九郎ら部屋住みの間ではもう一つ、根強い噂（うわさ）があった。

――番町屋敷の息女らは淫奔（いんぽん）極まりない。未通の娘は百人に一人、あるかなきかだ。

おそらく、中山家の息女もその類（たぐい）なのだろう。醜行が祟（たた）って格上や同格の家からは婿の来手がなく、望みを下げに下げて平九郎に白羽の矢を立てた。

「平九郎、行ってくれるのだな」

兄上、今さら、何でそんな申し訳なさそうな目をして念を押す。

「是非もなきこと」

首肯（しゅこう）した。

障子の向こうで器が微かにぶつかり合う音がして、障子がゆっくりと動いた。

「遅かったではありませぬか。早う、肴（さかな）を」

義姉に急（せ）かされて、お秋が盆を捧げ持って入ってきた。きつく引き結んだ唇（くちびる）は、鈍（にぶ）い鉛（なまり）色をしていた。


平九郎は馬上で腕を伸ばし続ける。

「おい、いい加減にせぬか。落ちるぞ」

「誰か、止めろ」

縁組はあくまでも家を継ぎ、次代に渡すものであるので、大名から下級武士に至るまで許可を得る必要がある。幕臣であれば幕府に、藩士であれば主家に届け出て許しを得ねばならない。

中山、三浦両家から縁組したい旨（むね）の届を出したのが、七月の半ばだった。その後、若年寄（わかどしより）から沙汰（さた）を受け、婚約の仕儀が整った。

それからは、毎日のように儀礼が続いた。結納（ゆいのう）の遣（つか）いが中山家から訪れ、日を改めて平九郎が番町の中山家に出向いて当主の仁右衛門夫妻と対面、「吸物（すいもの）」と「盃事（さかずきごと）」と呼ばれる儀式を行なった。その際、中山家の奥座敷には介添仲人（かいぞえなこうど）が同席するのみで、平九郎の兄、真幸は列席しない。これは婿入りに限らず、嫁入りの場合でも同様のしきたりだ。むろん、花嫁当人は顔を見せない。

想像に反して仁右衛門夫妻は派手な厭味がなく、佇（たたず）まいも静かだ。内心、ほっとした。

数日後、今度は仁右衛門が三浦家を訪れ、兄もその際は同席して、また吸物、盃事をして祝った。その後も親戚縁者への挨拶（あいさつ）廻りが続き、仲人の屋敷にも挨拶に出向いた。

介添仲人役は、仁右衛門の上役である大番頭（おおばんがしら）、吉川勘助（きっかわかんすけ）夫妻だ。家禄は五千石、まさに生粋の大身旗本だ。祝言当日はむろんのこと、仲人には生涯、交誼（こうぎ）を願うものなので、中山家の用人（ようにん）が出向いてきて平九郎に付き添ったほどだ。

婿入り道具はすべて新調され、すでに中山家に届けられている。兄の真幸は八十両もの持参金を用意してくれた。算段の苦労がわかるだけに有難く、黙って頭を下げた。

あとは明日、祝言を挙げるのみだ。

平九郎は馬上で腕をようやく下ろし、膝を曲げた。鞍の上に尻を置き直して手綱を持ち、馬の駈け方を緩める。聖堂の森のかなた、澄んだ空を雁の群れが行く。

また、お秋の姿が過る。

婚約が正式に決まってから後、努めてお秋のことを考えぬようにしていた。夜も幼馴染み連中に招かれて祝宴が続いたので、考える暇もなかったに等しい。

だが昨夜、離屋の自室に久しぶりに落ち着いて坐った時、胸が塞がった。

何か、一言でも声を掛けてやらねば。

そう思うのだが、いったいどう言えばよいのか、わからない。畳の上に仰向けに寝転び、まんじりともせずに虫が鳴く声を聞いていた。

遠慮がちに、ほとほとと戸を叩く音がして、身を起こした。何がしか予感がした。戸を引けば、やはりお秋だ。

下女らの部屋は奥の台所のそばにあり、お秋は朋輩らが寝静まった隙を見計らって寝床を脱け出してくるのが常だった。

最初は三年前、洗い上げた下帯や手拭いを日暮れ前に持ってきたのだったと思う。それで口をきくようになり、深間に落ちるのにさほど時は掛からなかった。お秋は十五だったか。

手近なところで精を晴らしたと言われれば、その通りだ。まぐわうことが目当てで、お秋が離屋に忍んでくるのを待った。兄夫婦にそれを知られたくはなく、母屋で行き遭ってもお秋を眼中に入れぬようにした。平九郎の幼馴染みには侍女や下女に手を出してその仲を吹聴され、大層、手を焼いた者がいる。

しかしお秋は露ほども仲を匂わせるようなことはせず、人目のない裏庭や厩の前ですれ違っても、黙って小腰を屈めるのみだ。だが離屋を訪れた夜は、自ら胸に飛び込んできた。肩や背中に爪を立て、あえかな声を出した。

お秋は戸口の中に身を入れたものの、土間の暗がりに突っ立っている。顔はよく見えない。

平九郎も裸足で土間に下りたが、やはり黙って立っていた。何かを話さねばと思うのだが、言葉を探しあぐねて目を伏せてしまう。結句、お秋が先に口を開いた。

「お暇を頂戴して、在所に帰ります」

消え入りそうな声で告げた。

微かに訛りを残したその喋り方を義姉はよく叱っていたが、平九郎にはそれがずっと好もしかった。

今朝、お秋は屋敷から姿を消していた。もしかしたら義姉は二人の仲に気づいていて、口入屋を呼んだのかもしれなかった。

眼差しを戻した刹那、馬場の植込みが目前にきていた。息を吞み、咄嗟に手綱を引いて馬の鼻面を脇へ向けたが間に合わない。馬がいななき、幼馴染みらの叫ぶ声が聞こえる。

躰が宙に浮き、そして土煙の中に落ちた。


庭に面した奥座敷で、平九郎は坐している。

大紋に長袴という礼装で、頭には風折烏帽子だ。これから「式三献」という儀式を始めるゆえで、大中小、三枚の盃を重ねてのせた三方を挟み、平九郎は上座、待上﨟は客座である。待上﨟は祝言の儀式を取り仕切って滞りなく進める女人の役で、介添役である大番頭、吉川勘助の妻女がそれを務めてくれている。

あとは嫁が座敷に入ってくるのを待つばかりで、他には誰もいない。式三献に父母や縁者は列席せず、婿と嫁、待上﨟の三人だけで行なわれる。

正面の広縁沿いの障子は閉てきってあるが、時折、橙色の灯が秋風に揺れているのが見える。松樹の庭に、中山家の紋入りの高張提灯が掲げられているのだ。

祝言はなぜ、夜に行なうのだろう。

武家に限らず町人も百姓も、婚礼の儀式は夜に執り行なうのが古来の慣いだ。互いの尻尾や角が目につかぬように、闇に紛れて婚家に入ってしまうのだろうか。するりと、それまでの己の不実や醜さをすべて忘れて、捨て去って。

また、畳の上に目をやった。古式ゆかしい縁起飾りが並べられている。

「蓬莱飾りにござりますよ」

それまで押し黙っていた吉川の妻女が、つと口を開いた。歳の頃は五十も半ばで、よく肥えて貫禄がある。

「蓬莱」

「仙人が住むと言い伝えられる神山、蓬莱山です。山形の台はその蓬莱山をかたどってあり、松竹梅に鶴亀、翁と媼の人形を取り合わせてあります。生涯で最も大事な最初の夜をあらゆる吉祥で祝い、この縁が幾久しゅう続くようにと願うて飾るのです」

妻女は若い頃、城の大奥に奉公していたらしく、それで儀式のさまざまにも通じているらしかった。

生涯で、最も大事な最初の夜。

確かにそうだ。平九郎は妻を娶るというだけでなく、中山家の当主となるのである。三浦家の系図からは抹消され、これまでとは全く異なる人生を歩む。

やがて芳しい香の匂いが漂い、衣擦れの音が近づいてきた。侍女に付き添われ、白装束の新嫁が座敷に入ってくる。

平九郎の妻女となる波津だ。練絹の白小袖を二領、その上に幸菱の地紋が入った打掛を重ね、頭から綿帽子を深くかぶっている。波津が下座に腰を下ろし、侍女が打掛の裾を直している間に別の侍女が入ってきた。侍女は酒の入った瓶子を持ち上げ、平九郎、波津、そして待上﨟の順に、三枚の盃に三度ずつ酒を注ぐ。それを呑む。

まもなく、膳が運ばれてきた。

「次は、饗の膳。これも、夫婦の縁を結ぶ儀式です」

そのまま待上﨟だけが同席しての祝膳で、塩引きの魚や鯛の厚作、巻鯣や削昆布などが並んだ五の膳だ。平九郎は腹が空いていたが、鯛と汁掛け飯だけを口にした。波津は箸をつけるような所作をしただけで、それが作法であるのかどうかはわからない。

婿入りの初夜は、それらの儀式だけで終わった。疲労困憊して、客間にのべられた床に入るなり大息を吐き、そして目を閉じた。

波津を思い返しても白しか泛ばない。小袖と打掛、綿帽子、何もかもが無垢な白だ。綿帽子の中の面貌はまるでわからず、咽喉から顎にかけてもやはり白かった。ただ、歩く姿がすらりとしていた。

平九郎なりに、相手がいかなる娘であろうと覚悟はしていた。しかしどうやら、親の決めた縁を受け容れる気にはなっているらしい。いや、くだんの噂は、噂に過ぎなかったのやもしれぬ。よくよく考えれば、番町に住む旗本の娘など大変な人数だ。そのすべてが淫乱のはずがない。

少しばかり安堵して、たちまち眠りに引き込まれた。

翌日の夜は義親である仁右衛門夫妻との盃事を行ない、その後、祝宴となった。ここにも三浦家の者は並ばず、中山家の親族のみだ。生家の親族との祝宴は、里帰りの際に行なわれる。

平九郎は肩衣に長袴の姿に変えており、波津も色を直し、紅色地に幸菱の地模様が入った赤い衣裳だ。もう綿帽子ははずしているが、まともに見るのははばかられる。しかし誰かに酒を注がれるたび、隣の俯いた横顔が目の端に入った。高過ぎも低過ぎもしない鼻と、口の朱赤だけが見える。

狐や狸のごとき面相でも今さら逃げるわけにはいかぬが、またも安堵した。

宴はしみじみとくつろいだもので、平九郎にはこれも慮外だった。格を誇る家ゆえもっと仰々しいものになるかと想像していたが、仁右衛門夫妻と親族は打ち解けて謡や能の舞を披露し、そして騒がずに呑む。平九郎にも酒を無理強いせず、一献を注ぎながら「よろしゅう」とだけ言って自席に引き上げてゆく。

それでも随分と盃を重ねることになり、やがて酔いが回ってきた。下戸ではないが、こうも肩の張る場で酒を呑んだことがない。生家の離屋で幼馴染みらと集まり、安酒を酌み交わすのが精々だった。

「さ、一献」

目の前で瓶子を持っているのは、波津の外祖父にあたると紹介された白髪の老人だ。さきほども、矍鑠と謡を披露していた。

「よう、婿に入ってくださった」

盃を持って酒を受けると、老祖父は白眉を下げた。

「波津は一人娘にて親が甘やかし放題にいたしたゆえ、おそらくご苦労をかけると思う。あんばいよう、乗りこなしてくだされ」

　孫娘をまるで馬のように言う。しかし初めてだった。これまで誰も、両親である仁右衛門夫妻も波津のことを口にしなかったのだ。家と家との縁組であるのでこんなものかと、不思議にも思わなかった。

「のう、波津。しかとお仕え申すのだぞ。よいか、後はないのだぞ」

　祖父の念押しに、波津は人形のように押し黙っている。

「ところで平九郎殿、その顔は如何(いかが)された」

　思わず掌を右頬に当てた。一昨日、馬から落ちたのである。咄嗟に身を翻(ひるがえ)したものの、右の半身をしたたかに打ち、しかし何よりひどかったのは顔だ。馬場の土には砂や小粒の石も混じっており、熊手で顔を洗ったような擦り傷が残った。義姉は「縁起でもない」と眉を顰(ひそ)めたが、中山家に入ったのは夜ということもあり、誰にも気づかれなかったのだ。見て見ぬふりをしてくれていたのかもしれない。

「馬から落ちましてござりまする」

「落馬か。それは勇ましや」

　何が気に入ったか、小膝を叩いて笑っている。仁右衛門夫妻も眉を下げ、互いに顔を見合わせた。

　ひょっとして中山家は変わり者揃いなのかと、内心で首を捻(ひね)る。祝言の前に落馬して、たいそう人相の悪い婿なのだ。にもかかわらず、面白がっている。不心得を叱責されるよりはましだが、奇妙な心地だ。

かたわらで、くすりと声が洩れたような気がした。思わず、波津の横顔をまともに見た。朱赤の唇の両端が上がり、頰も緩んでいる。「ん」と目をしばたたくと、最前の硬い面持ちだ。

酔いが回ったかと、平九郎は己の眉の上をこすった。

寝衣に着替えた平九郎は大の字になっている。

最初は蒲団の前で正坐していたのだが、なにせ酒を過ごしている。しかも手持ち無沙汰で、時折、乾きかけた顔の傷を掻いたり欠伸をするうちに、畳の上に横になっていた。

顔を動かすと、有明行燈の微かな光が絹蒲団の地紋を照らし出している。上掛けの掻巻には蓬莱山に鶴が飛び、亀が五色の尾を広げている刺繡だ。「床入り」の儀はこの客間で行ない、明日からは夫婦各々の寝間に移る。仁右衛門夫妻はすでに隠居用の離屋を新築して、引き移っていた。

酔いが醒めた頭からは祝宴の晴れがましさが去り、不安が立ち昇っては揺れる。

俺なんぞがこの家の当主になる。果たして務まるのだろうか。

次之間（つぎのま）から微かな声がして、「はッ」と返事をした。家臣のような言いようだったかと、咳払いをする。

波津が入ってきた。白い寝衣に細帯を前で結び、髪は髷（まげ）を解いて首筋の後ろで一つに結わえているようだ。平九郎の前まで進んできてゆるりと腰を落とし、両の手を膝前でつかえた。やはり、いい匂いがする。

「ふつつか者にござりまするが、よろしゅう、末永（すえなご）うお願い申し上げまする」

「こちらこそ、よろしゅう頼む」

声が掠（かす）れて出て、また咳払いをした。

「つきましては、平九郎様」

「ん」

「初めに、お願いしておきたい儀がござりまする」

波津が顔を上げた。初めて正面から相対して、胸が早鐘のように鳴り出す。

行燈の灯だけでも、その華やかさがわかるのだ。瓜実顔（うりざね）で額が清く、鼻筋が通り、目許は生き生きと明るい。口も大きくない。そう、柔らかそうな、品のよい唇だ。

かほどに美しい女が、俺の妻女になったのか。

信じられぬ思いで、思わず見惚(みほ)れた。

「私は朝が苦手にござります。殿のご出勤時には起きられませぬので悪しからず」

途端に、鐘が鳴りをひそめた。

「それから、私が外出(そとで)をいたします折には行先についてのお訊ねはご無用に願います
る」

今、何と。

「そして一日の終わりには必ず、その日にあった出来事を私にお話しくださること。

すべてとは申しませぬ。ただ三つでよろしゅうございます」

波津は嫣然(えんぜん)と微笑(ほほえ)んでいる。

朝は起きられぬから、身支度の手伝いも見送りもせぬ。

外出先は一々、詮索するな。

それでいて、毎日、その日にあったことを報告しろ。

夫にそう宣言したのか、この女は。

呆然として、波津を見返す。

波津は再び辞儀をして、蒲団の前に膝行(しっこう)している。手前の掻巻をめくり、そしてす
っと、ためらいもなく身を横たえた。

「さ、どうぞ」

「どうぞ、とは」

「床入りを早う済ませてしまいましょう。私は宵っ張りにござりますから平気ですが、平九郎様はさぞお疲れにござりましょう」

白い手が手招きをして、吉祥の蓬萊と鶴亀が怪しく波を打った。


祝言を挙げて半月の間は里帰りや諸方への挨拶に忙殺され、今日、平九郎は初めて登城する。

騎馬での登城だ。供揃いの人数は家格によって決められており、中山家の場合、近習が二人に若党二人、槍持と馬の口取、挟箱持、草履取に中間らも合わせれば総勢十一人にもなる。

初登城の際は感激もひとしおだろうと想像していたが、いざ大手門前の橋前に着くと、あまりの光景に面喰らった。辺りは煮鍋のようにごった返しており、大変な喧騒だ。先争いをして奴同士が怒鳴り合い、馬が首の鈴を鳴らしていななく。

平九郎は馬の背に手を当て、小声で「どう」と鎮めてから通りに降り立った。

朝四ツの太鼓が打ち鳴らされたのを機に、「行ってまいる」と供衆に告げて橋に向かう。

「行っておいでなさりませ」

供の者は主人が勤めを終えて門から出てくるのを、このまま城外で待つのが役目だ。十一人とも神妙に頭を下げて見送る。家臣らは皆、つい先だってまで冷飯喰いであった平九郎を見下げることもなく、実のある仕えぶりだ。馬も同様に従順で、平九郎の言うことをよく聞き入れる。馬は乗り手を見る生きもので、相手によっては舐めてかかって足を嚙むこともある。

そして隠居屋敷に住む義父、義母も、初対面の頃からずっと態度が変わらない。物腰が穏和で、仏間で顔を合わせるつど労ってくれる。

「わからぬこと、お困りのことがあらば、何なりとお申し出くだされ。我らにできますことは、何なりといたしましょうほどに」

平九郎は「有難き仕合わせ」と礼を言いながら、内心では思わずこう呟いている。

わからぬこと、困っておること、ござりまするとも。義父上と義母上の間に、何ゆえ、あんな我の強い、高飛車な娘が育ったのでござりましょうや。床入りの夜、波津はあろうことか、夫に「咎めるな、詮索するな、報告はせよ」と命を下したのですぞ。

しかも人前では小面憎いほど巧妙に、貞淑な新妻を装っている。

三浦家に里帰りした折も、波津は兄夫妻をたちまち籠絡した。真幸など恐れ入ってしまい、祝宴の途中で平九郎の袖を引き、障子の陰に呼んだほどだ。

「まことに、あれが中山家のご息女か」

狐につままれたような面持ちで訊く。

「さようです」

「ふうむ」と唸り、「首尾は」とさらに声を低める。

「首尾と申しますと」

「つまり、あれだ。床入りは無事に済ませたのであるか」

兄は言いにくいことを口にする時、早口で一気に、心太を押し出すように喋る癖がある。

「は。まあ」

兄はたぶん、例の噂を気にしていたのだろう。が、平九郎にはよくわからなかった。波津が噂通りの淫奔か、いや、それ以前に未通であるかどうかさえ判然としなかったのだ。高飛車な申し渡しの直後に「どうぞ」と手招きされて、すっかり気圧された。

兄と二人で座敷に戻れば、義姉の綾乃が大きな口に手の甲を当てて笑っていた。

「波津殿はさすが、お見立てがおよろしいこと」

持参した祝儀の品がよほど気に入ってかすっかり舞い上がり、はしゃいでいた。

そして波津は無愛想な甥をもまんまと取り込み、一緒に庭に下りて姿を消したかと思えば、厩にまで足を運んだという。

「見事な鹿毛にござりますね」

平素は厩に近づかず、むしろ馬術の鍛錬を厭うていたような甥が、馬を褒められて頬を赫(あか)らめていた。

波津の本性に、兄一家は露ほども気づかなかった。

床入りの夜に言った通り、波津は日が高くなってからしか起きてこず、朝餉(あさげ)の給仕もしたことがない。侍女がそれを受け持ち、今朝も初登城だというのに裃(かみしも)の身支度は用人が手伝い、波津は見送りにも出てこなかった。

そういえば、用人も中山家に長年仕えてきた忠義者だ。波津の外祖父に負けず劣らずの年寄りで、介添仲人の屋敷で初めて顔を合わせた時など「よう婿に入ってくださりました」と涙ぐんでいた。

誰も彼もが波津の縁談に頭を悩ませてきたらしく、しかも皆、打ち揃って波津に甘い。

平九郎は今日までほとんど毎日、何がしかの用があって外出をしていたので、留守中、波津が屋敷にいたのか出歩いていたのかすらわからない。さりげなく奥の侍女や用人に訊ねてみたが、誰も口を割らない。

もしや、外で逢引きでもしておるのか。疑いが萌したが確かめる術がない。だいいち、今さら破鏡にしたとて、平九郎に帰る家はない。

そして波津は毎夜、寝衣姿になって平九郎の寝間を訪れる。

「殿、今日は何がござりました」

蒲団の前に坐り、にこと、それは無垢な笑みを泛べて平九郎を見上げる。その様子を見る限り、不義密通を犯しているとは思えない。だいたい、波津の調子は起き抜けより日中、日中より夕方、さらに夜が更けるに従って上向く。

最初のうちは「別に、大したことは何もない」などと答えていたが、そう言うとたちまち眉間を曇らせ、「では、順に辿って参りましょう」と命じられ、事細かに報告させられる破目に陥った。眠くてたまらぬのに、波津が得心するまで寝かせてもらえない。

「今日は、介添仲人の吉川殿に礼を述べに屋敷に伺うた」

「ご苦労さまにござりました」

これで、まず一つ。

次は、少々気の重い報告だ。吉川は平九郎の職務に触れ、「いきなり大番組頭の御役を継ぐのは、難しかろう」と言ったのだ。まずは修業のつもりで勤めるがよいとの考えで、義父の仁右衛門もすでに承知しているという。

「じつは、書院番の組衆として勤番することに相成った。ちょうど空きがあったらしい」

「おめでとうござりまする」

波津があっさりと頷いたので、平九郎は「よいのか」と訊いた。

書院番は序列としては大番よりも格が上だが、その組衆は一介の番士だ。他の番方と同様、書院番もいくつかの組で構成されており、指揮官である番頭と組頭が一人ずつ、その配下に組衆が五十人、与力（よりき）が十騎、同心二十人が配置されている。

「一介の番士であるぞ」

義父の仁右衛門は大番の組頭であったので、方々からの付届が引きも切らなかったはずだ。その実入りをすべて失うに等しい。

しかし波津は平然としている。

「どういうこともござりませぬ。それに奥の掛(かかり)については、用人が差配しておりますゆえ」

己の埒外(らちがい)だということか。

「それにしても。御書院番は大番と同じく、番方にござりましょう。何が違うのですか」

平九郎もよくわからなかったので、吉川に教えを請うてみた。部屋住みの頃は、番方の仕事はどれも同じようなものだろうと捉えていたのだ。訊ねることを恥ずかしいとは思わなかった。仲人は両家の家格や収入の違いは承知の前、今さら虚勢を張ってもしかたがない。

「戦場(いくさば)での働き方が違う」

「戦にござりまするか」と、波津は不思議そうに訊き返す。大坂の夏の陣から数えても百有余年、世は泰平が続いている。

「いや、役目の元々がさようであったということだ。大番は敵方への攻撃を受け持ち、書院番は防御を担(にな)う。とくに大樹公の御身(おんみ)を護衛するのが、書院番の最大の任務である。とはいえ、今は戦そのものがないゆえ、やはり警護が主な奉公だ。大樹公が外出の際には、行列に従って供奉(ぐぶ)をいたす」

波津は小さく頷き、じっと平九郎を見つめてくる。

「もう、よかろう。俺は寝る」

「まだ二つしか伺っておりませぬ」

「今、たんと話したではないか」

「私の訊ねたことにお答えになっただけにございます。あと、もう一つ」

膝を前に進めて攻め込んできた。まったく厄介な妻だ。しかし逆らうのも面倒で、平九郎は早々に退却を決めた。目を天井に向けて、一日を思い返す。

「そういえば、よい馬を見かけた」

「馬」

波津は両の眉を上げ、馬の「ま」の形のまま口を半開きにしている。いったい何がそうも興味を引くのか、まるで解せない。

「そなた、馬が好きであるのか」

「それはいかなる馬にございました」

これだ。己の問いにはどうでも答えさせるくせに、こなたの問いははぐらかす。

「足の運びが軽やかで、しかも躰の揺れがない。白毛の駿馬だ」

吉川の屋敷からの帰りに、ふと思いついて桜ノ馬場に寄ってみたのだ。幼馴染みらがいるかと思ったが誰の姿もなく、平九郎はしばし見知らぬ者らの馬術を眺めた。一瞬、お秋のことを思い出しそうになって、右頰を掻いた。落馬した際の擦り傷はほぼ治ったものの暗い蒼色が広がって、なお人相が悪い。

むろんお秋のことは口に出せるわけもなく、ともかく三つ目を出さねば勘弁してもらえぬので、馬のことを持ち出したまでだ。

「三浦家のお馬も、よき馬にござりましょう」

「ああ、鹿毛か。あれも気性のよい馬だが」

「なら、ようござりました」

満足げに、すうと鼻で息を吸っている。柔らかな胸が動く。大き過ぎず小さ過ぎもせぬ乳房の感触が掌によみがえったが、波津は「では」と手をついて辞儀をした。

「本日はこれにて。おやすみなされませ」

「ああ、うん」

同衾していけとも言えず、波津の後ろ姿を見送る。毎夜、そんな調子だ。

草履の裏が小石を踏む音が、ざっ、ざっと辺りに響く。途方もない人数の幕臣が今、出勤している音である。

平九郎は大手門を潜り、さらに人波に従って三之門、中之門を通り、玄関前門である中雀門の階を上った。


年が明けて春を迎え、夏になった。

早朝から隅田川の堤に坐り、釣り糸を垂れている。

今日は明番で勤めは休み、そこで安住という古参に誘われて出掛けてきた。釣りは大して好きでもなく気が重かったが、新入りが先輩の誘いを辞退するなど許されない。

「やッ、また鱚じゃ」

草の上に肩を並べて坐る安住は銀色のその魚を釣り上げるたび、自慢げな声を発する。

安住は新入りへの当たりが厳しい男だ。泊番の際には新入りの番士が酒や菓子を持参するのが慣いで、むろん飲酒は禁じられている所業だが、他の組では「朝水」と称して登城前に一杯引っ掛けてくる強者もいるようだった。

「何じゃ、このべたべたとした不味い酒は」

「菓子が硬い。歯が折れる」

安住は叱言を浴びせ続ける。平九郎にではない。時を前後して番入りした者は他に二人おり、その二人が常にぎゅうという目に遭わされている。新入り歓迎の宴では吐くほど酒を強要され、放歌乱舞を披露させられていた。

　そしてなぜか、平九郎だけはその難を免れている。

　酒や菓子は用人が用意した物を差し出すだけなのだが、「中山殿はわかっておられる」と持ち上げられ、宴席でも客人のようなもてなし方だ。内心、安堵しつつ、他の二人からはいつしか隔てを置かれる格好になった。二人は今や「お神酒徳利」と綽名されるほど親しくなっているが、平九郎には素っ気ない会釈のみだ。

　昨夜、波津に「先輩に釣りに誘われた」と話した。毎日、出来事を三つ報告し続けているので、古株のその名を波津も憶えていた。

「随分と、可愛がられておいでなのですね」

　団扇を手にしており、珍しく平九郎にも風を送ってくる。

「今は何が釣れるのでしょう」

「知らぬ」

「殿、あと二つ、お話が残っておりまするが」

「明後日は朝番だ。その次の日は夕番、以上」

　わかりきったことを口早に告げて、蚊帳の中に入った。そんな態度を取ったのは初めてだったが、波津の口ぶりが妙に気に障った。

勤めの憂きことを何も知らぬくせに、浅ましく歓びおって。

また己だけが依怙の沙汰かと思うと、久しぶりに取り出した釣り竿までが重く感じられたのだ。しかしそのことは波津には黙っていた。他の二人が何かときつい扱いを受けていることも、己だけが免れていることも口に出せるものではない。

波津はそのまましばらく団扇を遣っているふうだったが、やがて自身の寝間に引き上げていった。当然のこと、今朝は姿を見せていない。

「何じゃ、何じゃ、まるで上がっておらぬではないか。さては、魚に侮られておるのか」

安住は平九郎の桶を覗き込み、からかうような口振りだ。そして有難くもない指南をして、「そうそう、なかなか筋がよい」と濁声で持ち上げる。

やがて真昼の九ツも過ぎた時分になり、汗が止まらぬほどの陽射しになった。堤の背後に大きな楢の木があって、朝のうちはその木蔭に坐っていたのだが、今は影が移って頭の上から照りつけられている。

「そろそろ引き上げ時か。やれ、汗だくになり申した。釣果はいかに」

安住が腰を上げ、また平九郎の桶の中を見て、「これは気の毒な」とわざとらしく眉を下げた。

「ただ一尾とは。いや、いっそ豪快」

安住の桶の中は、魚が跳ねて飛び出してしまうほどの量だ。安住は己の桶を持ち上げ、平九郎の胸の前にずいと差し出した。

「進呈しよう」

「は」

「そのざまでは、屋敷で待ちかねておられる奥方に顔向けができぬであろう」

「手前の妻は、端(はな)から私の腕を当てにしておりませぬ」

「うちの妻子は皆、鱚に飽いておるゆえ、よいよい、持って帰れ」

この男は何ゆえ、俺に親切にする。

「安住殿、これは頂戴し過ぎにござります」

思い切って強い言いようをすると、安住がにわかに頬を強張(こわば)らせた。

「有難迷惑か」

機嫌を損ねたか、粘ついた言いようだ。

「は、いえ」

「手に余るようであれば塩を打ち、一夜干しにするがよい」

黙っていると、安住は腰を屈めて釣り竿を仕舞い始めた。

「そうじゃ、明日は朝番ゆえ弁当を遣う。皆に配ってやれ。さぞ喜ぼう」

別れ際はもう、いつもの愛想のよい物腰に戻っていた。

「では、明日」

平九郎も礼を言い、隅田堤を離れた。

番町の屋敷に帰り着き、台所に近い裏口から入った。

板ノ間に波津の姿があって、面喰らった。日中、台所にいるとは思いも寄らない。生家の義姉でさえ下男下女に指図をして、自身は滅多と台所で過ごさなかった。しかし波津は襷(たすき)がけで前垂れまでつけている。女中らに交じって笊(ざる)の前に坐り、朗(ほが)らかな声で喋っている。

平九郎が裏口から入ったことに波津も驚いたのか、板ノ間の上がり口まで早足で寄ってきた。

「お帰りなさりませ」

平九郎が土間の上に置いた二つの桶を覗き込み、「まあ」と目を瞠(みは)る。

「ご立派なお腕前」

「俺が釣ったものじゃない」

「と、申されますと」

青豆の筋を手にしたまま、怪訝げに訊く。

「安住殿の釣果だ。これを残らず一夜干しにしてくれ。明日、登城の際に持って参らねばならぬ」

「一夜干しをお持ちになるのでございますか」

首肯すると、波津は女中に何かを命じ、ややあって用人が板ノ間に入ってきた。

「殿、鱚の一夜干しを城中にお持ちになるとは、まことにございまするか」

血相を変えている。

「そうだが」

「なりませぬ。縁起でもない」

「一夜干しが不吉なのか」

いかにもと、重々しく頷くではないか。

「御老中が重篤な病で床に臥しておられる時、大樹公が見舞いとして贈られる品が鯛の味噌漬にございまする。そしてとうとうお亡くなりになれば、鱚の一夜干しを贈られるのがしきたりにございますれば」

「ということは」

言いたいことがよくわからない。

「今の御老中の中にはご高齢のお方がお二方、おいでになります。かように不吉な物を城中にお持ち込みにならば、さてはご逝去かとの噂が駈け巡り、大騒ぎになりまするぞ。殿が不念、不敬の振舞いを咎められるは必定」

そうかと、平九郎は頬を掻いた。

「安住殿でも、さすがにご存じなかったか。危ないところであった」

独り言に用人が物問いたげな目をしたので、事情を説明した。用人は鼻から息を吐く。

「城中がいかほど縁起を担ぐ場であるか、長年、番士を勤めおる者が知らぬはずはありませぬ」

と言い、「いえ」と慌てて言葉を継いだ。

「殿がご存じなかったのは無理もありませぬ。御奉公を始められて、まだ日も浅い御身にござりますれば。ただ、その古参の者はわざと命じたとしか思えませぬ」

ふむと、平九郎は腕を組んだ。

ふと目を上げれば、波津が桶の中から鱚をつまみ上げていた。

翌日、朝番の勤めを終えると、安住は皆を呼び集めて車座に坐らせた。

「昨日、中山殿と釣りに参ったのよ」

「それはそれは。何が釣れた」

「夏の隅田は鱚に決まっておろう。のう、中山殿」

顎をしゃくったので、平九郎は持参した重箱を安住の前に差し出した。安住が「どれどれ」と蓋を外す。肚の中で舌なめずりでもしていそうな面だ。が、両の眉を吊り上げて絶句している。

一夜干しは如何した。

おそらく、そう叱責したいのだろう。しかし仲間の耳を気にしてか、唇を上下に揉むばかりだ。

「手前の妻が不調法にて、飴煮にしてしまいましてござる。塩を打って干した物を持参するようにとのお指図でありましたものを、ご勘弁くだされ」

平九郎が言うと、皆が一斉に顔を見合わせた。

「わしは何も指図しておらぬ。何を勘違いしておるのやら」

安住は憮然として、横を向いた。

やはり、俺を嵌めにかかったのだ。気紛れに俺を贔屓にしていたが、釣果を辞退したのが気に障ったか。それとも、これまでわざと俺を別格に扱っておいて、いきなり牙を剝いたか。

つまらぬ。何と、つまらぬことをする。

思わず、口の端を曲げていた。

組衆らはやがて重箱に手を伸ばし始めたが、安住とその仲間の五人ほどは車座から離れて酒だけを呷っている。

皆、古参であるが、生涯、組衆のままで、組頭にはとうてい出世しようのない家格だ。憂さが溜まるのはわかる。この身もつい先だってまで、城中に上がることすら考えられなかった。先行きもわからぬ。このまま組衆のままで終わるやもしれぬ。

「だが俺は、腐るまい」

屋敷への帰り道、馬に跨った平九郎は、今夜、波津にそう言ってしまうだろうと思った。それがまず、一つ。

二つめは、朋輩らに初めて声を掛けられたことか。

中之門を出たところで二人は待っており、歩きながら訊かれた。

「釣りで、安住殿は何と指図されたのか」

手短に話すと、不吉の品については二人とも知らなかったようだ。「雑魚の仕業、子供じみておる」と呆れていた。だが城中は縁起がらみのしきたりも多く、それを逆手に取ったやり口だ。

「しかし、中山殿。ようも鱚を飴煮にして持ってきた」と一人が言い、

「それがしも、次第を知って胸が空いた」

もう一人が小さく笑った。平九郎は「いや」と、頭を掻く。

「初めは相手にするのも馬鹿らしゅうて、何も持参せぬつもりだったのだ。が、それを種にして責め立てられるのは目に見えておったゆえ、どうせやられるなら、と」

女中に大鍋を用意させながら、波津が言ったのだ。

「どうせやられるなら、当方に異存ありと伝えましょうぞ」

憤然と、両肩を怒らせるようにして立っていた。

さて三つめは、何を話す。

「鱚の飴煮、旨かったぞ」

ん、それだけでよいだろう。

久しぶりに外出をしようということになって、波津は手ずから弁当を用意すると言った。

「後で参りますゆえ、殿は一郎太と先にお向かいくださりませ」

「ならば、早苗も連れて参ろう」

平九郎は三歳になる娘を抱き上げ、厩に向かう。十二歳になった一郎太は幼い頃から仕込んだので、今では馬場でなかなかの走りを見せる。それを見て育ったからか早苗も馬がたいそう好きで、平九郎はたびたび抱き上げて馬に乗せてやる。

尋常な母親であれば「危ない」と言いそうなものだが、波津がそれを止めたことはない。

「今日は鶏を潰して、串焼きにいたしまする」

楽しみにせよとばかりに波津は頬を明るませ、いそいそと台所に向かった。

波津が台所に入るようになったのは祝言を挙げて後のことだと知ったのは、駿府の役宅でだった。

駿府城は権現様がかつて大御所として政を行なった城で、書院番は毎年交替で在番を勤める。平九郎にその命が下ったのは鯖の一件があった年の末で、その翌年に赴任した。

その際、波津はどうしても一緒に行くと言ってきかず、いつものように我を通した。番町の屋敷よりも遥かに狭い役宅であるので、台所女中を城下で雇いはしたが、波津はほとんどを自ら料り、そして針を持つ姿も平九郎は初めて目にした。

殿のお口に入るもの、お肌に触れるものをご用意いたすのは、武家の妻の務めにござります。いずれも、お命にかかわることにござりますれば。

殊勝なことを言ったが、やはり朝は起きてこなかった。寝間も役宅で初めて同室になったので、平九郎は毎朝、口を半開きにした寝顔を見てから寝床を脱け出す。波津は呆れるほどよく眠り、日中はよく働いた。

そして毎晩、平九郎はその日の出来事を三つ、波津に報告した。


「今日、上役の采配に異論ありと、同心が申し立てに参った」

同心は旗本よりも格下の御家人が任じられる役務で、番士の配下である与力の、さらに配下である。

「もしやまた、新入り苛めにござりますか」

「いや。上役の与力がその場限りの理不尽な指図を繰り返すゆえ、そのつど、二十人ほどが右往左往させられているらしい。これでは徒労が多過ぎ、勤めを真っ当に果たせぬとの上申だ」

本来、上役の指図に異論があっても、二度までは上役を立てて黙って従わねばならない。それでも看過できぬ場合は直属の上役を飛び越え、さらにその上に申し立てることができる。

それが昔ながらの武家の作法であることを、平九郎はもう弁えていた。

「殿に申し立てに参ったということは、殿がその道理の次第を裁かれるのでございますか」

「さようだ。むろん当の与力からも話を聞き取ってのことになるが、今日、密かに調べを入れさせたところ、同心の言い分に偽りは見当たらぬ」

波津はしばし黙した後、「それにしても」と長息した。

「その同心は、よほどの覚悟をもって上申したのでありましょうね」

波津の言う通りだった。堪忍袋の緒が切れたという体ではなく、耐えに耐え、熟慮した末の申し立てに聞こえた。むろん免職の沙汰をも覚悟していただろう。顔が土気色だった。

平九郎は床に入っても、暗い天井を睨み続けた。

どう裁きをつければよいか、逡巡し続けている。昔ながらの作法など、とうに風化している時世だ。今は上役の気息を窺い、髭の塵を払うに長けた者が生き延びるし、上役となった者も配下から尊重されるのが当たり前だと思い込んでいる。

俺が与力を叱責いたさば、配下の同心に対して恨みを持つことになりはすまいか。刃傷沙汰にでもなれば大事だ。

闇の中で、波津の声が静かに響いた。

「泰平の世で、何よりにござりまする」

「ん」

「戦場であれば、上役の指図違いは多くの兵の命を落とさせるが畢竟でござりましょうに」

天井を睨み続けるうち、肚が決まった。

上が道理を曲げれば、武士の世はすたれる。

あの同心の覚悟に、俺は応えねばならぬ。


平九郎は駿府在番を二度経験した翌年に書院番組頭に任じられ、その後、徒頭を経た後、役方に転じて目付を任じられた。

兄の真幸はそれを「かくも出世するとは」と、喜んでくれた。

「いずれ幕閣に入るのも望外ではないぞ」

兄は近々隠居して、甥に家督を継がせるつもりであるらしい。甥は来年、波津の従妹を嫁に迎えることになっている。

「この三浦の家も引き立ててくれ。よしなにな」

「兄上、私が幕閣などあり得ませぬ」

平九郎は苦笑したものだ。己に大した才がないことは自覚している。何か事が出来（しゅったい）するたび迷い、呻吟（しんぎん）しているのだ。上役の機嫌を取るのも、相変わらず苦手である。

役職を転じても禄は変わらず、ただし位階は布衣（ほい）に上がった。

しかし平九郎が最も歓びを感じたのは、嫡男の一郎太を得た時だ。最初の在番を終えて江戸に戻った年に、一郎太は生まれた。夫婦になって四年目のことで、心底、安堵もした。旗本としては、家を継ぎながら子を生（な）さぬとあっては、当主の役割を果たしたことにならない。義父母に申し訳が立たなかった。義父母は娘よりもさらに孫を甘やかし、目の中に入れても痛くないほどの可愛がりようをして、波津に窘（たしな）められる始末だった。

二人は五年前と四年前に相次いで身罷（みまか）ったので、孫娘の早苗は抱かず仕舞いだ。用人も代替わりをして、当代は平九郎より十も若い、三十歳の用人が家を取り仕切っている。

ゆっくりと、人の往来に配慮しながら一郎太は馬を操っている。その背中を見守りながら、平九郎は後に続く。左腕で娘の柔らな躰をしっかりと抱き、膝の上に尻を置かせている。手綱は右手でのみ持つ。

桜ノ馬場に入ると、一郎太はさっそく馬を走らせ始めた。供の衆が床几を据えたので早苗を渡してそこに坐らせ、平九郎も馬から降りてかたわらに腰を下ろした。

早苗はぽってりとした口を少し開き、一郎太が駈ける姿をじっと眺めている。母親によく似た面差しで、己の好きなこと、面白そうなことに出会うといつも双眸をりんりんと輝かせる。

秋晴れの空だ。

湯島聖堂の木々は緑が深く、その向こうを薄い鰯雲が泳ぐ。草叢で虫が鳴いている。

お秋。

ふいに、その名を思い出した。十数年ぶりに胸の裡が痛むのは、馬の鬣が風に靡いているからか。

あの夜、平九郎が婿入りをする二日前の夜だ。お秋が離屋を訪ねてきた。

お暇を頂戴して、在所に帰ります。

消え入りそうな声で告げた。途端に未練が生じて、別れることなど無理だと思った。

逃げよう。何もかも捨てて、このままどこかへ行こう。

しかしどうしても、その言葉が出せない。黙ってお秋の腕を取り、手荒に抱き寄せた。お秋は逆らわなかった。しばらくして、お秋が身を起こす気配がした。ひっそりと、細い背中を丸めるようにして身仕舞いをしていた。

平九郎はその姿を、努めて思い出さぬようにしてきた。が、今は認めることができる。

俺は愁嘆場(しゅうたんば)になることを避けるためだけに、お秋を抱いたのだ。もしかしたら、お秋は最後に語り合いたかったかもしれぬのに。俺は、あの微かな訛りが愛(いと)おしかったのに。

「母上」

早苗が声を上げた。供の衆に囲まれるようにして、波津が馬場に入ってくる。最後尾の若党は提(さ)げ重箱を二つも手にして、少し重そうだ。一郎太が聖堂裏の植込み辺りで馬の歩を緩めたので、いつも早苗を可愛がっている中間(ちゅうげん)が早苗を抱き上げ、兄の許に連れていく。

空いた床几に波津が坐り、竹筒を差し出した。水を呑み、竹筒を波津の手に戻す。

「殿、如何なさりました」

三十四歳になった波津の顔は、少し丸みを帯びた。

「俺はの、波津」

「はい」

「そなたと一緒になる前、女を捨てた」

波津は黙っている。

「不実な、情のない別れ方をした。捨てたのだ。今、その女のことを思い出していた。願わくは、今、どうか倖せに暮らしていてくれと思う」

波津はまだ黙っており、そして遠慮がちに頷いた。

「私も、そう願いまする」

それからしばらく、また一郎太が馬を駈るのを眺めた。黄葉した桜葉が散り、紅に染まった楓の枝が揺れる。

「私にも、お慕い申すお方がおりましたゆえ」

平九郎は目瞬きをして、長年、連れ添った妻の横顔を見た。が、波津はこちらに目を合わせようともしない。

「私の噂は、ご存じでござりましたでしょう」

今日は何という日か。

かくも安穏な景色の中で十数年ぶりにお秋を思い出し、そして「淫奔」という言葉が生々しく甦ってきた。

「早う婿を迎えねばならぬと周囲に急き立てられ、けれど私はたいそう我が強うございましたから、界隈の娘らと一緒になって方々を遊び歩いておったのです。むろん乳母や供の衆が一緒にござりましたけれども、芝居見物や舟遊びに繰り出しては父上や母上を手こずらせておりました」

己の行状を打ち明けているのに、なぜか声を弾ませている。

「そしてあの春はとうとう、侍女の着物に身を窶して屋敷を抜け出しました。仲のよい者同士、五人で町人の娘らのように花見をして酒なども頂いたりして、他愛のない遊びではありますが、それは愉しゅうて。それで、いつしか聖堂裏の馬場にまで足を延ばしておりました。誰かが悪戯心で言い出したのです。おなごの身では滅多と入れぬその場をちと覗いてみましょうぞ、と」

波津は一郎太を見ながら、話を続ける。

「植込みから忍び込んで、そこで私は、鹿毛の馬を走らせるお方を見ました。桜の花びらが舞う中をそのお方は駈け抜けて、そして鐙に足を置いたまま、すうと躰を立てたのです。両の腕を真っ直ぐに伸ばして、十文字のように。まるで風を引き連れて走っているように見えました。私は息を呑んで、言葉もなかった。あんなこと、生まれて初めてにございました」

平九郎は一郎太に、あの十文字乗りを教えたことはない。戦場でかような真似をすれば、真っ先に矢弾を浴びる乗り方だ。

中間に抱かれた早苗が戻ってきて、波津は娘を膝の上に抱き上げる。

「家に帰って、私は父上と母上に申し上げました。……どうしても、あのお方でなければ厭にございまする」

娘に甘い仁右衛門夫妻は人を使ってその男の素性を突き止め、親族で話し合いを持ち、大番頭の吉川に相談に出向いたという。

「ですから私は正真正銘、旗本の娘にあるまじき奔放にございます。好いたお方と一緒になろうなど、正気の沙汰ではございませぬもの。早苗がかようなことを言い立てましたなら、私は許しませぬ」

そうであろうなと、平九郎は苦笑を零した。

「では、床入りの夜になぜあのようなことを申した」

「はて、何のことにございますか」

「外出先を一々、詮索するなと申したではないか」

波津は俯いて、早苗の洟を拭いてやる。

「詮索するなと言われたらかえって興味を持つのが人の常かと、企みましてございます。ですが殿は、私が台所で料理を学んでいることにさえ長いことお気づきにならなかった。私の負け戦にござりました」

「なら、あれの真意は奈辺にあった。その日の出来事を三つ報告しろとは」

問いつめながら、その理由にはもう見当がついていた。波津が顔を上げたが、「いや、待て」と掌を立てる。

「勤めに慣れぬ俺の様子を、知るためであったのだろう」

そしておそらく、波津なりに助力してくれたのだ。奉公の場であったことを妻に話したりなど、武家ではしないのが尋常である。しかし毎日、必ず話をしなければならなかった。ゆえに自ずとその日を振り返り、思考し、こうと決めたことは実践するようになった。むろん、うまくいった時もあれば、いかぬ時もある。それはこれからも続く。人が集まって動く以上、常に思惑はすれ違い、予期せぬ難儀は起きる。

ただ、一生、冷飯喰いであったはずのこの人生に真の逆転が起きたのは、やはり波津、そなたと話を積み重ねたからだ。

それは口に出せなかったが、波津は意を汲んだように平九郎の目を見た。

「私はただ、殿と毎日、お話がしたかっただけにござりまする」

目尻に柔らかな皺を寄せ、「さ」と言った。

「一郎太も早苗も、お腹が空きましたね。お弁当を開きましょう」

中間が馬場の中ほどに走り、手を振った。気づいた一郎太は軽く馬の脇腹を蹴り、真っ直ぐこちらに向かってくる。

ひとすじに、秋風の中を駈けてくる。

一汁五菜

明かり採りの高窓の下で、山口伊織は真魚箸を立てた。俎板の上に置いた鯛を箸で押さえ、柳葉包丁の刃を立てて鱗を引く。明け六ツの新しい朝陽で、身から離れて散った鱗が光る。

水揚げされた魚は、賄方が日本橋の魚河岸で姿と大きさを選りすぐり、城の賄所に納めさせたものだ。この料理場に運び込まれる桶には海水が張られているので、俎板の上に置いた際はまだ盛大に尾を跳ねさせている。その動きを鰓の内側に箸を差し入れるようにして止め、手早く鱗を引くのが作法だ。高窓の下で鱗を見る時、伊織はいつも海を思う。波の色を集めたような光り方だ。生きているものが放つ、末期の色なのだろうか。

手許に気を戻して鱗を手早く端に寄せ、頭を切り落とした。臓物を出して洗い、二枚に下ろす。それぞれに塩を打ち、しかし料るのは上の片身一枚だ。頭と骨付きの片身は皮も剝がぬまま、芥溜の竹籠に放り込む。

伊織は足許の桶から次の鯛を引き上げ、また捌く。

山口家は代々、江戸城本丸、膳所の台所人だ。隠居した父の作右衛門は、表向の表台所で奉公していた。大樹公の食膳を調進する御役で、台所人は七十人近くいる。大樹公の膳のみならず、宿直明けの目付衆や側衆の朝餉も用意するゆえだ。さらに、出仕する幕閣、諸役人も登城してから朝餉を摂る場合が多いので、飯と汁、煮物などの御菜を大量に用意しておく。持参の弁当を遣う御仁もあるし、飯だけを持参して菜のみ膳所のものを所望する場合もある。

伊織は表向ではなく、大奥の御台様膳所に奉公している。ここでは朝昼夕、御台様ただ一人のための食膳を調進する。大奥には千人近い女役人がいるが、皆、大奥内の長局に住居を与えられており、そこで自前で雇っている女中に飯を用意させるからだ。

伊織は二十三歳で役成りしたので、つごう十二年、この料理場で奉公してきた。上役は御台様膳所台所組頭で、さらにその上に台所頭がいる。台所頭は旗本しか就けぬ役職で、若年寄の支配下だ。

父は台所人であることに、誇りを持っていた。

躰に入るものは、しごく大切である。人は何をどう喰うかで、日々を養うのだ。まして台所人は、大樹公と御台様の御膳調進を掌る。泰平の世の武士にとって、これは重職だ。

事あるごとに、そう言い聞かされて伊織は育った。

しかし台所人の身分は低く、山口家も朋輩ら三十人も、御目見得を許されていない御家人だ。陰では「刀ではなく、包丁で仕えておる」などと嗤われていることも、今は知っている。

「山口殿、味見を願いたい」

朋輩に呼ばれ、手を拭いてからいったん板間に上がり、さらに竈が据えられた土間に降り立った。

御台様の朝膳の献立は二之膳付きの一汁五菜と決まっており、そこに香の物がつく。五菜といえども数種を取り合わせて盛りつける皿もあるので、用意する料理は十品ほどだ。

今日の一之膳の口取は鯛の刺身と胡桃の和え物、金糸、昆布、からすみだ。平は豆腐の葛餡掛け、菊花散らし。汁は玉子を割り入れた味噌汁。二之膳の焼魚は竹麦魚、壺は煎豆腐、そこに御外之物として干海苔を巻いた玉子焼を供する。

伊織は玉杓子で、出汁を小皿に掬った。静かに吸い、舌の上で汁を転がす。

「足りぬか」

朋輩が訊いたので、咽喉の奥で「ふむ」と答えた。

「あともう一摘まみ。それで、味が引き締まろう」

ただでさえ淡白な豆腐に掛ける餡であるので、このまま葛をひけば味がぼやけてしまう。

「承知」

朋輩は棚から塩壺を取り出し、蓋を取る。

汁物料理の腕の振るいどころは出汁のひき方で、むろん極上の昆布と鰹節を用いている。ただ、それだけでは足りない。

塩だ。

仙台、下総、加賀、播磨など、これも極上品が産地から集められ、諸大名からの献上も多い。その塩の使い方いかんで、材料と出汁を引き立てることも駄目にすることもできる。季節によっての塩梅も大事だ。これから秋が深まって冬に入れば塩味を少々抑え、春から夏にかけて汗をかく時期には徐々に強める。

朋輩は小匙に山盛りにして、差し渡し一尺を超える鍋に放り込んだ。御台様ただ一人のための料理だが常に十人前の膳を用意するのが慣いで、それは公方様でも同じだ。

朋輩の手許に注がれる視線を感じたが、伊織は素知らぬ顔をして小皿を戻した。いつものことだ。料理場の周囲には目付支配の台所番が数人立っており、見張っているのである。

妙なものを混入せぬか、台所人は常に監視されている。

伊織は後ろに退いて水場へと戻る際、微かに視線を動かした。束の間、目が合うが、相手は決してそらさない。慣れているとはいえ、そして台所番はこれが役目と承知していても、かくも不躾な目を投げられては気持ちがよいはずもない。

伊織は曖気にも出さぬが、肚の中ではいつも吐き捨てている。

毒など盛るわけがないではないか。

これが、我らの奉公なのだ。

父が自らの御役を重職だと言い暮らしていたのも、この遣る方ない存念があったゆえではないかと気づいたのは、台所人になってまもない頃だ。頼りないほど微かな誇りを手繰り寄せて肚に据えねば、武士としては手に沁みついた魚の生臭さが恨めしくなる。

伊織はもともと口が重い性質(たち)であるので、宿直の詰所でもそんな心中を明かしたことはない。まして料理場での談話、目配せも共謀を疑われるので禁物だ。ゆえに誰しもが同様に心得てか、黙々と働く。言葉を交わすといえば味を決める時くらいで、朋輩らは迷ったり自信がない場合、伊織を呼ぶ。四、五年前だろうか、大奥を取り締まる女役人、御年寄(おとしより)であった平岡(ひらおか)から味を褒(ほ)められたことがあったのだ。

台所人の者共(ものども)、近頃、念を入れての奉公、祝着(しゅうちゃく)至極。

わざわざ品を名指ししての褒詞(ほうし)で、それが伊織の手になる主菜の刺身と焼物、鯉(こい)こくなどの羹(あつもの)であった。むろん御年寄と直(じか)に顔を合わすことなど下端の台所人にはあり得ぬので、御広敷(おひろしき)の役人を通じての伝言だ。

伊織がそれを表立って誇ることはなかったが、やがて朋輩らは伊織の舌を頼りにするようになった。そもそも、膳所には数多(あまた)の役人が働いているというのに味についての差配は誰も任じられておらず、すっぽりと抜け落ちている。上役の組頭は勤番、非番の順を決め、その勤めぶりを掌握するのが役務だ。

それでいつしか「味は、山口に問え」となった。

板場を通り抜ける途中、玉子を割っている朋輩の背後を通りかかった。役成りしてまだ数年の若者、須藤高久(すどうたかひさ)で、裃(かみしも)姿ではあるが見すぼらしい古肩衣(かたぎぬ)で袴(はかま)の股立(ももだ)ちも取っている。伊織と他の台所人も同じく、皆、哀れな出で立ちだ。

玉子の殻は二十ほども笊に盛り上げられており、高久は鉢に入れた中身を箸で溶きほぐしている。白身が残っていては見目が悪く舌触りも落ちるので、この後、いったん溶き汁を濾して余雑物を除いてから出汁と砂糖を混ぜ入れる。これも伊織が始めた方法だ。

高久は砂糖壺を抱え、迷いもせずに大量に鉢に放り込んだ。

「砂糖を入れ過ぎると焦げるぞ」

背後から声を掛けると、まず台所番らがこちらを注視した。それは百も承知、料理番同士で言葉を交わす際は疑いを招かぬように明瞭に話すのを心得ている。高久が顔だけで振り返った。

「塩を加えろ。それで甘味が増す」

御台様は甘い味つけがお好きなのだ。ことに玉子焼は菓子のように甘くすればするほど、「重畳」との言葉が下される。

もう何代も続いている通り、京の公家から輿入れされた御台所である。喰い物についてとやかく言わぬ高貴の血筋であられるので、朝夕の膳について「あれが喰いたい、これが厭」という注文がついた例はない。献立が春夏秋冬ほとんど定まっているので、注文のつけようがないとも言える。大樹公の膳も同様だが、城中ではなにしろ禁忌の食材が多いのだ。

魚は、鮪に鰯、河豚と鮫、鯰や泥鰌、鮒と鮗などが禁じられている。

鮪は別名をシビと言い、これが耳には死日と聞こえるので忌む。鮗は切腹を命じられた際に最後の膳で供される魚と決まっており、これを腹切魚とも呼ぶので非常に縁起が悪い。河豚はむろん毒を持っているからで、ただ、それを避けるというよりも、「河豚の毒ごときで命を落とすとは、武家にあるまじき」として忌まれる。

貝類は牡蠣と浅蜊、赤貝が禁忌、鳥類は鶴と雁、鴨以外はすべて、獣は兎以外はすべて禁じられている。青物類は葱に大蒜、韮、辣韮、つくね芋に莢豌豆、若布や鹿尾菜なども用いることができない。

すなわち食中りを起こしやすいものと縁起の悪いもの、臭いの強いものを避けるしきたりだ。

市中で人気のある天麩羅や油揚げなど油を用いたものも献立には入らず、御先祖の命日には精進となるので魚も避ける。ゆえに、献立の幅はおのずと狭くなる。

ただ、好物やお気に召した物は料理場にも伝えられる。御外之物と呼ばれる皿は御台様から格別に所望された料理を指し、大奥内で拵えられることもある。大奥にも膳所があり、仲居という女料理人が奉公しているのだ。

　御台様は六年前、十五歳で入輿されたが、当初は江戸の味に慣れることが難しく、西国の大名が献上した素麺などを仲居にゆがかせていたようだ。だが今は香の物のみ仲居にまかせ、御外之物もこの料理場で調えるようになった。

　というのも、玉子焼が所望された際、伊織は思い切って甘くし、それを干海苔で巻いてみた。それが殊の外お気に召し、しばしば注文されるようになったのだ。

　御台様に限らず、大奥の女らはとかく甘味を好む。朋輩が誰から聞いたものか、大奥全体で一日に使う砂糖は千斤に上るらしい。一家五人の御家人の家では十年でも使わない量だ。むろん砂糖が高価なゆえで、自儘に甘味、菓子を食せる武家はよほど高禄の家である。

　高久は膝を回してこちらを向き、大きな目玉をさらに瞠るようにして頬を紅潮させた。菊月だというのに、鼻の下に小さな汗粒を並べている。

　組屋敷の内でもこの須藤家だけが近所で、伊織は高久をごく幼い時分から知っている。一回りも歳下であるので、一緒に遊んでいたのは妹の弥生の方だったが。

　高久どの、お手合わせを。

身が敏捷な弥生は武術を好み、両家でたまに潮干狩りに出掛けると、松林の下で盛んに「えい」と枯木を振り回した。おとなしい高久は本当はもっと貝を掘りたいのに無理やり弥生につき合わされ、怖ず怖ずと引け腰で相手をしていた。

　両家は松林に布を敷いて弁当を広げたものだ。握り飯と煎蒟蒻、叩き牛蒡、菜花の浸しという慎ましい献立だったが、それは旨かった。春だというのに空はやけに澄んでいて、波音も明るかった。

「ご指南、有難うござります」

　高久は頭を下げ、立ち上がって棚の塩壺に手を伸ばしている。小柄で、まだ頼りない背中だ。肩衣が歪んでいるので、「そのまま動くなよ」と声を掛けてから姿を直してやる。高久がまた礼を述べたが、「さっさと仕上げろ」と伊織は顎をしゃくった。

　俎板の前に戻って居ずまいを正し、しばらく寝かせてあった片身の仕上げにかかる。真魚箸で身を押さえ、包丁を持った。刃はいつものごとく念を入れて研いであるので、右肘を引くだけですっと身に吸い込まれるように切れる。

　朋輩らに言わせれば、伊織の作る刺身はひときわ艶を帯びているらしい。実際、まったく同じ魚でも断面の具合で見目と味、舌触りも数段上がる。刺身の出来栄えを決めるのは包丁だ。

　伊織は片身から五切れを取り、残りを芥溜に捨てた。そして別の片身から、また五切れを造る。つまり毎朝、用意すべき五十切れを十尾の鯛から取る。

葉蘭（はらん）を敷いた漆（うるし）塗りの嶋台（しまだい）に並べ終え、伊織は板間に向かって告げた。

「刺身、上がり申した」

まもなく、方々からも声が上がる。

「焼物、上がり申した」

「汁」「平」「御外之物」

味噌汁や煮物など汁気の多いものは真鍮（しんちゅう）の鍋に移し替え、他の料理は嶋台や硯蓋（すずりぶた）に盛る。それらが運び込まれるのは、膳所の詰所だ。

そこに御広敷番之頭（おひろしきばんのかしら）と御用達添番（ごようたしそえばん）の二人が出向いてきて、すべての料理の毒見をする。まず添番が、順に一箸ずつ口に入れる。次いで番之頭がまた一箸ずつ食していき、終えると箸を置く。両者は膝で真後ろに退き、しばらく互いの顔を見つめる。

万一、毒が盛られていれば顔は色を変じ、もしくは吐く。その様子を互いに確かめ合うので、傍目（はため）には敵（かたき）同士が腰の物に手を掛けて睨（にら）み合うさまを想起させるほど。命を賭（と）しての役儀であるので、当人らにすれば額（ひたい）に脂汗が滲（にじ）んだとて恥にはなるまい。だが、伊織が奉公してからはむろんのこと、父や上役からも「食中（しょくあた）りを起こした」という話すら耳にしたことがない。

ともかく両人は睨み合った末、互いに目礼を交わし、「よし」と認められれば残りの九人前が大奥の御錠口まで運ばれる。

　そこからは大奥内の仕儀であるので、伊織ら台所人は板間に正坐して一刻ほど待つ。

　膳を受け取った女中は大奥内の膳所に運び込み、仲居らが九人前を温め直す。その後、当番の中年寄がまたすべての皿を毒見する。「よろし」となれば八人前が懸盤の上に並べ替えられ、そこでようやく一之膳、二之膳を決まり通りに盛りつける。御次が御休息之間の入口まで運び、御中臈がまだ起きたばかりの御台様の前に膳を置く。

　給仕には、御年寄がつくのがしきたりだ。今の御年寄の中で最も力のあるのが梅村で、昨年、平岡の隠居に伴って中年寄から昇進した。歳はまだ三十半ばと聞いているので、伊織とほぼ同じ歳頃だ。しかし貫禄のほどには天と地の開きがある。もともと美貌で知られた梅村は才知にも優れて大樹公夫妻の信頼が厚く、その権勢は早や前任の平岡をしのいでいるらしい。

　膳の上には柳箸が二膳用意されているもので、御台様用と御年寄用だ。昔、上役から聞いた話では、御台様の膳の向かいに坐した御年寄が焼魚などの身を毟り、取り皿にのせて御台様に供するようだ。

　日々の給仕については梅村が独占して務めているらしく、それによって御台様との親密を大奥に示しているとの穿(うが)った見方もある。

　御台様が一口召し上がれば、梅村は下座に控える御中﨟にこう告げる。

「お代わりぃ」

　御中﨟は後方の次之間(つぎのま)に控える御次に、その命(めい)を伝える。

「御魚(おまな)のお代わりぃ」

　皿ごと新たなものに替えられ、御台様はそれをまた一口だ。三度お代わりするのは作法に反するので、焼魚は三口食しただけで目前から下げられる。刺身や他の皿、好物の玉子焼も同様で、給仕の梅村の差配するままに朝餉は進む。自ら箸を動かされるのは汁物と飯だけだ。

　膳所で温め直したとて、一汁五菜のすべてが冷めきっているだろう。しかし御台様は淡々と召し上がるようだ。何をいかほど食されたかは御中﨟がすべて控え、書付(かきつけ)は奥医師にも見せるようになっているからだ。あまりに食が進まぬ場合は御広敷に不服の意向が伝えられ、膳所や賄方の責が問われることもある。むろん台所人も叱責を免れない。それを御台様も承知で、いつも決まった量を召し上がるのである。

城中では、この「いつもの通り」が最も大事なのだ。常ならぬ事は決してあってはならない。

膳の残りの六人前は料理場に戻ってくるわけではなく、御年寄や当番の御中臈の腹の中におさまる。これも毒見、そして味検めを兼ねている。さらには役得でもある。

上級の女役人らは朝昼夕、八ツ刻の茶菓子に至るまで自前で用意する必要がない。

大奥の女中はただでさえ高禄で、御年寄ともなれば五十石取り、合力金と称す衣装代は六十両、扶持米も十人扶持と聞いた。さらに炭や薪、湯之木、油や五菜銀と、じつに手厚い。五年前だったか長局から火が出て、焼けた部屋の者が火事で失った金子の額を申し出る事態になったことがある。その際、皆、当たり前のように四、五百両は貯めていたことが表沙汰になった。

次は、おなごに生まれたいものよ。

朋輩らは渋苦い面持ちで嘆息していた。女であればたとえ武家に生まれずとも、己の才覚でのし上がれる可能性がある。その唯一の場が大奥だ。

台所頭が戻ってきて組頭に書付を渡し、「よし」と伝えた。組頭は辞儀をして台所頭を見送る。その後、身を返して板間の上座に進み出、皆を見回した。

「ご苦労であった」

　台所人はようやく安堵の息をつく。本日の朝膳も滞りなく済んだようだ。組頭は手にしていた書付を開き、さらに言葉を継いだ。

「今朝も美味であったと、梅村殿も御満悦の由。ことに御台様は、平と御外之物をお歓びであったそうだ」

　板間から立ち上がった際、朋輩が嬉しげに目を細めて伊織に会釈をした。豆腐の葛餡掛けを用意した朋輩だ。伊織も目顔で返す。さらに高久も寄ってきて、頭を下げた。

「おかげさまで、焦がさずに済みました」

「あれしき、礼には及ばぬ」

「今日、この後は非番にござりましたな」

　首肯した。昨日は宿直の番であったので夜は詰所に泊まり、今日の昼からと明日は非番だ。

「手前は当番にござりますゆえ、お預けしてもよろしゅうござりますか」

「むろんだ。役宅でよいのか」

「はい。今日のものは外に回さず、手前どもで」

「心得た」

嶋台や硯蓋、鍋は膳所で綺麗に洗ってから戻されるので、台所人は持ち場を片づけにかかる。掃除は専任の小間遣いがおり、これも低い武士身分だ。

伊織は俎板を洗って干し、包丁を研ぐ。そして芥溜の中の物を紙で包み、さらに油紙で包んだ。鯛十尾分の頭と骨付きの片身、さらに刺身を取った後の半身もある。これを炭の空き俵に入れておけば、小間遣いが本物の芥と共に城外に運び出す。

そのまま処分するわけではない。門前で待つ商人の手によって、市中の仕出し屋や賄屋に転売されるのだ。近頃は人の多い日本橋から離れた地、向島や本所、深川などにも料理屋が増えており、買手に困ることはない。商人は手間賃を差し引き、月末にまとめて役宅に金子を届けにくる。

ゆえに伊織は鯛の頭を大きめに落とし、刺身も一尾から五切れしか取らない。身をたっぷりとつけた頭や骨皮付きの片身を市中に回してやれば、何軒もの料理場で潮汁や兜煮、湯引きが作れる。

他の台所人も、鰹節や昆布、竹麦魚やからすみなどを黙々と包んでいる。

鰹節も、包丁の扱い次第で役得が大きい。包丁の刃を立てて薄く一片一片を削るのだが、その余りは木箱に戻さずに捨てて転売する。魚の頭や片身は夏などたちまち傷むが、鰹節や昆布はその心配も無用だ。ゆえに料理場では不公平にならぬよう、持ち場を順に代わることになっている。

高久もせっせと玉子を紙で包み、竹籠に詰めている。さきほど預かってくれと頼まれたのは玉子のことで、今日は自家で使うつもりらしい。

着服、横流しの仕儀は組頭や台所頭も知っているが、見て見ぬふりを通している。あまりにも古い慣いなのだ。台所人はこの裏稼ぎがないと一家を養っていけぬ。

山口家の役高は四十俵扶持、役金は十両のみだ。妻に子供が二人、隠居した父の五人暮らしで、妻の腹にはまた赤子がいる。役得がなければ、身内が干上がる。

さらに言えば、組頭や台所頭らもまた別の役得を持っているのだ。下手に騒げば己の足許から煙が立つ。その最たるものが賄方と結託しての仕入れで、必要以上に材料を仕入れてそれを横流しする場合もあれば、御用達を願う商人からの接待、音物も頻繁だ。

料理の最中にはあれほど目を光らせている台所番は、片づけの際にはとうに姿を消している。職務は毒に関してだけであって、不正を摘発する任ではないからだ。

伊織は袴の股立ちを元に戻した。高久を呼ぶ。

「須藤、まだか」

「ただいま」と躰を左右に揺らすようにして小走りし、伊織の前に立った。押しつけるようにして四つの包みを渡す。匂いから察して、二つは玉子焼だ。

「少し焦げてしまいましたが、お子らにも」

屈託のない笑みを泛べている。

「玉子の巻き方に自信がなかったので、朝から随分と作ったのです」

「習練したのか」

「習練と申すにもお恥ずかしい出来栄えです。玉子も包んであります」

「それは、かたじけない」

貧しい暮らしを営む家同士、着服したものもこうして融通し合っている。玉子も砂糖ほどではないがやはり高価であるので、尋常であれば滅多と口にできぬ品だ。

伊織は詰所で包みをさらに別々に風呂敷でまとめ、腰に二本を差す。

「お先に失礼つかまつる」

朋輩らと互いに挨拶を交わし、広敷御門から外に出た。若党が門前に迎えにきており、小腰を屈めている。

「ご苦労様にござりました」

頭を上げた若党に風呂敷包みを渡す。いかな軽輩の武士といえども、浪人者でない限り一人歩きはしないものだ。包みも自身では持たない。

「玉子であるゆえ、気をつけて持て」

「へい」

「須藤家への届けものと、拙宅で頂戴するものもある」

「かしこまりました」

しばらく北へと急いで曲輪を抜け、平川御門から市中に入る。さらにいくつかの橋を渡り、浅草御門を抜けた。浅草御蔵の前を北へ進み、諏訪町の角を曲がって路地に入る。若党も黙って従いてくる。

やがて細い石段が右手に現れ、伊織はいつものごとく足早に登る。五十段ほどを上がると境内だ。小さな寺だが、ここが山口家の菩提寺である。

古い欅の枝が何本も屋根を蔽い、まるで木の中をくりぬいて御堂を造ったかのようだ。江戸の秋にしては今日は風がなく、境内の小石を照らす秋陽は暖かい。時々、古木が思いついたように葉を降らす。黄金色の葉は石塔を撫で、伊織の行く手を舞う。

御堂の裏手に回って庫裏に入った。住職が気づき、目を上げた。伊織は軽く頭を下げ、すぐさま板間の端に上がった。膝をつき、腰の大小と肩衣を外す。袴の紐を解き、足許に落としたものを若党が畳んでゆく。若党が懐から出した風呂敷で肩衣と袴を包んでいると、住職がその前に静々と近寄ってきて腰を下ろした。

若党が差し出した風呂敷包みを受け取って膝脇に置き、伊織の大小は手にした袱紗で受け取る。

「よろしくお願い申します」

頭を下げると、住職は「お預かり申す」と頷く。

住職は台所人という役儀について、多少は心得てくれている。いったん役宅に戻れば着替えて大小も置けるが、丸腰の着流し姿で外に出るわけにはいかぬのだ。同役の者らが住む組屋敷とはいえ、やはり人目に立ち過ぎる。

庫裏を出て、石段を駈け下りた。

「行っておいでなさりませ」

若党と左右に別れる。若党は来た道を引き返して小川町の役宅に帰る。伊織は隅田川沿いに北へと走り、吾妻橋を渡った。


冬、伊織は今日も着流し姿で亀戸村の伊勢留へと向かった。

息を整えてから裏木戸を押し、身を入れる。伊勢留は老舗ではないが、客筋の良さで知られる料理屋だ。近くに梅の名所である梅屋敷があり、舟で亀戸天神に参詣した通人が立ち寄ることも多い。

油障子を開け放った裏口の前には、若い衆がずらりと輪になって屈んでいる。井戸の前で里芋を洗う者、皮を剝いている者もいる。

「よッ、伊吉っつぁん」

何人かが顔を上げた。

「遅ぇよ。毎度だけど」

「すまねえ。朝の客で時を喰っちまってな」

御台様の朝膳を調進してからこの店に入るので、いかほど急いても昼四ツにはなる。

「魚が主さんを待ちかねて、躰がのびちまったい」

伊織はにやりと口の端を持ち上げ、「太刀魚かい」と訊いた。

「そう。今日は秋刀魚もいいよ。ぴかぴかしてやがる」

何人もが囃すように言い立てる。

「そういや、公方様ってのは鯛の一本鎗らしいな。秋刀魚は喰わねえらしい」

「何で。滅法、旨ぇのに」

「知らねえよ。おいら、筋金入りの長屋育ちだ」

秋刀魚も、城中では下魚の扱いだ。おおむね、長いものや背の青い魚は上つ方は口にしない。

伊織は若い衆の話を聞き流し、料理場に入った。竈は三つで、魚を捌く水場が広く取ってある。板間では料理人が三人、脚付組板の前に坐して小包丁を揮い、あるいは鉢を足で挟んで擂粉木を遣っている。

「遅くなりやした」

伊織は腿に手を置いて頭を下げる。

「よう」と三人は頷いて返す。

「今日の秋刀魚はことさら脂がのってるぜ」

「らしいですね。今日は有馬煮ですか」

「お見通しだな。親方の有馬煮に伊吉っつぁんの刺身がありゃあ、天下が取れる」

伊織は苦笑いを零し、「親方は」と訊ねた。

「奥だ。女将さんに呼ばれなすったんで、献立の相談だろう」

一人が言うと、擂粉木の爺さんが顔を上げた。

「離屋に上客のご到来だってよ。で、献立も格別にするかってぇんで、お悩み中だ。伊の字、早えとこ助太刀してやんな」

「へい」と笑いながら答え、水屋の抽斗を引いた。自身の細布で襷を掛け、左胸の上できっちりと結ぶ。

伊織の本職を知っているのは、ここの女将と親方だけだ。宿直明けの半日と、翌日の非番の日に通っている。むろん、一家の暮らしの足らずを補うためだ。この店は元は先輩が勤めていた店で、隠居に伴って後を譲られた格好だった。贔屓客には大身の旗本や大名もいるので、武家の好みを知っている台所人が一人いれば何かと重宝らしい。

むろんこの裏稼ぎも露見すれば膳所を追われ、よくて小普請入り、悪ければ召し放ちになる。しかし微禄の御家人で内職と縁の切れる家はなく、近頃は筆を持って絵師や戯作者の真似事をしたり、役宅の敷地に家を建てて間貸ししている者もある。そのおおかたは目溢しされているのが実情だ。目付もそこまで目くじらを立てるほど、暇ではないのだろう。

店の者らには、伊吉は一人で賄屋を営んでいることになっている。江戸藩邸に詰める勤番侍が主な客で、弁当を拵えて藩邸内の御長屋に運ぶ稼業だ。しかしそれだけでは喰えぬので、伊勢留で働かせてもらっているという筋書きだ。

初めは町人の物言いに四苦八苦したが、武家相手の商いであるということで誤魔化してきた。当時の料理人の中で残っているのは親方だけで、この五年の間によその料理屋に移ったり、自身で煮売り屋や一膳飯屋を始めると言って辞めた者もある。

板間から一段上がると、板敷の廊下になっている。伊織は内暖簾を潜り、奥へ進んだ。

「おや、伊吉っつぁん」と、向こうから女中に声を掛けられた。

「ちょうどよかった。今、料理場を見てこいって言われたとこさ。女将さんと親方がお待ちかね」

「へえ、すいやせん」

「あたしも待ってたよ」

流し目をくれるが、気づかぬふりをした。女中らにとっては挨拶のようなもので、一々、応えていてはかえって野暮になる。廊下をさらに進み、奥の前で膝を畳んだ。ここも襖が引かれたままで、柿色に梅鉢紋を白く抜いた内暖簾が掛かっている。

「伊吉です。遅くなりました」

「ああ、お出ましだ。入っとくれ」

中に入ると、正面の神棚の下に女将が坐っており、長火鉢をはさんで手前に親方がいる。

女将はいつも銀髪を高く結い上げ、くっきりと紅を引いている。元は柳橋の芸者であったらしく、七十を前にしてまだ粋な風情がある。

親方は五十過ぎの胡麻塩頭で、煮物をやらせたら江戸一ではないかと思うほどの腕前だ。

江戸城膳所にも腕の秀でた台所人は大勢いるが、その腕のほどは市中の料理人と比べようがない。台所人は、献立と仕入れに関わらないのである。前日のうちに大奥の女役人と御広敷の賄方との間で献立が取り決められ、書面で台所組頭を通じて命じられる。

賄方は材料の仕入れを受け持つ役所で、魚に青物、水菓子、塩、味噌、酒と、御役が分かれている。いつの時代からかは知らないが、非役の幕臣があまりにも増え、そこで幕府は奉公する場を作らざるを得ず、一人で済む御役を細かく分けたのだ。商人と格別の交誼を結ばぬよう、贈収賄を防ぐ目的もあるらしい。

その賄方の下役らが仕入れたものが朝夕、城内の料理場に運び込まれる。台所人はそれに従って料るだけだ。

「さっそくだが献立を見てくんねえ」

腰を下ろすなり、親方が身を開くようにして場を空け、手招きをした。

この裏稼ぎの場では包丁扱いを頼りにされ、こうして献立について思案を求められることもある。初めは戸惑うばかりであった。なにしろ、吟味して仕入れた材料に合わせて献立を考えるなんぞ、したことがない。己の考えで工夫し、変化をつける、その日の天気に合わせて味を加減する。そんなことが腕として評価されるなど、伊織には思いも寄らぬことだった。今では、親方に「そろそろ秋刀魚ですか」と言っておけばそれを仕入れもしてくれる。

伊織はこの伊勢留で初めて、本物の台所人になったような気がする。親方の料理を目で盗み、城内の料理場で活かしたことも数知れない。

朝膳の平もその一つで、以前は煮豆腐に出汁を掛けただけのものだった。しかし秋になれば朝が冷えるので、出汁に葛をひいて餡に仕立ててみた。菊花をさっと湯通しして彩りも添えた。

それを前の御年寄、平岡が大いに歓んだ。以来、九月以降の豆腐は葛餡で仕上げるようになり、今は大樹公の膳所でも同様にしているようだ。しきたりからの逸脱を最も厭う膳所の風儀が、僅かながらも変わった。

それには、当時の平岡の力が絶大であったことも作用している。大奥の費えが莫大であるため質素倹約令を盾に大鉈を揮おうとした老中は、その座を追われたほどだ。しかし齢六十を超えた昨夏、平岡は病を得て隠居を余儀なくされた。今は、奉公から退く際に賜（たまわ）った市中の屋敷で療養しているそうだ。

「今日の昼前に先触れがあってね。大変な上客なんだ。離屋（はなれ）にお通ししようと思ってんだけど」

　女将が火鉢越しに説明する。

「人数はいかほどで」

「五人様。ちょくちょくお見えになる丹後屋（たんごや）さんが、ご贔屓をお連れになる」

　丹後屋は日本橋の菓子商で、公儀御用達だ。

「旦那と番頭、それからおつれになるお客が三人様。八ツ頃には着到されて、夕七ツにはここをお出になりたいらしい」

　随分と慌（あわ）ただしい客だ。

　伊織は膝で前に進み、畳の上に置かれた紙を手に取った。献立に目を走らせる。向付（むこうづけ）として平目（ひらめ）の湯引きに竹麦魚の昆布〆（こぶじめ）、椀は平目のすり流し、焼物は太刀魚の黄味焼き、強肴（しいざかな）は蕪（かぶら）蒸しとなっている。

　少し不思議な気がした。秋刀魚のいいのが入っていると耳にしたが、献立にまったく入っていない。

「どうだ、伊吉」

伊織は紙を手にしたまま顔を上げた。

「秋刀魚の有馬煮は、お入れにならないんで」

「いや、そこが思案のしどころだあな。むろん気持ちとしては膳に上げたいが、女客だもんで迷っちまってなあ」

胡麻塩の頭を掻いている。もしやと思ったら、女将が目を合わせてきた。

「代参のお帰りに、休みがてらお立ち寄りになるんだよ」

「代参。やはり大奥の御女中ですか」

「そういうこと」

大奥で奉公する女は気儘に外出などできないが、御台様の「代参」で寺に詣でることがある。むろん身分の高い女中に限られているが、その帰りに歌舞伎芝居を見物して羽を伸ばすことは市中でもよく知られている。

なるほど、ちょうど十一月の顔見世興行が始まったばかりだ。丹後屋は芝居茶屋を使わず、伊勢留でのもてなしを思い立ったらしい。

「急な話なんで一汁五菜を調えずともよい、気の利いた肴があればいい、何なら茶漬だけでもいいって番頭さんはお言いだけど、はい、さいですかって茶漬だけお出しするわけにもいかないよ。こっちだって、暖簾がある」

女将は片眉を上げ、煙管の火皿に刻みを詰め始めた。

「せめて、何日か前に知らせといてくれりゃあいいのにさ」

無理難題を押しつけられたと言わぬばかりの面持ちだ。伊織も何となく引っ掛かりを感じたが、ともかく献立を決めねば支度にかかれない。八ツには着到するのだ。他の客もあるのに、時間はあと二刻を切っている。

「親方、秋刀魚の有馬煮を主菜にしやしょう」

言うと、親方は目をすがめる。

「秋刀魚は駄目じゃねえのか。上つ方では下魚なんだろう」

「いや、なますの一品にして供します」と、声を強めた。再び紙に目を落とし、思案を口にしてゆく。

「向付は秋刀魚のなますと太刀魚の刺身、椀は平目のすり流しでいいとして。焼物はいっそ、茄子の蒲焼にしやせんか」

茄子を鰻に見立て、甘辛い味をつけて焼き上げる一品だ。親方は伊織の料簡を読んでか、「なるほど」と小膝を打った。

「禁忌尽くしか」

「さようです」

代参に出してもらえる女中となれば、御台様の膳のお流れを頂戴する身分だ。つまり毎日、何を喰っているか、伊織には手に取るようにわかる。

せっかく料理屋でもてなしを受けるのだ。本膳料理ではなく、ふだん口にできぬもの、すなわち市中の味こそが舌に珍しいはずだ。粉山椒をたっぷりと振った有馬煮に蒲焼、秋刀魚や太刀魚。いずれも江戸の町人が好んで食べる料理だ。

刺身には生姜醤油、雲丹醤油の二種を添える。

「なら強肴はつくね芋をたんとすり下ろして、薯蕷蒸しにしてやるか」

親方も身を乗り出している。

「そいつぁ、いい。いっそ椀はやめませんか。品数はさほど多くなくてもいい」

「そうだな。その代わり、薯蕷蒸しに海老を刻んで入れるか」

俄然、色合いが良くなった。仕上げに三ツ葉を添えれば、薯蕷の白に海老の赤がさらに引き立つ。二人で頷き合うと女将がようやく気づいてか、「ちょいと」と煙管で二人を指した。

「お前さんがた、危ない真似はよしとくれよ。わっちの首が飛んだらどうしてくれる」

「骨は拾いやす」

親方が芝居めいた口調で請け合うと、女将が煙を盛大に噴き出した。

初めは恐る恐る離屋に料理を運んでいた女中らも、料理場に皿を引いて持ってくるたび威勢が良くなった。

「凄い食べっぷりだよ。ほら」

見事なほど、食べ残しがない。親方は満足げに頬を緩め、他の料理人らも「よし」と呟く。

伊織にとっては、客の手応えも伊勢留で初めて味わうようになったものだ。城内では何事も仄聞でしかなく、とくに女中らが何の皿をどう感じたかはまったくわからない。しかしここでは、客の満足、不満足が女将や女中から細かく伝わってくるし、なにより戻ってきた皿で一目瞭然だ。

少し箸をつけて食べ散らしたものは味が気に入らず、一箸もつけていないものは材料そのものが嫌いである可能性がある。常連客の中には親方を座敷に呼び、褒めたり叱ったりしてくれる人がいる。

酒はあまり進んでいないようだが、それは気にならない。丹後屋の主と番頭が痛飲するわけもなく、女中らも酒臭い息で大奥に帰るわけにはいかないだろう。それでも徳利(とっくり)が七本、八本と空き、茄子の蒲焼も綺麗に空になって戻ってきた。

「どうだ、御女中らはやっぱ、すこぶるつきの別嬪(べっぴん)か」

若い衆が女中に訊いている。

「それがわかんないんだよ。離屋までは御高祖頭巾(おこそずきん)をかぶったままだったし、座敷では次之間に番頭さんが陣取って膳を受け取っちまう」

「何だ、つまんねえ」

「けど、襠(うちかけ)の豪勢なことと言ったら。世の中には、あんな綺麗なものを着て一生を過ごすおなごもいるんだねえ」

熱いような息を吐く。

伊織は炊き立ての飯を手ずから茶碗によそい、折敷(おしき)に置いた。城中の膳所では水から炊いた米を蒸すのがしきたりで、さらに大奥の中で温め直す。決して旨いとは言えない代物だ。まだ湯気の立つ白飯に、香の物は大根の摘み菜の塩揉み、昆布の旨煮を盛り合わせ、さらに汁方(しるかた)の爺さんが葱を薄く刻んで散らした蜆汁(しじみじる)を仕上げた。蜆も葱も、城中では禁忌の材だ。

「よし、持ってけい」

親方の合図で、女中らが次々と廊下を進む。

「足音、今日はやけに静かだな」

爺さんが呟くと、若い衆が笑った。

「大奥の御女中のおかげで、ちったあ品よくしててんじゃねえですか」

「いつもこうだといいんだが」

「そいつぁ無理な相談だ。うちの女中らときたら、一晩寝たら何でも忘れますぜ。男に振られようが女将さんに泣くほど叱られようが、次の日はけろりとしてやがる」

若い衆はとかく噂(うわさ)好きで、ことに下拵えの際は作業が単調であるので、手を動かしながら芝居や女の話をする。その点は、大奥の料理場とは全く異なる。料理をしながら喋(しゃべ)っては息が掛かり、それは畏(おそ)れ多い仕業と看做(みな)されるのだ。ゆえに新参者はまず、呼吸の整え方を教えられる。

「おい、しゃべくってねえで手ぇ動かせ。客は大奥だけじゃねえんだぜ。今夜は松仁(まつじん)のご隠居に、八丁堀(はっちょうぼり)の旦那もお越しになる。気を入れてかかりやがれ」

親方は常連の名を口にして一喝した。一斉に肩をすくめ、持ち場に戻っていく。

伊織はその松仁の好物である鴨を捌いている。皮と身に分け、酒と塩をすり込んでから半刻ほど置き、醤油のつけ焼にする。根深(ねぶか)も焦げ目をつけ、同じ皿に盛りつける品だ。

身に塩をなすりながら、胸の裡(うち)で反芻(はんすう)した。

一晩寝たら何でも忘れる、か。

兄上。

弥生の声が甦(よみがえ)り、思わず手を止めた。幼い頃の明るい声だ。幼馴染(おさななじ)みの高久をやり込めていた、闊達(かったつ)な姿も浮かぶ。

あの頃は母上もお元気だった。皆が揃(そろ)っていた。

弥生は十二歳で、母方の遠縁の旗本家に養女に入った。先方から望まれた話で、両親は一も二もなく承諾した。しがない台所人の娘であるよりは旗本家の養女になった方が運も開けよう、嫁ぎ先にも恵まれようとの料簡である。

高久はふだんは苛(いじ)められていたというのに随分と心細げな顔をして、弥生が山口家を出る朝も、ぽつりと見送りの列から離れて立っていた。伊織と目が合うと怒ったような目をして、どこへともなく走り去った。鼻の先が赤かった。

「伊吉っつぁん」

呼ばれて、目を上げた。女中が暖簾から顔を出している。

「女将さんがお呼びだよ。すぐに来とくれって」

「へい」

親方の方を振り向くと、「ん」とばかりに顎をしゃくる。鴨を折木の上に置き、乾かぬように布巾をかける。手早く手を洗い、板間から廊下へと上がった。奥に進むと、女将が途中で待ち構えていた。

「伊吉、こっちだよ」

袂を押さえ、右手の広縁を指す。障子が引かれており、小体な中庭が見える。梅の数本の合間を縫うように飛び石が畳まれ、周囲は丹精された苔庭だ。広縁の際は南天に隈笹、艶蕗の群れで、沓脱石には足駄が揃えられている。

伊織は女将を見返した。

「まさか、離屋ですか」

「そうだよ。今日の献立をお気に召してさ、是非とも料理人を呼んでほしいとおっしゃってる」

「では、親方を」と踵を返すと、後ろから袖を引かれた。

「あんたじゃないと駄目だって。お名指しなんだ」

唖然として女将を見下ろした。

「わっちは喋ってないよ。喋るわけがない」

「では、なぜ」

「知らないよ。ともかく、この味は御台様膳所の台所人、山口伊織の手になるものに違いないと、お連れが仰せらしい」

一度の膳だけで台所人を特定できるわけがない。だいいち伊織一人で作ったわけではなく、急いてもいたので腕のある者が総出で関わったのだ。

「丹後屋の旦那と番頭が引かないんだよ。わっちの部屋にいきなり捻じ込んできて、ともかく料理人を呼べってえ強談判だ。ここは、わっちの顔を立てておくれな」

いつもは強気で鳴らしている女将が拝み手までする。

いったい誰だ。大奥の女中の誰が、何の目的で伊勢留にまでやってきた。

「山口さん」と、女将は紅い唇から嘆息を洩らした。

「あんたはもう、伊勢留には欠かせないお人だ。親方もそう思ってる。いずれあんたに後を引き継いでもらえないかって言ってるほどだ。けど、素性を知られちまってるんだよ。臍を固めな。相手がどなたさんかは知らないが、ともかく会ってみるしか法はない」

伊織はようやく肚を決めた。女将に向かって頭を下げる。襷を外しかけ、しかしあえてこの姿のままで行くことにした。

息を整え、広縁から下りた。

茅葺（かやぶき）で田舎（いなか）風に拵えた離屋の前に立ち、訪（おとな）いを告げる。まもなく戸障子が引かれ、羽織袴の男が顔を見せた。

「お入りください」

慇懃（いんぎん）な物腰で、中に招じ入れられた。三和土（たたき）で足駄を脱ぎ、囲炉裏（いろり）のある板間を抜けると中庭に面した濡縁になっている。これまでここに足を踏み入れたことはなく、男の後ろを従（つ）いて歩くだけだ。

障子の前で男は膝を畳み、「お着きになりました」と中に声を掛けた。

「入っていただきなさい」

また男の声だ。中に入ると、三畳の次之間だ。正面の襖は閉（た）てられており、その向こうが座敷であるらしい。ここまで案内してきた男は一緒に入ってこず、濡縁から動かない。いわば出口を塞がれた格好だ。

「どうぞ」と勧められ、伊織は黙って腰を下ろした。

「手前、菓子商いを営んでおります丹後屋清兵衛（せいべえ）にございます」

菓子商らしからぬ痩（や）せぎすで、頭は半白だ。愛想のよい笑みを泛（うか）べてはいるが、伊織を値踏みするような目を投げてくる。

香の匂いが濃い。座敷から漂ってくるようだ。

対座する相手に眼差しを戻した。それを掬うように、丹後屋が口を開く。

「山口伊織様にござりますな」

黙って相手を見返す。

「結構な御膳にござりました。さすがは、御台様膳所のお台所人であられます」

「用向きに入っていただこうか。大奥の門限は暮れ六ツだ。ここで時を喰えば、座敷におられるお歴々がお困りになろう」

丹後屋の目鼻に笑みが張りついた。咳払いを落とし、背筋を立て直している。

「山口様に折り入って、お願いしたき儀がございます」

伊織は目を閉じ、次の言葉を待った。

「ある御方の振舞いがあまりに専横、僭越を極め、由々しき事態になっておりまする。これまで様々な筋をお通しになりまして言動を慎むようお促しになりましたが、後ろ盾の力をお恃みになり、一向にお聞き入れになりませぬ。つきましては、山口様に格別のお骨折りをいただきたく」

伊織は目を開けない。

「いかがでございましょう。少し弱らせて、奉公が続けられぬよう仕向けていただくだけで結構なのです」

「何を言うておるのか、まったく解せぬが」

言葉尻を遮った。

「不穏な申し出であるということしか、わからぬ」

「お察しくださりませ。今、権勢を揮いに揮っておられる御方にござります。平岡様が退かれた後は、あの御方しかおられぬではありませんか」

伊織は瞼を薄く持ち上げた。思わず唸り声が洩れる。丹後屋の言が、大奥を取り締まる御年寄の梅村を指していることは明らかだ。

「それがしに、毒を盛れと指図なさるか。それができぬ料理場であることは、大奥の御方なら先刻ご承知のはずだ」

襖の向こうに聞こえるように声を強める。

「さようなことなら、配下の女中を買収されるがよい。もしくは長局の女中だ。酒か茶にでも、隙を狙うて盛らせればよかろう」

衣擦れの音がして、また強い香りが漂ってくる。伊織は座敷の気配に耳を澄ました。

「あの者らは忠心が強うて、働きかけるだけでこなたが危ない」

御高祖頭巾をつけたままであるのか、くぐもった声だ。

伊織はまた黙し、誰だと考えた。

梅村を疎んじ、消したいと願う者は、誰だ。

「あの御方は町家の生まれゆえ、人心を惑わす術に長けておるのよ」

梅村は御台様付の御中﨟から奉公を始めたゆえ京の公家の出だということになっているが、真は江戸の町人の娘に過ぎない。それは誰もが知っていることだ。名家にいったん養女に入ることで後々の出世も変わるので、奉公に上がる前に出自を作る。梅村の場合、本来なら御中﨟にもなれぬ身分だった。しかし才覚によって御中﨟となり、平岡の引きによって異例にも中年寄となった。そしてついに御年寄にまで上り詰めたので、さらに出自を作り直したのである。

この女中らは御台様の代参帰りだとの触れ込みであったが、どうやら違うようだと伊織は思った。御台様に仕えている一派ではなく、おそらくあの御方の手の者だ。

「英祥院様が、かように仰せか」

声を低めて訊いた。座敷は何も答えず、衣擦れの音もしない。

そうか、英祥院はいまだに梅村を恨んでいるか。

英祥院は前の将軍の側室で、今の大樹公の生母である。たしか小禄の旗本の娘で、公方様付の女中となり、お手がついた。夫君が薨去した後は髪を下ろして将軍生母が住まう部屋に引き移ったが、当時はまだ三十半ばであった。やがて酒癖の悪さが、料理場にまで聞こえてきた。

御年寄が眉を顰められて酒をお控えくださるよう申し入れたが、まるでお聞き入れにならぬそうだ。

詰所で、組頭がそんなことを誰かと話していた。日ごと酒宴を催し、夜半まで女中に踊らせては騒ぎ、己は足腰が立たぬほど泥酔するらしい。

折しも大奥は老中からの質素倹約を促す忠言をはねつけた直後で、身中に火種を抱えているようなものだった。こんな噂も当時はあった。

平岡殿に命じられて英祥院様の許へ参じたのは、中年寄の梅村殿だそうだ。しかし諫言を素直にお聞き入れになる御方ではない。大変な剣幕で荒れ狂い、僭越極まると梅村殿を罵倒されたそうな。

座敷で微かに気配が動いた。

「御台様の覚えがよくなった梅村は、お主上にも取り入ったのじゃ」

さきほどとは別人の嗄れ声だ。遥かに年嵩で、抑揚を欠く喋り方だ。

「酒をお控え召されなど、お主上が自らのお考えでお口になさるはずがない。母をあれほど御大切になさる御方であったのに、梅村めが唆しおったのじゃ」

　硬い音がして、別の声が何かを言った。諫めているような口調だ。

「わかっておる。この一献で仕舞いにするわ。そなたまで妾に命ずるか。ええい、放せと言うに」

　伊織は目を上げ、丹後屋を見た。丹後屋は襖の向こうに顔を向けており、はっとしたかのように向き直った。蒼褪めている。

「丹後屋、報酬は」

　丹後屋が前のめりになった。

「お引き受けくださるので」

「そうは申しておらぬ。報酬を訊ねたままで」

　すると、丹後屋の目に伊織を侮るような色が戻った。

「あなた様がこうして裏稼ぎをしておられることを、御目付に訴え出ることはいたしませぬ。料理場の品々を懐に入れ、密かに転売しておられることも」

「すべてを調べ上げたうえで目をつけたか。何ゆえ、手前であったのだ」

　皆、同じことをしているではないかとは口にしなかった。そこまではまだ、性根は腐っていない。

「山口様が味をお決めになっているからにございますよ。あなた様であれば、何か手立てを講じてくださるのではないかと」

そして懐から袱紗包みを出し、畳の上に置いた。

「丹後屋」

「はい」

「この依頼、引き受けた」

低く告げた。

今、台所人の御役を失うわけにはいかぬ。

金子（きんす）のつもりで報酬を口にしたのではなかったが、迷いもせずに包みを懐に収めた。痩せぎすの頬に侮蔑（ぶべつ）まじりの笑みが広がったが、かような者にどう思われようと構わない。

丹後屋は手柄顔で、襖の向こうへと首を伸ばした。

「有難う存じます。やれ、これで手前の面目（めんもく）も立ちまする」

「ただし、毒は盛らぬ」

正しくは、盛れない。

「ゆえに時が掛かる」

「いかほど」

「わからぬ」

「わからぬと仰せになられましても」

「わからぬように、徐々に身を弱らせるのだ。いつとわからんで、当たり前であろう」

やにわに片膝を立て、丹後屋の耳許に顔を近づけた。

小声で囁く。

半白の眉が大きく動き、そのまま動かなくなった。


神田川沿いに、家路を歩く。

今日は伊勢留が休みであるので、裃をつけたままの姿だ。高久も非番であるので、共に歩いている。

春鳥が囀り、柳が芽吹いている。道端の草も柔らかい緑だ。

二人の若党は背後に従っており、それぞれ風呂敷包みを持っている。高久はいつものごとく玉子と玉子焼、伊織は鯛を持って帰ってきた。

「そろそろこの慣いも止めねば、嫁御が肝を潰すのではないか」

「さようでしょうか。親が親ですぞ、袖の下には慣れているはずです。それがしが何の役得もなければ尻を叩かれそうだ。ともかく気が強いそうで」

高久は来月、嫁取りをする。組頭の口利きで同心の娘だ。

「結構ではないか。おぬしは昔から、気の強いのが好きだった」

すると高久はふと口を噤み、しばらく黙り込んだ。大身の武家の屋敷が連なる界隈に入ると練塀が続き、道もひんやりと冷たくなる。見越しの黒松の間で桜が枝垂れていたりすると、そこだけが白く浮き上がって見える。

これからは心置きなく、桜を見上げることができる。おそらく、父上も。

伊織はそんなことを考えた。かたわらの高久が俯いたまま、何かを呟いた。

「今、何と申した」

「私は、弥生殿と一緒になりたかったのです」

黙っていると、顔を上げた高久は何度も言わせるなとばかりに唇を突き出した。

「とうに知っておったわ。そなたが、こんな時分からの」

伊織は掌を広げ、己の腰の高さで止める。

「まもなく、七回忌ですね」

「ん」

「法要に伺ってもよいでしょうか」

「有難い」

弥生も歓ぶだろうとは、口にしない。死んだ者の言葉を代弁するのは違うと思うのだ。そこに、生きている者の希みや思念を織り交ぜてしまう。歓ぶだろう、あるいは無念であったろうも、この世に取り残された者が抱く思いだ。

「そういえば、歩きながらかようなことをお訊ねするのも畏れ多いことですが、御台様の御膳の給仕はどなたが代わりにされるのでしょう」

「他の御年寄がお務めになるのではないか」

代わりは必ず出てくるものだ。権力を欲する者は、この機を逃さぬ。

「それにしても、まだお若いというのに心之臓とは。激務であるゆえ、長年のご無理が祟ったのでしょうな」

独り言になったので、伊織は黙って前を向く。

「英祥院様が卒去されたゆえ、葬儀の差配も大変でありましたでしょう。松之内のことでしたゆえ」

英祥院は昨年の師走に臥せり、奥医師の診立てでは腎之臓、膵之臓の弱りが因とのことで、料理場では長年の大酒が災いしたのだろうと噂になった。伊織は内心、驚愕した。

昨冬、伊勢留の離屋で丹後屋に耳打ちしたのだ。

こなた様は酒毒が回っておられると、奥医師が言うておったぞ。別の筋に乗り換えられるが賢明だ。

根も葉もない、ただの意趣返しであったが、その翌月に臥せったのだ。丹後屋が別の取り入り先を見つけるのには、少しばかり時が足りなかっただろう。

役宅の生垣が見えてきた。

高久と別れ、門を潜った。若党に先に家に入れと命じ、伊織は右に折れる。家の裏手を回り、井戸のそばを抜けると畑になっている。五畝ほどを父が耕している。空豆や小松菜の苗を植えると、何日か前に言っていた。畑の際では菜花の群れが盛りだ。白蝶が訪れている。

「父上」

声を掛けると、日向の中で鍬を持ったまま顔を上げた。

「只今、戻りました」

辞儀をすると、黙って頷く。首に掛けた手拭いで顔を拭き、問いたげな目をした。伊織が裃をつけたまま畑に入るなど、珍しいからだ。

つくづく、父も老いたと思った。躰が一回りも小さくなっており、眉から頬、口の周りの髭も短く白い。

「父上」

「如何した」

鍬の柄に肘を置き、少し身を預けるように立っている。

「ようやく果たしました」

告げると、父の面持ちがゆっくりと変わった。

「今、何と」

問い返してくる。

「あの者が倒れましてござります。心之臓です」

父は目を瞠り、顎をわななかせている。

「内分になっておりますが、ひどい頭痛を訴えたとも聞きました。呂律が回らず、腰から下に中気のごとき症も出たようにて」

「いずれにしても、復帰はかなわぬのだな」

絞り出すように言った。

「平岡と同様、大奥には戻れぬでしょう」

口と躰が動かねば、御年寄という重職は務まらぬ。

父は咽喉の奥で唸り、眼差しを上げた。

「七回忌に間に合うたか」

伊織も春空を見上げる。

七年前、妹の弥生は養女に入った家から大奥への奉公に上がった。ちょうど、御台様が輿入れした年だ。弥生は御三之間という女中となった。養家の格からいえば、尋常に勤めれば御中臈に上がれる役儀だ。

当時、大奥の最大の実力者は御年寄の平岡で、中年寄の梅村を一の配下としていた。弥生にとって、美しく有能な梅村は憧れの人であったようだ。宿下がりの折に父と母が養家を訪ねた際も、梅村のことばかり口にしていたという。

家に帰ってきた時、両親は嬉しいような切ないような、妙な面持ちだった。

「ああもはしゃいで、奉公が上滑りになりはいたしませぬか」

母が案じると、父は仕方がないと頭を小さく振った。

「一生、清い身のまま奉公するのだ。信じてお慕い申し上げる上役に恵まれて、果報だと思わねばならぬだろうよ」

本当は不憫でたまらなかったのだろう。養親が大奥に上げるつもりであることが事前にわかっていれば、父は養女にやらなかったかもしれないと伊織は思う。

その一年後、弥生の部屋から火が出たのだ。死人は出なかったものの、火傷を負った者、そして傷心のあまり寝込んでしまう者も少なくなかった。長局の四半分が焼け落ち、襠や小袖、簪、長持、そして長年、貯め込んだ金子を失ったのである。自身で申告する決まりであるので多少多めに言う者もあったろうが、奉公を退いた後の資金、生家の暮らしを扶けるための金子が炎に巻かれて溶けた。

詮議を受けた弥生は初め、「火の始末は間違いなくつけた」と言い、いかほど責められようが頑として主張を曲げなかったらしい。しかしある日、卒然として「自身の不始末だ」と言い出した。

伊織が後に知ったことには、弥生が与えられていた部屋は中年寄である梅村の部屋の手前にあった。

むろん梅村は座敷がいくつもある御殿様の部屋で、弥生は他の数人との相部屋だ。やがて噂が流れた。火元は、梅村の部屋ではないかというものだ。中年寄ともなれば自前の女中を十数人も雇っており、下端の女中が竈の火の始末を怠ったのではとの推測だった。

そして三月十日、父の許に文が届いた。

もう誰も信じられなくなった。このまま無罪放免されたとしても、奉公は続けられない。養家にも戻れない。末尾には「お許しください」と記されていた。

数日の後、養家から遣いが来た。弥生が自死をしたと知らされた。しかも文が届いた日に、死んでいた。

いったん養女に出せば他人だ。料理場でも父の娘が、伊織の妹が大奥で奉公していたことなど誰も知らぬほどに。

しかし伊織は茫然と端坐して、父と母もただ空を見ていた。夕暮れ間近に春嵐になっているのにも、気づかなかった。家じゅうのそこかしこに桜の花弁混じりの雨が吹き込んで、畳や板間を濡らした。

母はまもなく床から起きられぬようになり、父はその介抱のために隠居願いを出した。

伊織は台所人として奉公しながら伝手を頼り、時には市中で同心が使う小者に酒を振舞い、小粒も握らせて探索を続けた。

弥生はなぜ死なねばならなかったのか。

それを知らぬままでは、両親も自身も生きていかれぬと思い詰めた。

そして頼んでいた小者が、大奥で奉公していたという商家の新造に行き当たった。

町家の娘は行儀見習いと箔付けのために勤めるだけであるので、良縁があれば数年で生家に戻る。

「梅村様の部屋から出た火であることは間違いなさそうですぜ。その御新造は、床が火を噴くのを見たと言ってるんです。上役にもそう申し立てたそうですが、御年寄の一言でねじ伏せられちまったようで」

「御年寄か。梅村ではなく」

「平岡さんってのは、英祥院様と犬猿の仲でしてね。互いに忌み嫌ってんでさ。力は平岡さんの方が大きいが、居丈高な人柄に内心不満を抱いている者もおりやして、密かに英祥院様と通じている者もいたようです。つまり、微妙に拮抗してるんだ。そんな折、己の子飼いの部屋が火元となれば権勢に障りが出やしょう」

「それで、弥生が」

後の言葉が続かなかった。

平岡と梅村に何と説かれたか、それとも脅されたのかはわからない。しかし弥生は一転して、己の過失として引き受けた。一本気な性分であるだけに、梅村がいざとなれば易々と配下を捨てる人間であることに耐えられなかったのかもしれぬ。

そして母は悲嘆のうちに身罷った。枕が乾く間もないほど泣いて泣いて、泣き死んだようなものだ。

伊織は通夜を営んだ夜更け、決意を父に告げた。

「弥生と母上の仇を討ちます」

「ならぬ」

「弥生を死に追いやった女どもですぞ」

「大奥を侮るな。御年寄と中年寄、二人をいちどきに仕留めるなど至難だ」

「父上、何ゆえお止めになる」

「討ち果たした後は、お前も死なねばならぬ」

「むろん腹を切ります」

父は真正面から伊織を見据えた。

「許さぬ。弥生は他家の娘ぞ。道理が通らぬ」

厳しい、断固たる言いようだ。数珠を手にした父はそれから口を引き結び、瞑目した。蠟燭の炎が揺れては、線香の煙が白く流れる。

「やはり弥生は私の妹です。そして父上の娘だ」

そう口にすると、また激してくる。

「いっそ台所人らしく、毒を盛ります」

「台所人らしく」と、父は鸚鵡返しにした。

「さようです。たとえ何年掛かろうとも、機会を窺って必ず」

「十年、二十年、誰かへの殺意を抱き続けることは己を殺すにも等しいぞ。耐えられるのか」

「覚悟の上にて」

父は黙し続けた。線香の一筋が立ち消えても、瞑目している。

ふと、父は右手を持ち上げた。蠟燭の灯が揺れる。

親指と人差し指の先をこすり合わせているのが見えた。焼香の手つきだ。意が酌み取れず、「父上」と声を強めた。父がこのまま、父まであの世に行ってしまうような気がした。

「塩を使え」

明瞭な声だ。

「塩であれば、毒見をいかほど受けても見破られぬ」

はっと身揺ぎし、考えを巡らせた。

塩を使う。

確かに毒見は潜り抜けられようが、味見で引っ掛かる。いや、少しずつだ。ごく微量ずつ塩気を増せば、人の舌はそれに慣れてしまう。しかもそれを旨いと感じ、より強い塩気を求める。

　そして、大事なことに思い至った。

「塩であれば、御台様の御身を損ねることもない」

「いかにも。御台様は小鳥が啄む程度しか召し上がらぬ。膳のほとんどは御年寄や中年寄の腹におさまる。しかも、甘い物も尋常ではない摂り方だ。確実に仕留められるかどうかは予測がつかぬが、奉公がおぼつかぬ躰にはできよう」

　権勢の場からひきずり下ろす。

　父子で、的をそう定めた。

　以来、伊織は塩を使い続けた。味を差配できるようになるために、台所人としての腕も磨いた。

　伊勢留で働くようになったのは真に暮らしのためであり、格別の目論見があったわけではない。ただ、あの場に身を置いたことで己を保てたのだと今は思う。

「父上」

　振り向くと、子らが駈け寄ってきた。五歳の長男と三歳の娘だ。

「お帰りなさりませ」

妻もその後ろからやってくる。大きな腹を抱え、歩幅も狭い。

「旦那様、また立派な鯛を盗んでこられましたね」

ただでさえ小さな目を細め、笑い声を立てた。若党も白い歯を見せている。

若党はその昔、伊織の探索を手伝ってくれた小者だ。博打打ち(ばくち)であったのを同心に見込まれて手先をしていたが、しばしば会い、家にも連れ帰って飯を喰わせているうち家来として居つくようになった。

「子らの前で、人聞きの悪いことを申すでない」

娘を抱き上げ、畑の父を呼んだ。

「飯にしましょう。今日は手前が腕を揮います」

「ほう。御台様膳所の台所人は、何を馳走してくれるのであろう」

菜花の周りをゆるゆると飛んでいた白蝶がいきなり高く舞い上がり、腕の中の娘が手を伸ばした。

妻の一分

塩を焚く煙が釜屋から細々と、天に向かって立ち昇っている。

このさまを目の当たりにすると、奥方がよく仰せであったように、赤穂はまこと塩の国でござんす。

お城はご覧の通り、二之丸の南半分と三之丸の西側が瀬戸内の海に面してるってえ海城だ。耳を澄ましてみなせえ、ほら、石積みの垣に波が打ち寄せては砕ける音が聞こえてきやしょう。

赤穂は天守台に上らずとも、ご城下のどこを往来していたって海が見える。晴れた日には海の端っこと空が溶け合って、目の中まで青いほどでね。何ですか、もう少し大きな声で願いやす。ちと耳が遠くなってるもんで。え、あの響きは何だって。ああ、あれは引浜で働く浜男、浜子らの唄声で。塩田でね、万鍬を引き引き唄うんですよ。

塩田奉公はいずこも辛いものと決まってやすが、赤穂のそれはどことなしに晴れやかでござんしょう。いえ、ちっと前までは皆、黙々と俯いて、唄声も絶えて響くことがなかったと、それは城下の誰もが口を揃えて言うことでさ。無理もありやせん。ここには塩の買いつけ商人が諸国から訪れやすから、さぞ厭な雑言を撒き散らしていったんでしょう。

赤穂の武士は主君の仇も討たぬ腰抜けよ、いっそ城を枕に切腹して果てておれば良かったに、などとね。

ところがご本懐を遂げられた途端、日本じゅうが「忠義、あっぱれ」と褒めそやし、やんやの喝采だ。方々の物好きがこの地に立ち寄って、赤穂土産に何か話を聞かせろってんですから、やはり戦ってのは勝たなきゃ駄目ですねえ。

え。あれは戦でしょう。違うの。そうかなあ。ま、いいや。

ともかくそうやって皆が義士の爪の垢を集めたがるもんで、こんな茶屋も大繁盛だ。そうか、お客さんもその口ですか。それはご無礼を。それにしてもお客さん、商用で訪れなすった商人じゃねえでしょ。ね、そうでしょう。かといって、お武家様が身を窶しておられるふうでもねえな。

よくよく考えたら、義士の皆さんは江戸の市中によくも潜り込めたもんだと、つくづく感じ入ってるんでさ。いかに町人に化けたって身ごなしなんぞは急に演じられるもんでなし、言葉遣いだって違うんだもの。それよりも目つきかな。眼光ってのは、己で自在に操れねえでしょ、鍛錬が要りやす。

ね、やっぱり戦ですよ、あれは。

まあ、せっかくだから床几にお掛けなすって、そうそう、ゆったりとくつろいで。お茶だけってのも愛想がねえから、饅頭をお頼みになったらようござんす。いや、二十がとこ喰ったって胃にもたれたりしやせんよ。ここの饅頭の餡には、真塩を奢ってやすからね。

先刻ご承知でしょうが、この赤穂には今、お客さんが目の前にしておられる西浜、それからお城の向こうの熊見川を越えた海沿いにも東浜ってのがあるんでさ。そう、入浜塩田が二つある。

赤穂では、この二つの浜で作る塩の質を分けておりやしてね。真塩は目の前の、この西浜の受け持ちだ。味にうるさい上方に合わせたのが真塩だから白くて小粒、それは上品なしょっぱさだ。なにせ鉄釜を用いて燃料は松葉、できた苦汁もきれいに除いてありやす。手間暇が掛かってるんですよ、うまいものは。

一方、東浜の受け持ちは苦汁の多い粗塩でさ。石釜の尻を薪でがんがらと焚きつけて作るから、しょっぱさも粗削り。もっぱら江戸や東国、北国向けの塩荷船に積まれるようでやすな。いや、江戸者が味のわからねえ頓珍漢だから、上方よりも味の落ちる品を売りつけてるわけじゃねえですよ。こう見えても、あたしは江戸の産でね。そうでしょ、喋り方の歯切れがこの辺りの者と違うでしょ。だから無闇に江戸を下げてるんじゃなくて、そのまんまをお話ししてるんです。

お客さんは上方のお方みてえだから、なに、大坂。じゃあ、話が早い。上方は饂飩の出汁や雑炊にも塩をひとつまみ入れて味を拵えるでしょう。江戸はそんな七面倒なことはしねえ。味つけはともかく醤油をざぶん、この一点張りだ。塩はまず腐り止め、あとは醤油の醸造元が樽で使う。漬物屋に干物屋、それに豆腐屋もね。てなわけで、苦汁の多い粗塩で充分なんでさ。

それでも大江戸は人がわんさか集まってる町ですから、赤穂の塩商いからしたら大得意先といえやす。

とにもかくにも赤穂藩は、といっても今のお家じゃなく、あの御大変でお取り潰しになった浅野家でやす。表高は五万三千五百石でしたが、塩のおかげで運上が二万八千石もあった。そのじつ、七、八万石の藩に相当するご内証だったんです。

世は泰平、国許は一年じゅう温暖で、懐もぬくぬく、こんな結構な藩は滅多とあるものじゃねえ。なのに、殿様は狂気の沙汰に及びなすった。殿中は松之大廊下で、しかも大公儀にとっては帝の勅使をおもてなしする格別の、御大切の日に。

そら、饅頭がきました。どうぞ、お上がんなって。


どうです、うまいでしょう。ああ、この涎にはお構いなく。悲しいかな、口の端から勝手に流れちまうんですよ。さいですか、では遠慮なくお相伴に与りやす。ん、これはまた格別、上々の出来だね。あたしの名ですか。お客さん、目のつけどころがいいね。いきなり勘所を突いてきなすった。

あたしは唐之介といいやす。え、内蔵助ですって。滅相もない、からのすけ、ですよ。

いやね、あたしの名は誰あろう、当の旦那様がつけてくだすったものでね。

忘れもしません、元禄十四年四月十五日のことでした。その日、赤穂藩の上席家老、大石内蔵助良雄様ご一家は三之丸の家老屋敷を引き払い、尾崎に。ちと、左手をご覧になって。川向こうの、東浜の北側にある土地、あの辺りが尾崎でさ。そこの仮住まいにお移りになるってえ、朝でした。

ご一家は六人、ちょうど庭に出て名残りを惜しんでおられるような様子でしたね。

でも、悲愴な気配はありやせんでしたよ。いや、あたしの鼻は間違いない、そういう匂いがしなかったんだ。

長男の松之丞様は御年十四、長女のくう様は十二、次男の吉千代様は十一、次女のるり様はまだ三つで、兄上の松之丞様が抱っこをしておられやした。その頃から松之丞様は大柄で、父上よりもすでに頭一つ背丈がおありでしたな。

でもってあたしが驚かされたのが、奥方のりく様だ。

松之丞様と肩のあたりが同じほど、はい、ありていに申して、でっけえお方なんです。肥ってるんじゃねえんですよ。中肉。けど滅多矢鱈と背丈があるといおうか、いかにも骨が太そうなお躰つきでね。ご愛敬なのは目がくりっと大きいのと、肌の白さかな。だからあたしは後々、大根が小袖を着けて歩いてなさるような想像に陥ったものですよ。

畏れ多いついでに申しますと、奥方の一歩前にお立ちになっている旦那様、こちらは呆れるほどの小兵なんだ。だから余計に、奥方のでかさが目立っちまうんでしょうな。

山科に隠棲なさってた時、村の百姓らにも口さがない連中がおりやしてね。陰でご夫妻のことを「まるで、大根と梅干やがな」なんてね。むろんご一家は「池田」という変名を使っておいででしたから、連中はまさか旦那様が赤穂義士のご頭目だとは知る由もありやせんでしたが。

だからあたしもりく様と旦那様のお二人を交代ばんこに見上げて、でっけえ、ちっせえ、なんて呆気に取られておりやした。

話を少し前に戻しやしょう。あたしはともかく腹を空かせておりやした。ご城下は蜂の巣を突いたようなありさまで、旅籠の板場の裏に潜り込んで目刺の頭なりとも掠め取ろうと目論んでも、その隙がない。

無理もねえことでした。三月十九日、江戸からの使者によって「殿様が刃傷事件を起こした一件」、そして「当の殿様は即日切腹、浅野家はお取り潰しが決定」、こんな沙汰がもたらされて以降、お城の内外は大混乱です。

一つの藩が潰れるというのは、ほんに一大事でござんしてね。上方、西国の商人がさっそく札座に押し寄せて、取りつけ騒ぎになったんでさ。赤穂藩は藩札を発行してやしたから、その藩札を持ってる者はすぐさま現銀に換えてもらわねえと、ただの紙切れになっちまう。

あたしはちょうどその札座付近をうろついてまして、いきなり下駄が飛んできた。あっと思ったが人波に揉まれて身動きがつかず、ほれ、ここ、額に一寸半ほどの傷痕がまだ残っておりやしょう。

旦那様は、いえ、これからはさらに無礼を重ねさせていただいて、内蔵助様とお呼び申しやしょう。そう語った方が回りくどくねえし、お客さんもわかりやすうござんしょう。

内蔵助様の対応は素早かったね。江戸藩邸からの急報を受けたその日に藩札を六分で払い戻すことに決め、翌日から交換に応じなすった。そう、十匁の藩札に対して六分の現銀の払い戻し。おっしゃるように商人らにとったら大損でやすが、丸損するよりはましでしょう。そこのところは内蔵助様も、きっかりと見抜いてなさる。

ともかく浅野家がお取り潰しになるに際して、武士ではない者らを巻き込むことだけは免れたんです。それは士の道に照らしてのご判断でしょうが、内蔵助様はお家の再興を本気で模索しておられやしたから、先々のことも見据えておいでだったでしょう。なにせ計理に明るいお人だ。商人の「信」を得ぬことには藩が立ち行かぬことくらい、自明の理でさ。

ちと脇道に逸れやすが、内蔵助様は浅野のご本家である広島藩浅野家、それから三次藩浅野家にも借銀を申し込まれていたようですな。万一、払い戻しのための現銀が足りなくなった場合の手立てを先に打っておかれたんです。ですが不首尾、すげなく断られたそうです。

大きな声では言えやせんが、それから後も、ご本家ご一門はじつに冷とうございやした。先方にとったら、無理もねえことなんですがね。時の公方(くぼう)様はご存じの通り、強権で知られたお方です。下手に援助なんぞしたら、いかなる火の粉が我が身に降りかかるやもしれねえ。「おのれ内匠頭(たくみのかみ)め、時節、場所柄も弁(わきま)えず、何たる不調法(ぶちょうほう)をしでかしてくれたのだ」と肚(はら)が煮えて、夜半にも目が覚めるような具合であったでしょう。

だが結句、内蔵助様は藩の蔵の中の銀子で払い戻しをしおおせなすった。それもこれも、赤穂に塩作りがあったおかげでさ。

そんな、上を下への騒ぎの中をあたしは額から血を流して徘徊(はいかい)してたもんで、ええ、町の者は皆、ぎょっと目を剝(む)いて、そして慌てて背を向けました。悪評高きあの御触(おふれ)の数々、そのほとんどは江戸市中に対して発せられたものですが諸国にも知れ渡っておりやしたから、本来なら手負いのあたしの介抱をしなくちゃならねえ。

けれどあたしを見たらば「犬公方(いぬくぼう)」の名が泛(うか)んで業腹(ごうはら)だ。赤穂の言葉で言えば、ご、おが沸く、でさ。だからかかわりを避けたんですな。御触の功といいやしょうか、腹立ちまぎれに撲(ぶ)ち殺されなかっただけでも儲けものだったですがね。

それでも二十日ほどもうろつくとさすがに飢えちまって、三之丸にあった大きな屋敷の裏手から、こっそり入り込んだってわけです。縁の下で夜露を凌いで、朝、池泉の水を飲もうと思って庭にのこのこと歩いて出たら、そこでご一家六人とばったり出くわしちまった。

内蔵助様はあたしを見るなり「ほう」と面白げな口ぶりで、眉をお上げになった。

「珍客やな」

るり様を抱っこした松之丞様も口許を緩め、「確かに」と近づいてきて父上の横に並んだ。その途端、くう様と吉千代様も兄上の後ろをぞろぞろと、金魚のうんこみてえについてくる。

内蔵助様はさらに一歩、前に出て、あたしの前に屈まれた。

「よおし、よしよし」

大きな掌でいきなり背中を撫でてくださいやして。内蔵助様は小柄だが手は大きくてね、厚みもありやした。その手で頭も撫でられて、そしたら「このお人は敵じゃない」ってわかりやす。尾を振りやしたよ。ちぎれんばかりにね。

じつは出会い頭のあたしは、ちと身構えていた。我知らず唸り声を洩らしていたかもしれやせん。しばしばあの声を威嚇ととらえる向きがおいでだが、たいていは怖がっているんです。

で、松之丞様もるり様を抱いたまま、片手であたしの頭を撫でてくだすった。

「こんなに尾を振って、懐っこうござりまする」

松之丞様は後にその美丈夫ぶりが知られることになりやしたが、あの頃はまだ声変わりをしたばかりでね。るり様までが手を伸ばしたがるから松之丞様はあたしの前に片膝をついて、るり様が身を乗り出すのをにこにこと支えておいででした。

るり様は加減を知らぬ撫で方でね、ほとんどあたしの頭を打ってるようなものでしたが、それでも紅葉ほどの小さな手ですから痛くも痒くもありやせん。あの頃から目の大きな、母上似の嬢様でした。

くう様と吉千代様は兄上の袴にしがみつくようにして、おっかなびっくりに手を出してこられやしたが、いざ撫でてみるとたちまち目を輝かせて、ほんに無邪気なお子らです。

ただひとり、奥方のりく様だけが背後で立ちすくんでおられやした。息を詰め、腰を引き、しかし胡乱な目つきをあたしに飛ばしてくる。

「何、それ」

「何って。犬にござりますよ、母上」

「ええっ、犬なのですか」

「何に見えます」

「犬は、こう、小さくて艶々、ころころ」

「座敷で飼う犬はさようかもしれませぬが」

松之丞様は少し苦笑して、父上と顔を見合わせられやした。

あたしは今はこうも黄ばんじまいやしたが、赤穂の地に入った頃は白獅子のごとき毛並みでね。それに、りく様のことをとやかく言えやせん。あたしの図体も、それはでかかったんです。

まあ、りく様は気軽に外を出歩きなさるご身分じゃありやせん。だからあたしみたいなのを目にされたのは初めてだったんでしょう。それにしても、少し見当が外れておいでですがね。はい、後々、わかりやしたが、何かにつけてそういうところのあるお方でしたな。

そんなりく様を置き去りにして、皆であたしを取り囲み、ええ、朗らかなもんです。そのうち内蔵助様がこうおっしゃった。

「こやつは、唐犬の血を引いてるんやないか」

さすが、慧眼の持ち主でおられやした。あたしの産みの母親はごく当たり前の犬でしたが、父親は江戸の旗本奴が飼い馴らしていた唐犬らしいんです。

お客さん、何だか腰を引いておいでだが、え、昔、唐犬に吠えられて肝が潰れそうになったって。そいつぁ、お気の毒に。唐犬は気性は荒いわ、吠え声は大きいわ、それに力も強うござんすからね。でもあたしは人はおろか、鼠にだって噛みついたことがありやせんよ。どうぞ気をお楽になすって。

お子たちの中でいえば、松之丞様は心から犬がお好きだったと思いやす。少し指を立てて、爪で背中を掻いてくれるんだ。これが何とも気持ちよくてね。

その手がふいに止まって、松之丞様は「父上」と顔を上げられやした。

「額が汚れていると思うたら、ぽろぽろと赤黒い粉がこびりついておりまする。もしや、怪我をしておるのではありませぬか」

内蔵助様は「どれどれ」と、あたしの額の毛を搔き分けられる。

「確かに、切れたような傷があるな」

すると背後から「松之丞殿」と呼ぶ声がする。皆で振り向いたら、りく様が大きな肩をすくめながら手招きをしてるんでさ。

「手負いの犬なんて、とんでもないこと。ああ、るりを遠ざけて。噛まれてしまいまする」

「傷は乾いておりますし、母上、この犬はたぶん人を噛んだりはいたしませぬ」

「たぶんって、どのくらい」

「たぶんは、たぶんです」

「じゃあ、蚤をうつされるかも。ほら、ごらんなさい。くうが咳をしてる」

りく様は疎ましそうに、なお眉を寄せられる。

「今のは咳ではありませぬ。笑って咽喉を詰まらせただけにございます」

りく様は旦那様とお子らの背後から、あくまでも遠巻きに言ってよこされるんですが、松之丞様はうまいこと宥めなさる。

「母上も撫でてごらんになっては。怖くありませんよ」

「私だって、怖くなんぞありませぬよ」

りく様は頰をぶうと膨らませて言い張った。松之丞様と内蔵助様は、またも苦笑いをお零しになっておられやしたな。

そして内蔵助様はあたしに目を戻し、こう言われやした。

「こやつも無主犬になったのであろう。飼いたかったら、好きにしたらええぞ」

「まことにございますか」

松之丞様をはじめ、お子らはわッと沸き立たれた。で、しばらくして背後へ目を向ける。りく様は「そんなあ」と不服もあらわな面持ちだ。

「今日、家移りをいたしますのに、かような者を召し抱えられるのでございますか」

「四人とも犬好きのようやないか。好きなものが近うおると、何かと心丈夫や」

「飼うって、どうするのですか。私は犬の飼い方など存じませぬ」

懸命に頭を振られるが、内蔵助様は「ん、まあ」と鷹揚でね。

「何とかなる」

その一言で決まった。あたしは、大石家の犬になったんです。


尾崎での仮住まいは五十日余りで、ご一家はやがて船で大坂に移られやした。いえ、りく様とお子たち、下男下女の数人、そしてあたしの一行です。内蔵助様は御公儀にお城を明け渡すというお役目がありやしたから、赤穂に残られやした。あたしは本当は、内蔵助様のおそばに残りたかったんですがねえ。りく様はあたしを目にするにつけ「厄介者」とでも言いたげで、しかも旦那様やお子らのおられぬ所で「しっ、しっ」と追っ払う手つきをなさる。もともと犬がお嫌いなのか、それともご一家の大難儀の最中にあたしなんぞを飼う気になれなかったものか、それはよくわかりやせん。

けど尾崎での最後の夜、内蔵助様はあたしの頭をがしがしと撫でられた。

「唐之介、皆を頼むぞ」

そんな言葉をいただいちゃあ、犬だって意気に感じまさ。船の中でもお子らから片時も離れずお守りして、水主（かこ）に感心されたものですよ。松之丞様はさすがにこらえておいででしたが、他のお三方は生まれ故郷を離れる心細さでか、目を真っ赤にしておいででしたからね。

りく様ですか。いや、さすがにお武家の奥方で、しかもご生家の石束（いしづか）家も但馬豊岡（たじまとよおか）藩京極（きょうごく）家のご家老をお勤めの家柄でやす。めそめそなんぞはなさりやせん。ただ、いつまでも船尾に佇（たたず）んで、お城が胡麻粒（ごまつぶ）ほどになるまでも見ておられやした。で、ようよう振り返ってあたしと目が合うと、上唇（うわくちびる）をめくりあげて「しっ」です。

大坂の仮宅は道修町（どしょうまち）の薬種（やくしゅ）問屋の隠居屋敷を借りておいででしたから、手狭でね。あたしは夜はとっつきの土間に入れてもらいやしたが、日中は縦格子のはまった窓の下で毛づくろいをしたり、昼寝をしたりしておりやした。そしたら、上から溜息が落ちてくる。

見上げたら、大きな目玉がきょろきょろと外を見てるんです。

「せっかく大坂におるのに芝居にも浄瑠璃にも行ってはならぬ、外を出歩くのもならぬとは、つまりませぬねえ。そうそう、松之丞殿、神社やお寺への参詣ならばよろしいでしょう。ね、くうや吉千代、るりも喜びますよ。かように狭い家で暮らすのは初めてですから、この子らも息が詰まりましょう」

気になって家の中に入ってみたら、くう様と吉千代様は天神机を並べて、手習いの稽古に励んでおられる。幼いるり様は畳の上で、すかすかとお昼寝だ。

松之丞様も書見台の前で何かを読んでおられる最中でしたが、りく様に向き直って頭を下げられた。

「どうか、おこらえくだされ。物見遊山で大坂に逗留しておるわけではないのです。我々は心を一にして、軽々な行状は慎まねばなりませぬ」

「あ、思い出した。昨日、お茶碗を一つ割ってしまうたのです。それを購っておきませぬと」

「茶碗はごっそりと水屋簞笥に収めてあります。このくらいは持っていかねば心許ないと母上が我を張られて、あきらめをおつけにならなかったゆえ」

だから家の中がなお狭くなったんでやすが、りく様はうらめしそうに松之丞様を見上げ、口を尖らせておいででした。

「旦那様、いつお越しになるのかしら。遅いわねえ。松之丞殿、父上はお城を明け渡すだけなんでしょう。他に何かご用がおありなのですか」

「いいえ。他には何もござりませぬ」

「そうよね。最後のご奉公やから別条ないと、私にもおっしゃってたもの」

そしてまた「あぁあ」とつまらなそうに、窓の外を眺められるのでした。

内蔵助様が大坂の家に姿を現されたのは、六月も二十日を過ぎてのことでさ。その時、左の腕が大変なことになってやしてね。疔と呼ばれるぶつぶつが腕毛の根元の一本ごとにできて、腕全体が膿んで爛れてるんです。

さっそく松之丞様が家主の見世に赴いて、薬を求めてこられました。で、いろいろと聞いてこられたんです。内蔵助様が横になって寝入ってしまわれた、その枕許を挟むように、松之丞様はりく様に小声でお伝えになりやした。

「もとはちょっとしたひっかき傷で起きるのだそうですが、躰の気が衰えているとかように膿んでしまい、痒みに苦しんで掻くのだそうです。掻き毟ればそれが傷になって、今度は痛みがひどくなりまするそうな」

「お寝みの最中に、我知らず掻いてしまわれたのですね」

「お疲れが溜まっておられたゆえだと思われまする」

と、りく様は「あ」と何かを思いついたように顔を上げた。

「腕に巻く晒し布、あれをもっと用意しておきませんとね。どこにしまったかしら」

と立ち上がり、箪笥の抽斗を引いた。

「あった。あら、これはるりの襁褓にしようと思っていた布だわ。これじゃあ、いくらでも。でもまだ新しいから別条ない、か」

窓の外を日がな眺めている時とは打って変わって、独り言も弾むような調子だ。ええ、腕に膏薬を塗る時からその上にぐるぐると晒しを巻く時まで張り切ってねえ、唇の両端なんぞ上がっておいでしたよ。

やっと出番を得た役者と申したら、意地が悪うござんすかね。は、何ですって。それまではただ案じるだけだった旦那様のお役にやっと立てる、そんな嬉しさがあった。なるほど、物は言いようだ。

ですがりく様はあたしと目が合った途端に、こう命じられた。

「旦那様は御大変ゆえ、まとわりつかぬように」

あたしは神妙に「へえ」と頷きやしたが、たちまちご機嫌が傾く。

「私には尾っぽも振らぬ。ほんに可愛げのない犬」

あたしは旦那様のご苦労を拝察して、尾を下げてただけなんですがねえ。

松之丞様はといえば考え深げな面持ちで、母上が騒々しく抽斗を引いたり戻したり、畳の上を布だらけにしたかと思ったら、今度は「鋏(はさみ)がない」と右往左往しておられる最中も、じっと坐して父上の寝顔を見つめておられやした。

おそらく、松之丞様には見当がついておられたんでしょう。内蔵助様の、お疲れの因(もと)にね。

　奥方はお城の明け渡しを気軽に捉えておいでのようでしたが、ご承知のように、事はそう簡単じゃありやせんや。

　まず、殿中での刃傷沙汰の急報を受けたのが三月十九日でしょ。それからすぐさま、先ほどお話しした藩札の取りつけ騒ぎが起きて、それを収めて後もお城は大取り込みを極めておりやした。ご家中(かちゅう)の間で「籠城か、切腹か」で考えが分かれて、収拾がつかねえんです。

　念の為に申し添えておきやすと、お家がお取り潰しになるってぇと、江戸屋敷と居城は御公儀に収公(しゅうこう)されやす。それが天下の法ってやつだそうで。ですから浅野家の鉄砲洲(てつぽうず)の上屋敷と赤坂(あかさか)下屋敷は三月十八日にはすでに明け渡しが済んでおりやした。江戸には江戸のご家老がおられやすからね。

　で、いよいよ赤穂城も明け渡さねばならねえんですが、いかな公方様の命でも「はい、さいですか」と出て行くわけにはゆかぬと主張するご家中が多うござんしてね。

殿中で刃傷を起こした罪は殿ご自身が腹を召されて贖っておられるではないか、そのうえ家までお取り潰しとは無慈悲が過ぎる。城を明け渡せと命じられてすんなり渡したとあっては、浅野の家中にまともな武士はおらぬのかと思われる、という考えでさ。

「ここは武士らしく、籠城いたそう」

しかし籠城なんぞしたら、御公儀への「反逆」になる。これは殿中での刃傷沙汰どころではない、ただごとではない刃向かい方です。亡き主君の弟御、浅野大学様は江戸で「閉門」を命じられておられやしたが、間違いなく切腹を仰せつけられやしょう。ですから浅野のご本家やご一門からも「おとなしゅう城を明け渡せ、自重いたせ」との使者が矢継ぎ早に寄越されていたようです。

「いっそ大手門に皆で並び、切腹して果てるが潔し」

主君が亡くなれば家臣が追腹を切って殉じるという風習は泰平の世にあってもまだ根強く残っておりやしたから、切腹派と籠城派は激しい応酬になりやした。

そうこうするうちに、赤穂では不明であった主君の敵、吉良上野介様が生きていることがわかった。すると激昂して、仇討ちを主張する者が出てくる。

「我らの手で討って、亡き主君の無念を晴らすべし」

しかし内蔵助様は、お家再興に賭けておられた。そのために諸方に働きかけ、皆々を鎮め、「神妙に明け渡しに応ずる」方針で家中を取り纏められたんです。それが四月の十二日、そして十九日には公儀目付の立ち会いの許にお城の明け渡しを完了されやした。

内蔵助様はその日までに、藩に残った銀子を使ってその年の切米を家中に支給し、さらに割賦銀も分け与えなすった。大名の城や領地は公儀から預かっているものなんで返さねばなりやせんが、藩が独自に作った財まではさすがにお取り上げにはならねえんで、それを洗い浚い分配されたようです。しかも、身分の低い者に手厚くね。

こういった顚末はあたしが山科で、ご同志が密かに集まられた折々に伺ったことなんで確かでございますよ。ええ、この三角の耳は伊達についてやしねえんですから。

おっしゃるように、内蔵助様は下々の言葉で言えば、まことに「算盤の立つ」お武家でありやした。

ですが内蔵助様も人の子でさ。血気に逸る家中を抑え、ご本家や公儀の圧力に耐えながらお家再興の脈を探りつつ、家中の先行きが立つように差配し、お城の明け渡しをしおおせなすった。そりゃあ、お疲れになりやすよ。

松之丞様は父上の置かれた状況をご承知でしたから、あんな何とも言えぬ面持ちで寝顔をご覧になっていたんでしょうな。いえ、母上にそれを明かされるはずはございやせん。だって長屋の亭主と女房じゃあるまいし、内蔵助様は実情を奥方に語られない。松之丞様はそれをご存じですからね。

はい、奥方もお訊ねにはなりやせん。それが武家の妻女の心得かって。さあ、どうでしょうね。そうであったかもしれねえし、政にかかわることは己の埒外だと思っておられたのやもしれませんな。もともと、物事を突き詰めて考えられる性質のお方ではありやせんし。

旦那様がいつお戻りになるか、お子らが風邪をひかぬか、今日の夕餉の献立は。そういった目の前のことこそがりく様の重大な、かつ最大の関心事でやした。

内蔵助様は評判通りの、いやそれ以上のお方だが、りく様は思い描いていたお方と違うように思うが、ですって。え、もっときりっとして、忠臣を陰でお支えになった賢女を想像なさってた。はあ、それについてはお好きなように。あたしがとやこう申し上げることじゃ、ありやせんや。

とにもかくにも旦那様の前では従順なお方でやすから、介抱は甲斐甲斐しくなさいやしたよ。が、あの疔は長引きやしたから、痕が残って消えなかったんじゃねえでしょうか。大坂では外での談合も毎夜のようにありましたから、心身の休まる時がありやせん。山科に移られてからも、時々、左腕を重そうに肩を傾げて、袖の上から擦っておられるのをお見かけしましたよ。

まあ、そんなこんなであたしは、ご一家が山科の隠宅にお移りになるのにお供しやした。はて、もう昼前になってやすか。それはそれは。長広舌におつきあいいただきやしたね。ごめんなすって。

え、山科での暮らしをこそお聞きになりたいって。あたしはまだ時がありやすから構いませんが、じゃあ、蕎麦でもご注文になったらいかがです。

内蔵助様は蕎麦がお好きでねえ。いえ、それよりもっと食べておられたのは韮粥だな。お子らには不評でしたが内蔵助様はしじゅう所望されるんで、りく様は畑で韮をお育てになるほどで。

いや、韮は生のまま粥に入れちゃあ、そりゃあ臭えですよ。包丁で刻んだ後に塩で揉んで、しばらく置いといてみなせえ。水が出て、ついでに臭みも流れて香りと旨みだけが残る。白粥に青々、シャキシャキとした歯触り、躰が芯から温まってこたえられやせんぜ。そう、塩は赤穂の真塩でね。

むろん家老屋敷にも仮宅にも台所をする者はおりましたから、そういえばりく様が手ずから土鍋で粥を煮るようになられたのは山科以降でやすな。内蔵助様は池田久(きゅう)右衛門(えもん)という変名を使って住居(すまい)を構えなすったから、人の目がありやす。いつまでも家老の奥方然としてたら、怪しまれやすからね。

だから慣れぬながらも畑に出られて、村の庄屋から作男(さくおとこ)を寄越してもらっていろいろと作物もね、お始めになったわけですよ。

山科に入ったばかりの数日はまたおかんむりで、むくれておいででしたけどね。

「ここは外を歩いてもいいとお許しが出たけれど、四方が山、山、山。海が見えへんやありませんか。どういうこと」

ですが畑をなさるようになって、気も紛(まぎ)れたんでやしょうか。ええ、大根も作られやしたよ。あれも旨かった。瑞々(みずみず)しくてね。はい、山科の西野山(にしのやま)村で購われた土地は千八百坪ほどでしたから、畑も広かったんです。

何で山科だったのかって。実は内蔵助様のお身内に僧侶になっておられた方がいて。石清水(いわしみず)八幡宮の坊におられやしたから、依頼をしやすかったようです。そういえばお客さん、「山科近辺で土地を探してほしい」という文を内蔵助様が書かれたのはいつだとお思いになりやす。

いいえ、もっと前、三月二十一日。籠城か切腹かでご家中が割れて、大揉めをしている最中です。ね、びっくりするでしょ。何をどこまで見通してその手当てをしなすったか、あたしらには想像も及びやせんや。いろいろな道筋が同時にお見えになるお方だったんでしょうな。ご自身の熱や心情とは別に、お頭の中に冷静という図を広げられる。だから打てる手はすべて打っておく。

山科という土地は京や伏見に近く、そして江戸への東海道にも通じる要衝の地でやすから、江戸や大坂に潜んでいるご同志が集まるにも都合が良うござんした。庭はあえて普請なさらず、母屋も離屋も鬱蒼とした竹林に囲まれていましたしね。東山と逢坂山との谷間の南に広がる盆地ですから、山科川をはじめ渓流も多い地でした。

山科に移ったのは六月の末でしたが、桜や楓の青枝の下は涼しくてねえ。あたしら犬は汗というものをかけねえんで、夏の暑いのはほんとこたえるんでさ。やがて秋ともなれば至るところが紅葉の赤に染まって、枯葉の匂いもどことなく都めいててね。りく様が畑に出られるのにお供して、あたしも畦道を走り回らせてもらいやした。いえ、相変わらず厭な顔をされるんですが、くう様と吉千代様、るり様が「一緒に」と伴ってくださるんです。

松之丞様はその頃はほとんど父上と行動を共にしておいでで、内蔵助様が使われていた離屋にお入りになったまま顔を合わせない、そんな日がどんどん増えていきやした。

しかも風体の怪しい連中がしじゅうその離屋を訪れて、話し込んでいくんです。ひどい時は夜を尽くし、幾晩か泊まられることもありやした。内蔵助様はりく様には顔を出さぬともよいと仰せで、下男や下女が酒や肴、飯や汁を運んでましたね。

根が呑気なりく様もさすがに気になられたのか、畑に出たかと思ったらば鍬を担いだままそっと戻ってこられて。姉さんかぶりにした手拭いの端を口に挟んでね、へえ、抜き足差し足の泥棒めいた恰好で離屋の枝折戸をお引きになった。

あたしはそれを目にするや、思い切り大きく吠えました。するとたちまち離屋の小窓の向こうで人影が動いて、閉め切った戸障子が透かされる。何人かが長い物を手にして飛び出してきて、鋭い目つきで周囲を睨め回し、竹林の中まで探索でさ。りく様はそれこそ這う這うの体で母屋に戻ってきて、あたしの顔を見るなり鍬の柄で頭をぽかりです。

「馬鹿犬」

まったく、犬の心、飼主知らずでねえ。あたしとしたら、奥方の身を思って吠えたものを。離屋の中では密談らしきものが交わされて、時折、激しい口調で内蔵助様を責め立てておられるのを、あたしはすでに耳にしておりましたから。へえ、あたしが小窓の下で寝そべってたって、誰も気にも留めやせんからね。

内蔵助様の声は、いつも皆を抑えるような調子でした。

「ともかく、大学様の処遇が決まるのを待て」

内蔵助様はお家再興の望みをまだ捨てておられず、ご一門のお大名に嘆願に回りつつ、浪人となったご家中らが暴挙に打って出ぬよう抑えておられたんですな。

「何を悠長な。今、江戸でどんな噂が立っておるか、ご存じあるまい。大学様がたとえ百万石の領地をもろうても、兄の切腹を見ながら何もせぬのでは、とうてい人前がならぬなんぞと言われておるのですぞ。このまま手をつかねておっては、我らの面目も立ち申さぬ」

人前がならぬ、面目が立たぬ、つまり「武士の一分」が立たねえってことらしいですね。

なにせ、敵の吉良上野介様は年寄りだ。病でぽっくり往生しちまわれちゃあ、目も当てられやせん。だから一刻も早く事を起こしたい連中がいて、どうやらそれが江戸を中心とした強硬派。一方、内蔵助様をはじめとする上方は慎重派が多いようでした。

談合は幾度も物別れに終わり、十月も末になって、内蔵助様は急に江戸にお発ちになりやした。松之丞様は残られて、弟御や妹御、そしてひょっとしたらりく様の面倒も父上から託されておいでだったかもしれやせん。

十一月に入ったある夜、りく様は夕餉の後、囲炉裏の前に松之丞様と吉千代様をお呼びになりやした。

秋が深まってからというもの、ご一家は囲炉裏を切った板間に会して夕餉を取られるようになっていたんで。というのも内蔵助様がひでえ寒がりでね。いつも「寒い、寒い」と背を丸め、綿入れを何枚も重ねておいででしたから、るり様が面白がってね。

「蓑虫に似ておいでにござりまする」

三歳のお子がおっしゃることですからあどけなくて、皆、お笑いになっていましたよ。あたしは板間続きのお勝手の土間でいつも夕餉をいただいてやしたから、ご一家のお話もよく聞こえるんです。

一緒に笑いましたですよ。え、犬が笑うかって。侮ってもらっちゃあ困りやすよ。犬だって笑いも泣きもするし、しようと思えば愛想笑いも嘘泣きもできまさ。

その囲炉裏端に松之丞様と吉千代様をお坐らせになって、他のお子らはもう寝静まっておられる時分で、あたしも土間でうつらうつらとしておりやした。

りく様は改まった様子でもなく、囲炉裏に小枝を足しながら訊ねられました。

「吉千代殿が、兄上にお訊ねしたいことがあるのやとか。さ、教えていただきなさい」

吉千代様はもじもじと俯いておられやしたが、思い切ったふうに顔をお上げになりやした。

「父上は、いつお戻りになるのですか」

「拙者(それがし)は、承知しておらぬ」

松之丞様にしては、少し歯切れの悪い言いようでした。

「江戸には、何用で行かれたのです」

「何用、とは」

問いを問いで返されて、吉千代様はもう二の句が継げやせん。

「いや、そなた、これまでかような事情に立ち入ったことがないではないか」

「私も大石家の男子です。少しは知っていとうござりまする。今、如何相成っておるのか、お教えくだされ」

あたしの耳が、ぴくんと立ちました。りく様が吉千代様をそそのかして、松之丞様から事情を聞き出そうとしているに違いありやせん。あんのじょう、松之丞様は母上を横目で見て、「困ったお方だ」とでも言うように細く息を吐かれやしたね。

　そして再び、吉千代様に目を向けられた。

「江戸方がもうこれ以上待てぬ、独自に動くと通告してきたのだ。父上はこれまで何度もご配下を差し向けて説得を続けられてきたが、皆、懐柔するはずがすっかり強硬派になって帰ってくる始末での。それでとうとう、御自ら直に説き伏せるしかないと、下向された」

　するとりく様は、「旦那様もご苦労なこと」とばかりに頰を強張らせた。

「江戸って、上方より遥かに寒い土地とか。からっ風とやらがきついんでしょう。さぞ、寒がっておられる」

　と、吉千代様が見当外れの語尾を遮るように、膝を前に進められやした。

「兄上、江戸方は何ゆえ、そうも性急に事を起こしたいのでござりまするか。かりにも父上はご家老であった御身、何ゆえ父上に従わぬのです」

　いつもはおとなしい、兄上の背中の陰に隠れているような吉千代様が思わぬ激しい一面をお見せになったもんで、りく様は目を丸くしておいでです。

「武芸に秀でた者が、江戸方に多いゆえですか」

　松之丞様もしばらく吉千代様を見返しておいでで、ですがすっと目許を引き締めた。

「それもそうであろうが、内匠頭様が切腹された折にお遺骸を引き取りに行き、庭で首と胴が別々になっているのを棺に納め、泉岳寺に埋葬する、そういったことに携わった者は江戸の家中だ。主君の死を肌身で感じている。吉千代、心を平らにして想像してみよ。今朝、お見送りしたばかりの殿の、首と胴だぞ。畏れながら、内匠頭様が主君として出来物であったかどうかは兄にはわからぬ。しかしこの際、それはかかわりがないと言おう。己の目でお遺骸を見、鼻で嗅ぎ、肌で思い知っているからこそ、いつまでも主君の死が真に迫るのだ。死そのものの力に巻き込まれていく」

　吉千代様は身じろぎもせずに、兄上の言葉に耳を傾けておられやした。松之丞様はその様子をしかと見極めるように間合いを置いてから、言葉を継がれた。

「ゆえに江戸の強硬派から見たらば、父上の落ち着きっぷりが歯痒くて仕方がないのだろう」

　囲炉裏に掛けた鉄瓶がしゅんと湯気を立てて、ご兄弟はそのまま黙りこくってしまわれた。

　りく様はといえば、このところ内蔵助様の周囲が剣呑だと察しておられたものの、松之丞様のお話の大半についていけなかったようで、途中からもうあきらめ顔でお茶を淹れ、両手で湯呑みをさすっておられやした。

「で。結局、旦那様はいつお戻りになるのです」

「わかりませぬ」

「困ったわあ。村の秋祭にいかほど祝儀をお包みすればよいか、ご相談申したかったのに」

　あたしが思わず溜息を洩らしたのは、ご兄弟と同時でやした。

　内蔵助様が江戸から帰ってこられたのは、十二月に入ってからのことでした。

　その折は松之丞様が庭で、といっても百姓家らしき砂場でやすが、そこで吉千代様に剣術の稽古をつけておいででした。りく様は広縁でるり様を膝に抱き、くう様と日向ぼっこです。

　竹林の小径をゆるゆると上ってこられるお姿に最初に気づかれたのは、松之丞様でしたな。頭をお下げになり、皆様も銘々に「お帰りなさりませ」と辞儀をされましたが、あたしはちと胸を衝かれやした。総身にいろんな、無念や落胆、焦燥の臭いを何重にもまとっておられて、ただでさえ小柄であられるのが一段と縮んで見えたんです。

後に聞いたところによれば、内蔵助様は国家老でやすから江戸が不案内で、まずそれで疲労された。そして強硬派との談合でも、押されっぱなしであったようです。

ですが内蔵助様は菅笠（すげがさ）を指でついと上げ、母屋の軒を見上げて目を細められやした。

「ええ眺めやな」

広縁の軒先にね、大根を干してあったんですよ。畑で丹精したものを、そうさね、五十本がとこはあったでしょうか。で、その合い間に剝いたばかりの柿も吊るしてありやしたから、白と柿色が並んで。なるほど綺麗なもんだって、あたしも見惚れたもんでさ。

「私がお作り申した大根にござりまする。え、柿にございますか。あれは庄屋殿からいただいて、もう、皮を剝くのが難儀にござりました。渋が手について、洗ってもとれぬのです」

「そうか、それはしんどい目をしたな」

「ほんに。爪の間まで真っ黒になって、ほら」

りく様は内蔵助様の後ろにくっついて、喋り通しでやした。

あの日の夕餉は、ことのほかのご馳走でしたな。囲炉裏に掛かっている鍋はむろん、例の韮粥。それからりく様の豊岡のご生家からちょうど蟹が届いたばかりで、これをさっと真塩で茹でたものに大根の金平、茸のあえもの。いえ、元ご家老のご馳走といえど、そんなものです。大石家は代々、美服美食に溺れぬを訓としておいででした し、内蔵助様は上機嫌で粥をおかわりなさいやした。

しみじみと「りくの韮粥は旨い」と、おっしゃってね。りく様は得意げに小鼻を膨らませて、蟹の身を毟っておいででした。

その日の夜更け、あたしが土間で丸まって寝ておりますと、物音がしましてね。目を開いて顔だけを上げましたら、寝衣の湯帷子を着たりく様で、土間に下りて下駄を履き、水甕の蓋を開けられる。柄杓を持って水を汲んだかと思うと、そのまま口をつけてぐいとお飲みになった。そんな無作法は目にしたことがなかったもんで、目を疑いやした。

するとりく様の顔がふっとこっちを向いた。顎のあたりについた滴を手の甲で拭きながら近づいてくるんで、ええ、ちと怖い。で、あたしの前に屈んで、深々と息を吐かれたんでさ。屈託の詰まったようなお顔でね。そんなことも初めてでやした。りく様が寝間からお持ちになった手燭が板間に置いてあるんで、心細げに下がった眉や蒼白い頬が見えるんです。

「唐之介」

そう呼び掛けるなり目を閉じて、また溜息でさ。

いってえ、どうなさったんです、奥方様。

「赤子が、できたみたいなんやけど」

それは、めでてえじゃありやせんか。もう、びっくりさせねえでおくんなさいよ。

「どうしたものやろうねえ。旦那様にいつ打ち明けたらよいものか」

まだ告げておられねえんですかと、あたしは身を起こしやした。

さては、それで旦那様の帰京の日をお知りになりたかった。いや、もしかして、ただでさえご苦労の多い旦那様に気を使われて、赤子を産むのをためらっておられる。何とお気の毒な。

あたしは、それまで邪険に扱われてきたことを全部水に流してもいいような気持ちで一杯になりやした。

と、りく様はつっと目玉だけを斜め上に向け、ひい、ふう、みいと指を折り始めた。

「この赤子を含めたら、五人お産みまいらせて。私が嫁いでくる前に小間使いにお産ませになったお子が一人、それから存じているだけでもお妾が赤穂に三人いてはったから、はて、女の子がおできになったのは、どこのおなごはんやったか。叔父様のお子を養子にしてもおられるし。え、総勢で何人いてますのやろ」

勘定がわからなくなったのか、今度は両手の指を折って数え始めましたな。

「韮粥、食べさせ過ぎかしらん。あれ、精がつくから」

そこであくびを一つ洩らして、寝間に引き上げておしまいになった。はい、美服美食に溺れぬ内蔵助様は、艶福家であられました。

りく様はその翌日には旦那様に打ち明けられ、むろん大層なお喜びようでね。あたしはほっと胸を撫で下ろしたものです。

ですがりく様が身重になられたことで、ご一家は離散されることになりやした。

翌年、元禄十五年の四月、りく様は七ヵ月の大きなお腹を抱えて山科の隠宅を出られました。出産をね、ご生家の石束家でなさることになったんでさ。

年が明けてからでしたか、内蔵助様がそうお勧めになりやしたんで。

お子らは近くの神社の左義長に出掛けられていて、ご夫妻は珍しくお二人で広縁に坐っておいでで。春とはいえ、風はまだ冷たくてね。内蔵助様は首巻をぐるぐると巻きつけておいででした。

「庄屋に問い合わせたらば、村には取上げ婆がおらぬらしい。豊岡に帰って産むがええ。義父上もおられるし、そなたも何かと心丈夫であろう」

「お心遣いは有難うございますが、私はここで産めまする。初産ではございませぬし、これまでの四人とも安産にございました」

内蔵助様はそれにはどうとも答えず、ごろんと横になられた。りく様の膝枕です。あたしは神社の境内には入れやせんので、たまたま庭におりましてね、毛づくろいをしておりやした。気になって広縁を盗み見すると、内蔵助様は腕組みをして目を閉じておられやす。りく様は内蔵助様の左腕を袖の上からさすりながら、竹林の辺りに眼差しを投げておられやした。

「私はこの家で産みとうございます。旦那様のおられる、この家で」

「そなた、ここは山ばかりで海が見えぬと零しておったやないか。山彦よりも波の音が聞きたい、と」

「いいえ、もう慣れましてございまする。今では寝入る前に耳を澄ましておりましたら、竹林の葉擦れの音が波の音に聞こえるほどに」

「豊岡にはまことの海があるぞ。そなたの故郷の海が」

「私が見たい海は、赤穂にございまする。あの、瀬戸内の海」

内蔵助様はそこで薄く目を開け、低声でおっしゃいました。

「松之丞はここに残す」

束の間、りく様の手が止まりました。

「下の三人を、よしなに頼む」

りく様は竹林を見上げたまま、「そんなあ」とお零しになりやした。ですがその後は息を止めたかのように押し黙って、竹の葉だけが鳴っておりやした。

この時、浅野大学様の処遇はまだ決まっておりやせんでした。


はい、あたしは豊岡にお供したんです。ご夫妻の間でどういう話になったものやら、おそらくお子らの心慰めのため、それが最も大きな理由でしょう。お子らは無邪気なもので、山科を出る際は遊山にお出掛けになるような賑やかさでね。ただ、十五になっておられた松之丞様は、りく様に深々と頭を下げられました。

「母上、お達者で」

そして弟御、妹御に順に言葉を掛けられやしたね。

「吉千代、道中、気をつけてな。くう、風邪をひくな。るり、母上のおっしゃることをよくきくのだぞ」

るり様はそこで急に不安になってか、「厭や」と駄々をこね始めた。

「兄上もご一緒でなければ、厭にござりまする」

「るり、唐之介を可愛がっておやり。時々、指で毛を梳いてやるのやぞ」

父子というものは凄いものですな。真っ向から対決せずにすっと話を変えて矛先をかわしてしまう、その仕方が父上にそっくりで。

松之丞様がるり様をなだめておられるのを、ご夫妻は黙って見ておられやした。やがて石束家から遣わされた従者に促されるように、お子らは次々と駕籠に乗られました。お腹の大きなりく様は、ただでさえ大柄でやすから尻を収めるのも難儀でね、最後は内蔵助様と松之丞様が手伝われて、皆、肩で息をする始末で。

おかげでりく様は、やれやれとばかりに屈託のない笑みを泛べておられやした。

「旦那様、松之丞殿、参りまする」

内蔵助様も目許をやわらげて、「ん」と頷かれました。

りく様が山科をお発ちになる際にどこまで覚悟をしておられたのか、それはあたしには知る由もございやせん。ただ、石束家に身を落ち着けられてふた月ほどの後、ご次男の吉千代様を円通寺（えんつうじ）というお寺にお預けになりやした。

おそらく、父上、石東源五兵衛（げんごべえ）様のお勧めによるものであったでしょう。武家は長子相続と決まっておりやすから三男、四男ともなると他家に養子、あるいは出家させるのも珍しくありやせんが、吉千代様は十二歳のご次男です。石東家ご一門としては、吉千代様に万一の累が及ぶのを懸念されたんでしょうな。

そうです。りく様よりも父上の源五兵衛様の方が諸方の事情に通じておられやすから、娘婿である内蔵助様が置かれた立場をしかと把握しておられた。だからりく様は父上によって、旦那様の真のご事情を少しずつではありやすがお知りになったんです。あたしもね、源五兵衛様からの聞きかじりが多うございますよ。

お客さん、随分と長居しておられやすが、よろしいんでやすか。蕎麦も饅頭も喰い尽くして、え、お茶ももう入りやせんか。へ、煙草を一服。どうぞどうぞ。あたしもちょいとそこで小用を足してきやしょう。へえ、あたしらは楽でさ。片足を上げるだけでいいんだもの。

お待たせしやした。あれ、何です、紙と筆なんぞをお持ちになって。お客さん、ひょっとして、文人（ぶんじん）か何かで。え、「私のことはどうでもええから、皆が知らぬ話を披露しなはれ」だって。

さて、どこまでお話ししましたっけ。ああ、豊岡ね。あすこの夏はほんと暑いですな。冬は極寒でね。厳しい土地でさ。しじゅう霧が出て、前が見えませんしね。内蔵助様も霧の中を手探りで、いかほどの思いでお歩きになっているだろうなんて、あたしも犬なりに案じておりやした。浅野大学様のご処分が下って、ご妻子ともどもご本家の広島藩浅野家に引き取られることになったと聞き及びましたんでね。はい、内蔵助様が心底、願っておられたお家再興の道筋はそこで途絶えやした。

赤子（やや）さんでやすか。あたしとしたことが、大事なことを言い忘れておりやした。七月五日にお生まれになりやしたよ。男のお子様です。さっそく山科に遣いを走らせて、内蔵助様は大三郎（だいさぶろう）と名づけられやした。むろん会いには来られやせん。結句、大三郎様のお顔をただの一度も見ることなく、お抱きになることもありやせんでした。

そのご出産後まもなくでしたか、内蔵助様は松之丞様を元服させられました。松之丞様は、大石主税良金（ちからよしかね）となられやした。

そんな束の間の、大石家のささやかな慶事が続いた後に大学様のご処分が下ったもんですから、石束家でも内蔵助様のご判断やいかにと、蒼褪（あおざ）めておられやした。

いよいよ討ち入りか、それとも。

そんな最中に、りく様宛てに文が届きやしてね。その頃、石束家がお持ちの別邸にお子らとお暮らしになっていましたが、時々、父上が訪ねてこられるだけで、吉千代様はもうおられぬし、十三歳になったくぅ様と四歳のるり様、そしてまだ乳を飲んでおられる大三郎様との四人暮らしです。

だからかどうかは知りやせんが、あたしによく話し掛けられるようになりやした。

「唐之介、旦那様から文です」

すわ、討ち入り決定かと、あたしはもう心ノ臓が早鐘のように打って、辺りを睨みつけるように見回したもんです。源五兵衛様がおっしゃるには吉良方は戦々恐々の体で幾重にも警護を固め、上方には間者を放っているとの噂もありやしたから。

りく様の声も少々、上ずっていて、庭に面した縁側で包みをお開きになる時は背筋を立てておいででした。

「ええと……いつぞやも話した通り、今は八坂の祇園踊りの季節ゆえ、主税を連れて見に行ってきた、やて。唐之介、聞きましたか。こっちはさんざん心配してるのに、父子で京に遊びに行っておいでやわ。……なかなか風流なものやった、伏見の有名な踊りも見たけど、まあ、驚くほどの見事さ」

そこまでを読み上げ、奥方は急に言葉を詰まらせた。

「そもじ殿へ見せ申したきことと……しんと、しんと、存じ出す事どもにて候」

――あなたに見せてやりたいものだと心から、心の底から思ったことや。

りく様は「んもう」と呆れて、目玉をくるりと回された。その途端、目頭に何かが膨れて、鼻の先も真っ赤になりやした。あたしは、見て見ぬふりをいたしやした。

それからりく様は、内蔵助様からの文を心待ちにされるようになったんです。ですが便りは途絶え、父上がぽろりと漏らされたことには、内蔵助様の不行跡の噂ばかり。伏見の撞木町や祇園、島原で遊び狂うておいでだというんですな。

源五兵衛様は腕組みをして、やや呆れたような面持ちでおっしゃったものでした。

「京で遊蕩するとなると、山科からは東山を越えねばならんやろう。まったく何を考えておられるのやら、わからぬようになってきたわい」

奥方にすれば旦那様の遊蕩話など聞いて楽しいわけはないでしょうが、源五兵衛様も肝の大きなお方のようで、なればこそ快く三十過ぎの娘と孫らを引き取られた。

源五兵衛様は、内蔵助様が主君の仇をお討ちになる、そのことを心待ちにしておられるような節もありやしたね。だから妻子を生家に預け、己は京で遊び呆けているなんて噂を耳にしたら、舌打ちの一つもしたくなる。実際、ご家中の中には眉を顰め、内蔵助様に強く意見するお方らもいたようです。

江戸の強硬派と上方の慎重派が山科、円山での談合を経て討ち入りを決定したのは、七月の末でさ。以降、目立たぬように人数を分けて、続々と江戸へ下っていかれやした。皆、内蔵助様のお指図で、妻子や親の身の振り方をつけてからの出立だったそうです。その周辺から、何となく「いよいよか」という空気が豊岡にも洩れ伝わってきてたんでしょうな。

ですがりく様は、父上のやや非難めいた嘆息にも耳を貸そうとはなさいやせん。

「旦那様も懊悩しておられるのでござりましょう。唄うて踊らねば身が持ちませぬ」

「この期に及んで、まだ逡巡いたすか。いや、いやいや。内蔵助殿のことじゃ。一計を案じたのやもしれぬ」

「父上、一計とは」

「つまり、敵の目を欺くための遊蕩じゃ。あの様子では主君の仇を討つ気など放擲いたしたに違いないと、思わせる」

すると、りく様はいつもの尻上がりな「ええ」を繰り出した。

「さようでしょうか」

「おなごのそなたには、内蔵助殿の深謀遠慮などわかるまいが、きっとそうじゃ。間違いない」

けれどりく様はまだ納得しかねる面持ちで、小首を傾げておられる。

「旦那様は今、本気で迷うておられるのだと思いますけれど。昨年三月十九日からこっち、束の間とて迷う暇がおありにならなんだのでしょう。旦那様は、今、ようやく、己のご本心と向き合うておられる、私にはそう思えますする」

暑さの厳しい豊岡の夏を越え、りく様の頰は少し肉が落ちておいででした。

「たとえ己の本心といえども、一つとは限りませぬゆえ。おそらく、これまで取り組まれたさまざまの中で、今が最もお苦しい時かと」

秋草がそよぐ庭を眺めながら、そう呟かれた。

すると奥の小間で寝ておられた大三郎様が、ふいに大きな泣き声をお上げになった。くう様とるり様が「よしよし」と、あやしておられる。

「大三郎殿、しばしお待ちなされ。母上は今、祖父様とお話をしておられるのや。後で、たっぷりと乳をいただきましょうな」

それを聞いてか、りく様は思い出したように肩をすくめやした。

「また、京のおなごはんのお腹を膨らませるやもしれませぬなあ。ほんまに、何人になるのやら」

源五兵衛様には突拍子もない言葉だったんでしょうな。毒気を抜かれたみたいに、黙って座敷を立ってしまわれやした。りく様は「はて」と呟きながら、ひい、ふう、みいと、手の指を折っておいででした。

待ちかねた文がようやく届いたのは、十一月も半ばの午下(ひる)がりでやした。毎日、雪が降り積んで、どこもかしこも白くてね。ですがその日は久しぶりに陽射しが暖かくて、あたしも庭でくう様とるり様のお相手をしておりやした。

りく様はいそいそと広縁に腰を下ろして、軒から光りながら落ちる雪の雫(しずく)をちらりと見上げてから包みをお開けになりやした。

そして畳んだ紙を広げた途端、お顔から一切の色が消えちまった。たっぷりとした頰は横に引き攣(つ)れて、唇は半開きです。「あ」という形のまま、接ぎ穂を失ったような。

どのくらいそうしておられたか、随分と長かったような気がしやすが、実際には束の間のことだったのやもしれません。

りく様はもう一度、書状に目を通されて、今度はもう血の色が戻っておられやした。背筋を立て直して顎を引いて、口許を引き結んでおいでで。書状を包み直して懐に差し入れてから、庭に向かって手招きをされた。

「くう、るり、おやつはどうします。お餅を焼きましょうか。唐之介、お前はお餅はあかんでしょう。この前、咽喉を詰まらせてさんざん苦しんだやないの」

その書状ですか。はい、それは「離縁状」でやした。あたしは、夜に知ったことですが。え、討ち入りの決意を知らせるものではなかったのか、ですって。何をおっしゃる。

離縁状こそが、内蔵助様の決意を表わすものでやしたよ。

りく様はしばらくの間、離縁状のことを誰にもお話しにならず、父上に遣いもお出しになりやせんでした。ええ、ひっそりと我が胸に抱いておいでのような風情でね。それからどのくらい日を経ていたか、よく憶えてねえんですが、極月に入ったある日の夜のことでした。

夜は相当、更けていて、けれどまだ明け方ではない時分でね。あたしはいつものごとく土間で丸くなっておりやしたが、一睡したかと思ったら目が覚めて、躰の向きを変えては横になる、そんなことを繰り返しておりやした。

そしたらりく様が手燭を持って寝間から出てこられて、土間に下りられやした。水場に立てかけてある小盥を手にして板間に戻り、その盥の前に膝を畳まれた。細帯を緩め、襟に手を掛けたかと思うと乳房を露わにして前屈みになられやした。

もう見慣れたことなんで、あたしは驚きやせん。りく様は乳房が張って痛むらしく、時々、盥に乳を搾り出されるんでさ。五人のお子に乳をおやりになったとは思えねえほどの乳房でね、さすがに乳輪は大きくて黒ずんでやしたが、青い血の線が走っているのが透き通って見えるほど白かった。

大三郎様ですか。もうりく様のそばにはおられやせん。石束家のご家来に養子にお出しになったんです。十月のかかりのことで、はい、離縁状がりく様に届く前のことです。

ご次男の吉千代様同様、罪咎が及ぶのを防ぐためのご決断で、ともかく男のお子は大石家から出しておくこと、それが「守る」ということでやした。

離縁も同じことでやすよ。りく様や女のお子たちにも累が及ばぬようにとの、内蔵助様のお考えです。

りく様は乳を搾り出したらやけにすっきりとした顔つきで、前を合わせ直して盥を持ち、また土間に下りられやした。乳を流し、盥を洗っている音だけが聞こえました。夜半からまた雪になりやしたから、ほんに静かです。あたしは神妙な気分といいましょうか、胸が詰まっちまって、土間に身を横たえたまま顔だけを上げておりやした。

「唐之介」

いつもの声であたしをお呼びになるもんで、ほっとしましてね。尾っぽを振りながらそばに参じました。

そしたら濡れた指先を反りかえるほど伸ばして、手刀でしゅっと額をやられやした。ちょうどこの、傷痕のあたりを目指して。

あたしは後ろに飛び退きやしたよ。まるで、本物の小刀が一閃したような感じを受けたんだ。総毛立って、腰が抜けたみてえに尻餅をつきやした。

身動きできねえんですよ。殺られると思った。

それでもりく様は腰を低うしてあたしに迫ってきて、今度は槍を持つ手つきで腹にぶすり、そして首根っこを摑まえてまた手刀を振り下ろされた。

いえ、実際には乱暴に及ばれたわけじゃありやせん。すべての所作が、毛先の前で寸止めでした。

けど、あたしは大勢に取り囲まれておりやした。襖を蹴破り、怒号が飛び交い、斬り結んで刃先がこぼれる音が聞こえた。血の臭いも凄かった。

りく様はしばらくして己のしたことに戸惑われたようで、我を取り戻した途端、ぺたんと尻から板間に腰を下ろされやした。ぼんやりしておられやしたね。

　そしてまた土間に戻ってきて、今度はあたしの背中に腕を回されたんです。ひしと抱き寄せられて、あたしはまた身じろぎもできずにおりやした。りく様の首筋に髭が当たって痛くはねえか、そんなことを心配したりして。でもりく様は顔に顔を寄せてきなさる。乳の匂いがする。

　あたしの耳許で、念じるような言葉が響きました。

「どうか、為果せますように」

　そう、夜盗めいた急襲とはいえ、ご家中にとれば殿中の刃傷沙汰以来の、長い長い時を懸けた戦でやした。討ち入りはその雌雄を決する、一度きりの決戦でさ。どうあっても為損じてはならんのです。武士の一分に懸けて為遂げねばなりやせん。ええ、奥方にとってもそれは同じです。

　と、奥方の肩が動いて、屈めていた半身を立てて土間に両膝をつかれた。耳の後ろに掌を立てておられる。

「唐之介、何か、聞こえる」

　あたしも両耳を立てて総身を澄ましやした。目を閉じて、雪が降る音の向こうを辿り、掻き分けた。

そしたら、首尾を遂げたことを知らせる笛の音が聞こえたんです。

やがて極月の夜空に響く、鬨の声も。

あの夜のことを思い返すと、今でも奇妙な心地になりやす。

え。後から聞いた話の様々がより合わさって、そんな記憶になったんだろうって。

ええ、そうかもしれやせん。

ただ、内蔵助様と主税様がご同志らと共に吉良邸に討ち入られたのは、極月の十五日。離縁状が届いた、ほぼひと月後のことです。あの夜のりく様は、討ち入りがいつ決行されるかなんぞご存じありやせんでした。

四十六人が切腹されて後、内蔵助様のご遺言が人の手を介して伝えられました。

——心晴れやかに相果てて候
りく様が静かにその菩提を弔っておられたかというと、そうは行きやせんでした。

御公儀は浪士の妻と娘は「構いなし」とされたものの男子は遠島、ただし十五歳までは罪を猶予されるとのことでね。遺児探索もあって、その際に大三郎様は養子先の実子とは認められず、再び石束家に戻されやした。二歳です。

やっと我が子と再会できたとはいえ、大石家の三男とされた以上、十五歳になれば仕置を受けねばなりやせん。

りく様にとっての正念場はおよそ六年間、宝永六年の秋まで続きました。

その年、一月に公方様が薨去されたことで、八月二十日に「大赦」の御沙汰が下ったんです。浅野大学様は赦免され、九月には浅野家がついに再興を見ました。そして大三郎様も免罪され、晴れて大石家の跡取りとしてお育て申すことができるようになりました。

僧侶になっておられたご次男の吉千代様はその寸前、病で入寂されておりました。十九歳です。じつはご長女のくう様も、それより五年前の宝永元年に十五歳で亡くなっておられます。ええ、幼い頃から風邪をおひきになれば咳が止まらぬ性質で、病没でした。

りく様ですか。髪を落とされて後は香林院様と名乗られて、お子らの葬儀をお出しになる時も遺漏なく手配りし、それは堂々としておられやした。

そして、まるで潮が満ちるかのように、おおどかなお方になっていかれやしたな。内蔵助様は苦心惨憺の最中も温寛で、ご一家の日常をそれは大切になさいやしたから。お子に蓑虫に似ていると言われて、嬉しそうに目尻を下げておられたんですから。

夫婦(めおと)なるもの、つくづくと合わせ鏡だと思いやすよ。

それにしても、お客さんもくたびれなすったでしょう。あたしの話をこうまで熱心に聞いてくださるとは、やっぱり旅の土産話ってわけじゃありやせんね。え、物書き。浄瑠璃の座付き作者ですか。なるほど、それで合点がいく。筆の走らせ方が早ぇもの。

でもあれでしょ、赤穂事件を材にした芝居、浄瑠璃は御公儀がうるさいんじゃありやせんか。え、今ではそうでもない、世間は忠臣のことをもっと知りたいんだって。なるほどねえ、世間ってのは無力なようで、大きな力を持ってるものでやすねえ。一滴一滴でも集まれば、ねえ、この海の波になるんだもの。

で、どこの小屋ですか。大坂の竹本(たけもと)座。それはそれは。最後にもう一つだけって、ああたも粘るね。だいいち、今さら訊ねるのも妙だけど、あたしの言ってること解してなさるんですか。あ、そう、わからねえとこは想像で補うって。ま、いいや。言葉を解したって通じねえ人もいるしね、黙ってたって通じる人にゃ通じるってもんでさ。

で、何を知りたい。え、あたしのこと。江戸の産が、何で赤穂にって。ああ、そんなこと。

いえね、あたしは江戸といっても、じつは中野村にいたんでさ。中野といえば、そう、ご名答、犬屋敷。そこを出奔したんです。はい、結構な、安穏な暮らしでやしたよ。飯には困らねえし、むろん雨露、雪の心配もねえ。寒い日には火鉢まで入れてもらって、病には犬医が馳せ参じてくれやすからね。

けどね、どこを見渡しても犬ばかりですよ。しじゅう仔犬が生まれてその数は増えるばかりで、あたしは息が詰まっちまった。あの頃は一歳の若者でしたから。へえ、犬は七ヵ月ほどで成犬になりやすからね。で、何と言おうか、身の裡から湧いて出る生気の晴らしようがねえと言いましょうか。つまらぬ喧嘩をいくつかして、このままだったら腐っちまうと思って、役人の目をかいくぐって飛び出したんでさ。元禄十四年の正月でした。

江戸市中をうろついても、皆、あたしには手出しをしやせん。下手に餌をくれたりしたら、飼主にならなきゃなんない。毛の色を記して届を出すんでさ。だから皆、あたしの姿を目にしたらば、慌てて目をそむける。そうこうしているうちに三月になり、鉄砲洲の辺りをうろついてたら申の下刻になって、そろそろ今夜の塒を探しておこうと引き返しかけたら、お武家の屋敷に駕籠が二挺着いて、えらく騒々しい。

「早水、萱野、頼んだぞ。一刻も早う、ご家老にお報せせよ」

二人のお武家は「はッ」と叫ぶなり駕籠に身を入れ、前後を担ぐ人足らが道を蹴るようにして走り始めた。

江戸から赤穂へは百五十五里、早駕籠でも七日は掛かる道のりを四日と半日ほどで到着したってえ、あの有名な第一報でさ。

それで気がついたら、あたしも走ってたんです。そう、早駕籠の後ろを、時に脇を、走りに走った。

もちろん、それまでは犬屋敷の役人としか接してねえんで、人の言葉もろくろくわかりやせん。けど何やら大変なことが起きて、それこそ決死の覚悟でひた走ってる。それはもう、肩から針みたいなものが発せられてるんで察しがつきやす。ええ、人ってのは犬よりよほどあからさまですよ。

まあ、その時のあたしは早駕籠の使命なんぞに興味はありやせんでしたけどね。ただ、もう、走るのが闇雲に嬉しくって。犬屋敷ではそんな場がありやせんでしたから、四肢を存分に使って飛ぶように走りましたさ。

犬ってのは、走って何ぼなんです。お武家が闘って何ぼ、と同じでしょう。おっと、口が過ぎた。

それにいよいよ頃合いです。あたしの主が見えました。はい、あのお方が香林院様、りく様です。

同道されている娘御は、次女のるり様。え、でかいって。そうなんでさ。十五歳におなりになりやしたが躰つきが母上にそっくりでね、まだ縁組の話はないんですが、嫁がれたらきっとたくさんお子をお産みになるでしょうよ。

へい、旅装でおられるのは、今から広島に向かわれる、その道中でね。大三郎様が、まだ元服も済ませておられない十二歳ですが、浅野のご本家にお召しを受けて、千五百石の知行でお抱えいただくことになりやしたもんで。

あんなに冷たかったご本家なのに、討ち入り後の浪士が「義士だ」「忠臣だ」なんて大評判になったもんだから、掌を返したって。

そんなこと、些末なことでさ。りく様は大三郎様の身が立って、これからやっと腰を落ち着けて旦那様の菩提をお弔いになれるんです。あたしがこの茶屋でお待ち申していたのも、大石家代々の菩提寺にお立ち寄りになってたからで。

じゃ、ごめんなすって。ああたの腕のほどは存じやせんが、ご健筆をお祈りしやすよ。え、題はもう思いついたって。『仮名手本忠臣蔵』。へえ、その蔵ってのは、内蔵助様のことですかい。

どうだかなあ。ま、好きにしなせえ。浄瑠璃も当たらなきゃ、一分が立たねえでしょう。

奥方、お膝は痛みやせんか。は、それは何より。ここから広島までまだ道のりがありやすからね。え、海を見ながら歩きたいから駕籠はやめておくって。るり様、いいんですかい。夜、あすこを揉め、ここが痛いと、また大わらわですぜ。けど仰せの通り、せっかくの赤穂だ。瀬戸内の海の匂いを味わいながら、ゆっくりと歩を進めることにいたしやしょう。あたしももう歳でござんすから、昔のように駈けたら息が上がっちまう。

「唐之介」

りく様に呼ばれて、あたしは尾っぽをぴんと立てる。数歩後ろに間合いを保って歩く。晴れて、顔を上げて歩く。浜子らの唄声に耳を澄ましながら。

塩荷船の白帆が膨らんで、青い海に漕ぎ出した。今日も江戸に塩を運ぶんだろう。

落猿

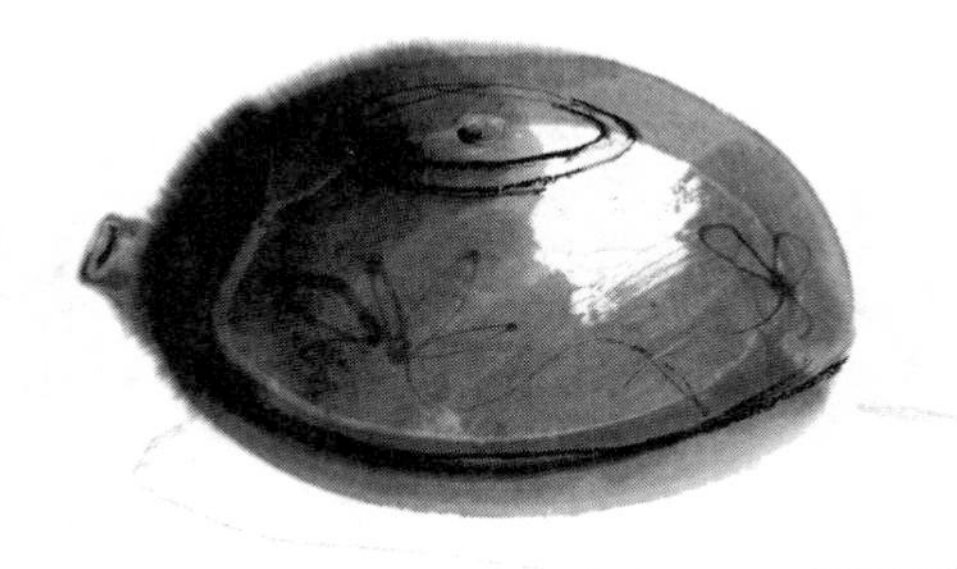

青磁の水滴を持つ手が止まった。

「町方と刃傷沙汰を起こしたとな」

奥村理兵衛は右手を下ろし、掌の中のそれを文机の上に戻す。

「さきほど、大組士、小堀弥助が上役と共に参りまして」

藩士が起こした刃傷沙汰の注進に訪れたのは、補佐役の野口直哉だ。二十歳を少し過ぎたばかりの若者で、配下についてまだ一年を経ていない見習である。

理兵衛が江戸留守居役を勤める八作藩は石高七万五千石、大藩でも小藩でもなく、藩主、小久保但馬守忠興公の官位も従五位下、千代田城の殿中席においてもまさに中堅どころの大名だ。江戸屋敷は千坪ほど、池泉を巡る回遊式の庭は山躑躅で知られ、季節になれば他藩の諸侯がしばしば風流遊びに訪れる。

理兵衛の部屋は屋敷の切手門に近い片屋で、長屋ではない一軒が与えられている。

他の御役は邸内の長屋に住まって表御殿なり番所なりに出勤するのだが、家老と留守居役に限っては職住同邸だ。交わす会話も扱う文書も、藩にとって極めて機密性が高いからである。

理兵衛はこの家屋に書斎と書庫を構え、補佐役と書役らは黒竹を植え込んだ坪庭の向こうの部屋で執務している。暑い季節には双方の障子を開け放つので、紫褐色の幹越しに配下の横顔が見える。

筆洗で筆の墨を落とし、文箱に戻した。ゆるりと膝を回し、野口と相対する。

手焙りを一つ置いただけの小間であるのに、野口は蟀谷に汗を光らせている。しかも顔は蒼白だ。

気を落ち着ける時を与えてやったというのに、まだ動転が露わではないか。

「委細を申せ」

「小堀弥助が申しますには、町人との喧嘩で数人に手瑕を負わせ、そのうち一人を死なせたようにござりまする」

黙って先を促した。白く乾いた唇がまた動く。

「そもそもは、泥酔した町人らが五人ほどで絡んできたとのこと。小堀はそれをいったんは捨て置いて行き過ぎましたが、背後から腰抜けなどと暴言を吐かれ、さらには羽織の袖を引いて肩を小突くなどされましたゆえ、やむなく抜刀したと申しております」

「いつだ」

「昨晩と聞きました」

「昨晩の、何刻だ」

野口は言い淀み、突き出た咽喉仏を動かした。

「そこまでは申しませんでした。ただ、昨晩と」

「いずこだ」

「確か、九段坂下辺りと」

「時も場所も曖昧だの。聞番たる者、当人の申し立てをしかと聴き取らねば、吟味のしようがあるまい」

留守居役は「聞番」、時に「聞役」とも呼ばれる。公儀や諸藩大名家の動向から市中の些事に至るまで、さまざまな種を収集するからだ。各種の法令と先例に通じ、藩外とのあらゆる交渉に携わる。相手は諸大名家の同役、時に公儀にも及ぶ。

「その耳、何のためにつけておる」

蒼褪めていた頬に、さっと朱が散った。顔の忙しい男だ。まだ何も会得しておらぬくせに、叱責されるとすぐに色をなす。近頃の若い者はと内心で呟きそうになって、鼻から息を吐いた。

理兵衛が留守居役を拝命して、二十年になる。配下には長年組んでいる補佐役が二人、書役は四人を使っている。逐一指図をせずとも、阿吽の呼吸で事を進める熟練揃いだ。だが藩の上層部は、この野口を理兵衛にあてがった。上士の家柄であるので仕事を学ばせ、いずれ聞番の後継にしようとの肚積もりであるらしい。

八作藩の上士と下士の格違いは甚だしく、御役や婚姻においても厳しい垣根がある。理兵衛は下士の家の出でありながら、今の御役に就いた。異例の「役成り」であった。家格のみならず、目の前の野口とさほど歳の変わらぬ、二十五歳の若輩だったのだ。忠興公の父君、先代藩主による抜擢であった。

「御留守居役」

ゆるりと顔を戻した。

「町人の側に非があることは、明白にござります」

何を言いたいのかは察しがつくが、黙って見返すに止める。

近頃、つくづくと思うのだ。人を育てるとは、こちらから働きかけることではない。相手が自ら動くのをひたすら待つ、その堪忍がほとんどだ。

野口は首を傾げ、蜂谷をしきりと手の甲で拭う。これも良くない癖だ。交渉の場でかようなさまを見せれば、よほど自信がないのだろうと相手に見切られる。

野口はしばらく俯いていたが、唐突に顔を上げた。

「喧嘩の次第を、間近で見ておった者がおります。飛脚問屋の手代と口入屋の主、通りに面した水茶屋の女、この三人にございます」

一気に、吐き出すように述べ立てる。

「御留守居役。此度は無礼討ちにて、小堀弥助は構い無しとの仕置でよろしゅうございましょうや」

武士が町人や百姓と喧嘩沙汰を起こした場合、その次第によって仕置が異なる。

当方が泥酔、あるいは乱心して無辜の者を斬ったとあらば、斬首の刑に処さねばならない。武士の命と庶民の命に軽重はないのだ。

武士の面目を不当に損なわれ、やむなく手に掛けた場合にのみ、「無礼討ち」が認められる。つまり、当人の咎は問われない。ただし、町人に法外の振舞いがあったこと、その成り行きを見聞きし、証してくれる者がおること。この二つが揃わねば無礼討ちは成立しない。当人がいかほど町人の無体を言い立てたとて、それを証言してくれる者がなければ、ただの人殺しだ。相手に非があっても、仕置は切腹となる。

それが天下の御法度だ。諸藩は各々の法によって藩士、領民を治めているが、武家にかかわる検断は棟梁たる徳川家の諸法度に従っている。

「しかるべく」

諾を下すと、野口は首を前に伸ばすようにして安堵の息を吐いた。

「後の手順は弁えておろうな」

野口は理兵衛の下した仕置案を補佐役に伝え、書役は形式に則って「伺書」を作成し、重臣らに廻す。当藩に限らず、江戸屋敷の外とかかわりのある事件、案件については聞番がまず調べを入れ、案を作成するのである。重臣らに異存があれば書状に付箋が付いて差し戻されるが、藩士一人が起こした無礼討ちなど誰も気にも留めぬ。

これで一件は落着だ。

手焙りを引き寄せて手をかざしながら、野口に訊いた。

「小堀とは、昵懇の間柄であるのか」

「は。いいえ。面識がある程度にござりまする」

またも白い顔をして、曖昧な返事をする。

理兵衛は溜息を一つ落として、指図した。

「江戸町奉行と、御老中宛ての届も用意するように」

そろそろ昼刻が迫っているので、口早になる。この後、衣服を改めて外出せねばならぬのだ。懇意にしている幕閣の役宅に機嫌伺いに参上し、その足で他藩の屋敷をいくつか訪ね、その後は新吉原で聞番の寄合だ。

「御老中は、皆様にでござりましょうか」

「月番の御方だけでよい。それと、諸家への廻状の用意も忘れるでないぞ」

江戸の聞番は商人の「仲間」のようにいくつかの組を作っており、知り得た種を書状にして互いに廻し合っている。むろん此度のように自藩で起きた沙汰も隠すことなく、形式通りに記して報せるのが慣いだ。下手に隠し立てをするより実を逸早く開陳する方が、つまらぬ煙が立たぬ。

「御家老への報告は如何致しましょう」

「書き上げた届の写をお持ちする際でよい」

「私からのご報告でよろしいのですか。それとも」

野口は先輩の補佐役の名を口にしたが、理兵衛は「その方がお伝えせよ」と答えた。

「不要な夜歩きは控えよとの触れを重ねて発していただくよう、お願いしておけ」

この江戸屋敷の塀内に並ぶ長屋には、およそ千人の藩士が暮らしている。藩主が在府の折は国許からさらに数百人が供をするので相部屋の人数は膨れ上がり、まさに人が犇めく。

定府の藩士は妻女や母親を国許から呼び寄せて町家に住まわせたり、長屋で共に暮らしている場合もあるが、ほとんどが理兵衛のように単身だ。夜間は出歩かぬよう、大酒を過ごさぬようといかほど戒めても、大なり小なりの不祥事は絶えない。

かといって締めつけを厳しくすれば鬱憤が溜まり、今度は家中で刃傷沙汰を起こす。ことに下士の中でも身分の低い侍が住む二階建て長屋は、ひどく手狭だ。気の合わぬ者同士が相部屋となれば、すぐに刀を引っ摑む。今年の春も「物言いが気に喰わぬ」と相手の額に斬りつけ、仲間を巻き込んでの大喧嘩となった。二人がその場で絶命し、三人が切腹、五人が召し放ちだ。

まったくもって、大きな心得違いだ。他人の言い分に耳を貸さず、己が沽券ばかりを守りたがる。命の使い方を、間違うておる。

「それから」と、理兵衛は手焙りを膝の脇に移した。

「殿へのご報告だが」

「は」と、野口はまたも頬を強張らせる。

「私から書状を差し上げておくと、御家老にお伝えせよ」

主である忠興公は国許で、上府は来年の四月の予定である。「かしこまりました」と、野口は一礼をしてから立ち上がった。躰を回し、片膝をついて障子を引く。

その後ろ姿から目を剝がし、理兵衛は独り言つ。

かようなこと、殿に報せるわけにいかぬではないか。

忠興公は若い時分から癇癖が強く、三十半ばになった今でもひとたび激すると手がつけられなくなる性質だ。此度の刃傷沙汰を報せれば目を剝き、「不念の儀」を言い立てるだろう。小堀はほぼ間違いなく切腹を仰せつかる。国家老にはそれを宥め、抑える力がない。

目撃した者が三人もいたことで、小堀は命拾いをしたのだ。せっかく拾ったものを、むざと捨てさせずともよい。

ゆえに理兵衛は己の一存で、忠興公に報せぬことを決めていた。

いずれ耳に入ることにはなろうが、叱責を受けても論破する自信はある。額に青筋を立てた殿に向かって、私はこう申し開くだろう。

――何よりも避けたかったのは、悪しき「先例」を作ってしまうことにございまする。小堀を切腹させれば、向後、正当なる無礼討ちであっても、皆々、腹を切らねばならぬことに相成りましょう。これは天下の御法度を乱す元にて、御公儀の不興を買いかねぬ仕儀にござりまするぞ。

忠興公は短気ではあるが、危ない橋は渡らない。すなわち慎重、言い方を変えれば小心な面がある。

執務部屋への廊下を行く野口の足音に向かって、理兵衛は呟いた。

聞番を侮るな。

刃傷沙汰を起こした大組士、小堀弥助は「面識がある程度」の仲ではなく、その方の幼馴染みではないか。

最初から念頭にあったわけではない。あの取り乱しよう、理兵衛が口を開くたび躰を緊張させるさま、そして曖昧な返答で気がついた。野口、小堀の両家は遠戚関係にあり、父親同士は俳諧仲間であったはずだ。小堀、野口の両人ともこの江戸屋敷の長屋で生まれ、共に育った。

二十年前、理兵衛が国許に妻を置いて江戸に入った夏、二、三歳の子供が一つの盥で行水をしていた。その二人が野口と小堀であるかどうかは知らぬ。ただ、双方の父親がそのかたわらで立ち話をしており、理兵衛は上士に対する礼に従って頭を下げた記憶がある。

蟬の声が降るようで、空には目に痛いほど白い入道雲が湧いていた。

理兵衛はあの夏から、一度も国に帰っていない。

野口。ただ案ずるだけでは何も守れぬのだぞ。早う、一人前になれ。

凝った首を回し、肩に掌を当てて少し揉んでから手を打ち鳴らす。まもなく伊蔵が顔を出した。奥村家に長年仕えている家来で、共に江戸に出てきた。所帯を持たぬまま、もう七十近い歳になっている。

「昼餉の用意ができてござりますが、もう出られまするか」

「また、漬物と大根汁か」

行きがけに、茶店で餅でも喰おうかと思いつく。

「それが、国許から河豚の干物が届いておりますのじゃ」

「なら、喰う」

伊蔵は白眉を下げ、婆さんのように肩をすぼめた。

「江戸が長いと、こうも口の奢ったことを申されるようになりますかな」

「説教は明日聞くから、早う河豚を炙ってくれ」

羽織の紐を解きながら、急かした。

隅田川を行くと、これは櫓を漕ぐ音か、それとも冬鳥の鳴き声か、わからなくなることがある。

酒を含みながら、多田佐右衛門がそんなことを口にした。

「風流だが、聞番としては拙い耳だの」

多田に並んで坐る土屋五郎がからかうと、多田は大仰に眉を上げる。

「雪見舟の中くらい、御役の仕儀は忘れさせろ」

両人とも同じ組に属する聞番仲間で、ことに多田の奉公する江戸屋敷は八作藩のごく近くの駿河台にある。石高は三万石と八作藩より低いものの、藩主の官位は従四位下侍従、殿中席も忠興公より上位だ。

大名の格は石高のみで決まるわけではなく、徳川家、とくに権現様との縁の深さと家の由緒がものを言う。とはいえ、武田信玄公の流れを汲む武門の本流であっても、時の将軍の勘気を蒙って領地を半減された例は枚挙に暇がない。

「いつも忘れておるではないか。茶屋寄合でも、存分に羽目を外しておるくせに」

揶揄した土屋の藩は、石高、官位共に八作藩とほぼ同等だ。

理兵衛は歳の近いこの二人と馬が合い、時々、妓楼や料理茶屋で開かれる定まりの寄合とは別の場で酌み交わしている。もっとも、互いに激務であるので口約束に終わることも多い。今日も多田からの急な誘いで本来なら断るところであったのだが、面談の約束を取りつけていた旗本の都合が悪いとの報せが来たばかりだった。馴染みの船宿で二人と落ち合い、芸妓を連れてこの屋根舟に乗った。

「あら、また花月楼に繰り出しなすったんですかえ」

裾を曳きながら土屋の左に回って酌をするのは、芸妓の大雪だ。本当の源氏名は他にあるのだが、妹分の小雪が美貌で名を売り、その姉格としていつしか大雪と綽名されるようになったという。

「新吉原にばかり。たまには、わっちらと遊んでくださいましな」

「だからこうして呼んでおるではないか。だいいち、うちの親分が花月楼の太夫に肩入れしておるのだ。拙者らは逆らえぬ」

御役の仕儀は忘れたいと言っておきながら、多田は有体に口にする。

親分とは、江戸留守居役組仲間の老輩を指す隠語だ。狷介な古狸で、理兵衛が着任したばかりの時分は新入りへの当たりもそれはきつかった。馬鹿話に明け暮れて重大な種は何も明かしてくれず、愛想笑いに疲れた理兵衛は酒を強要されてよく潰された。目が覚めたら、座敷に一人取り残されていたこともある。

藩士はいずこでも外泊が禁じられているが、聞番はいつどこで夜を過ごそうが不問とされている。役目上、事が出来すれば夜半でも駕籠で走ることが多いゆえだ。それにかこつけて、仲間内の寄合では夜通し遊興に耽る。むろんその費えは藩が支払う。理兵衛でも月に二百両を認められているが、親分などは藩から千両も引っ張っているとの噂だ。

何年前だったたか、聞番のこの遊興三昧が公儀の知るところとなり、「武士にあるまじき」と寄合を禁じられたことがあった。おかげで新吉原の仲之町に砂塵が舞うほど寂れたが、まもなく寄合が復活して隆盛を取り戻した。

先に音を上げたのは、主である大名らであった。従前であれば聞番仲間を通じて摑めていた諸藩の動向が、寄合の禁止によって耳に入らなくなったのだ。どの大名がいつ江戸に入り、いつ国許に帰るか、どこで後継男子が生まれ、どの家の隠居が亡くなったか。これらの種が入らねば、武家にとって最も肝要の礼を欠く。

さらに、殿中での拝謁儀礼や献上物の種類と献上の作法、坐す席にも煩瑣な取り決めがあり、聞番は先例を引きながら仲間にも問い合わせる。登城の際の衣服でさえも、その日の儀式の種類と大名の官位によってそれは細かなしきたりがある。

大名らは談合のうえ公儀筆頭老中に掛け合い、つまり泣きついて、「寄合禁止」は骨抜きとなった。

「親分乾分は、舟と棹。棹がおらねば舟は進まず、舟がおらねば棹はただの棒切れ」

大雪は長唄めいた節をつけて、多田と土屋を笑わせる。暗に、大名と家臣になぞらえて唄(うと)うているのだ。四十前の大年増のうえ顔立ちもさして良くないのだが、この聡(さと)さと座持ちの良さで人気が衰えないのだろう。

理兵衛は新参者であった頃、この大雪に助けられたことがある。件(くだん)の親分や先輩らにひどく呑(の)まされて、それでも盃(さかずき)を断るなど許されるわけもなく、雪隠(せっちん)で吐いてはまた座敷に戻るを繰り返した夜があった。座敷では平気を装っていたが、大雪は気づいたのだろう。酌をする真似(まね)だけをしてその場を凌(しの)ぎ、しかもいつのまにやら湯を入れた銚子(ちょうし)を用意して注いでくれた。

「水よりも湯の方が、明日が楽にございます」

そっと耳打ちをした。翌日は登城する予定であったので、有難い助け舟だった。

大雪は立ち上がり、剽軽(ひょうきん)に踊り出す。

「よッ、大雪ッ」

「わっちの名は、ほんとは桃香(ももか)なんですけどねえ」

多田と土屋が「名前負けが過ぎる」と、また囃(はや)し立てる。

そういえば、いつのことだったか、大雪から「妾(めかけ)をお持ちにならないんですかえ」と訊かれたことがある。理兵衛が国許に全く帰っておらず、妻とはとうに破鏡(はきょう)していることをどこかで聞いたらしかった。

去り状を書いたのは七年前だ。ほどなく、再嫁（さいか）したとの噂を聞いた。

「妻女と添い遂げられなんだものを、妾を持つ器量など持ち合わせておらぬ」

正直に打ち明けた。派手な遊興で知られる聞番だが、こと奥村家の懐（ふところ）について言えば決して楽ではない。御城の御坊主衆や幕閣の用人、旗本、大奥に詰める役人とも密かな交誼（こうぎ）を結んでおり、彼らへの付届（つけとどけ）は自らの俸禄から用意する場合が多い。つまり妾宅を構える金子（きんす）や手当は、どこからも捻出できぬ。

「あら、残念。わっちは如何でござんすかと掛け合うつもりだったのに、逃げられた」

大雪はふうと鼻から息を吐いて、笑っていた。

「どうぞ」

声を掛けられて左に目をやれば、妹分の小雪が銚子を傾けていた。盃を持ち上げて酌を受ける。見慣れているはずであるのに、見蕩（みと）れるほどの横顔だ。しかし話はろくにできず、三味線と踊り、唄も一向に上達しない。いずこかの聞番が「飾って眺める女だ」と言ったそうだが、確かに人形のごとくだ。

三味線の音がする。大雪は屋形の後尾に移っており、渋くこなれた声で長唄を始めた。舟はゆるりと隅田川を上る。

多田は耳を澄ますように目を閉じ、しばし拍子を取っていたが、つと理兵衛に顔を向けた。

「そういえば先月、喧嘩沙汰があったそうだの」

廻状で知った一件を、ふと思い出したような顔つきだ。

「無礼討ちで落着したのだろう」

土屋が後に続く。理兵衛は「ん」と頷いて返し、詳細は口にしない。さして珍しい事件ではなく、この二人なら大方の察しがつく。

「じつは、当家もやらかしおった」

多田が盃を持ち上げたので、土屋が「江戸か、国許か」と注いでいる。

「国許、しかも百姓らだ」

多田は一気に呷る。

「百姓か」

「発端は、隣藩との境の入会地で起きた諍いだ。相手方の百姓を鍬や鋤で撲って、瀕死の怪我を負わせおった」

「死人は」と、土屋が訊く。

「出ておらぬが、相手方が意趣返しに及んできた。村を夜襲しおったのだ。松明の火が馬小屋に移って、三頭、焼け死んだ。知っての通り、馬は畑仕事にも年貢納めにも使役する。大事な身上だ。このままでは捨て置けぬと村は総出で土塁を築き、納屋から古い槍を持ち出した」

「まるで戦支度ではないか」

土屋が真顔になった。

世が泰平になる前は、いざ戦となれば百姓の二男、三男が俄か武士となって野山を駈けたのだ。その頃に戦功を挙げて家臣に取り立てられたという家は、諸藩いずこでも珍しくない。江戸近在の者らのように泰平に飼い馴らされず、いざとなれば荒ぶる百姓らは諸国にまだ残っている。

「難儀であるのは、家中の者らまでが昂ぶっておることだ。どうやら、隣藩も同様であるらしい」

「隣藩とは、川俣藩か」と、土屋が声を潜めた。

多田の国許は三つの藩と地続きだ。多田は「いや、東だ」と方角をのみ答え、目だけを動かした。大雪は低く三味線を掻き鳴らし、小雪はそのかたわらに移って酒の燗番をしている。玄人の女ゆえ口は堅いが、用心に越したことはない。

理兵衛は膳の上に盃を戻し、多田を見やる。

「東はどう申しておる」

「それが、話にならぬのだ。向こうは旦那が代替わりしたばかりでの。家臣に侮られまいと思うてか、一歩も引くことならぬなどと息巻いておるらしい」

旦那とは藩主を指す、これも隠語だ。

「ゆえに、話し合いの場につこうとせぬ」

「拙いな」と土屋が眉間に皺を刻み、多田も「拙い」と繰り返す。

家中が万一、国境で事を構えれば、諍いでは済まない。武士同士のそれは「戦」と看做され、次第によっては両藩とも改易だ。

「そこで、だ」と、多田は声を改めた。

「百姓らに説いて、御公儀評定所に出訴させようかと思う」

「事を公にするのか」

「いかにも。藩の面目は丸潰れになるが、取り潰されるよりはましだ」

冷たい風が流れて、頰を行き過ぎる。小雪が窓障子を少し開けて、外を眺めている。川面に大きく枝を伸ばす首尾ノ松が見えるので、そろそろ御厩河岸か。

理兵衛は顔を戻し、声を低めた。

「早計に過ぎるのではないか。内済の手立てを探るが肝要だと思うがな」

　諸藩で起きたことは互いに話し合って解決する「内済」が、幕藩政治の根幹である。その評定を公儀に持ち込めば、たとえ改易を免れても、自国を治める力がないと天下に触れるようなものだ。

　諸方から侮られることほど、怖いものはない。日々の遣り取りに影響するからだ。公儀役所への問い合わせは放置され、権勢のある幕閣からは遠ざけられ、徒労ばかりの普請（ふしん）を仰せつかる。やがて肩身の狭くなった藩主は殿中席で儀礼を間違って恥をかき、誇りを失った藩士は他国に出奔する。

「面目を失うことは、一国の崩れの始まりだぞ。それを防ぐために、我らがおるのではないか」

　聞番が揮（ふる）うべき大小は、腰に差している得物（えもの）ではない。種の収集とその見極め、そして相手を説き伏せる言葉だ。

　理兵衛はさらに言い継いだ。

「先方の聞番に、今一度、掛け合うてみてはどうだ」

　その男の顔と名は、もう頭にある。

「奴さんにとっては、当方の屋敷はいわば敵陣だ。出向いて来ぬ」

「おぬしが向こうの屋敷に足を運べばよい」

「拙者が折れるのか」

「折れると決まったわけではない。内済せねば双方が危うい(あや)と、敵陣で説けばよいだけのこと」

「おぬし、同伴してくれぬか」

釣りにでも誘うような気軽な口振りである。

「間に立て、と」

「おぬし、東の先代から水滴を賜っ(たまわ)たことがあろう」

淡い碧(みどり)の光が泛ん(うか)だ。

その水滴は、多田の言う「東」の先代がまだ藩主であった頃に賜ったものだった。

当時、先代は京より下った武家伝奏(てんそう)への饗応(きようおう)を公儀より仰せつかっていたのだが、低頭して教えを請うべき高家(こうけ)への挨拶(あいさつ)に手違いがあり、臍(へそ)を曲げられていた。難渋した「東」の聞番は、理兵衛の許に相談に訪れた。仔細を聞くうちに頭を過っ(よぎ)たのは、ある古い事件だ。

西国(さいごく)の大名が何を恨んでか、殿中の松之廊下(まつのろうか)で高家の主に斬りつけたのである。当人はむろん切腹、その藩は取り潰しだ。ところが浪士となった家臣らが後に高家の屋敷に押し入って首級を上げたことで世間は「主君の無念を晴らした仇討ち」として持て囃し、芝居にまでなった。

だが理兵衛ら聞番の間では、自戒を込めた逸話として語り継がれている。西国の藩の聞番が高家の同役とうまく誼を通じておれば、おそらく何も起きなかったはずなのだ。不要な争いを回避するためにこそ、聞番は存在する。

理兵衛は、しかるべき品と詫びの作法を指南した。そして「東」の先代は無事に任を果たせた礼として、水滴を贈ってきた。

「おぬしの口添えがあらば、東の先代に目通りできる。先代に事態を訴え、若旦那を説き伏せてもらう。紛争を和談内済に持ち込むには、その方法しかない」

「多田、どこで水滴の件を知った」

「向こうの聞番が、文を寄越しおった」

それで急に雪見舟かと、腑に落ちた。

「拙者を担ぎ出すことにしたのは、どっちだ」

多田はにやりと、口の端を上げるばかりだ。

「おぬし、評定所に持ち込むと申したのは、わざとだな」

理兵衛が内済を強く勧めるのを承知で投げ掛けてきたのだ。しかし多田は素知らぬ体で、「冷えてきたの」と呟く。

「小雪、酒だ」

土屋も気づいてか、「図々しい男だのう」と呆れ顔だ。

「奥村殿の持つ縁を手前の内済に使うのか」

あの水滴はいわば、理兵衛の手札だ。いざという時のために取っておいた、先方への「貸し」だ。

「二つの藩がこれで救われる」

多田は飄々としたものだ。まったくこの男らしいと、土屋と顔を見合わせて苦笑した。大仰に頭を下げぬところが憎めぬ。己の頼みを理兵衛は決して断らぬと、信じているのだ。

誰を信じ、誰の裏を掻くか。

聞番にとって、この見極めは最も難しい。

銚子を持った小雪が衣擦れの音を立てて場に戻ってくる。大雪が「あら」と、三味線の音を止めた。

「降ってござんすよ」

腰を上げ、窓障子を左右に開け放った。

川岸の向こうが一面の白だ。空を行く都鳥だけが消え残っている。

桜が散って、俄かに慌ただしくなった。

藩主、但馬守忠興公が無事に東海道を下り、江戸屋敷に入ったのである。旅装を解いて早々に、入府の挨拶を言上しに登城しなければならない。その日にちと道筋を選ぶだけでも、理兵衛は聞番仲間に問い合わせの文を送る。

路上や殿中の大廊下で幕臣や他の大名と行き遭った際、その儀礼にも細かなしきたりがある。相手が誰であるかを判断するために、道を行く行列であればまず家紋で当たりをつけ、行列の体裁によってさらに家格に察しをつける。相手によってはこちらが道を開けて先方の行列を通し、その間、供の家臣らには蹲踞させねばならない。しかし相手を見誤って格下の大名にかような礼をとれば自らを卑下したことになり、家格を貶めてしまう。たちまち諸方から見下げられ、交際に支障を来すのだ。

殿中においても同様で、相手の面貌や装束を手掛かりとして、こちらから会釈をすべきか受けるべきかを判断せねばならない。が、殿中では大名が供を引き連れて歩くことは許されていないので、背後からの耳打ちは不可能だ。そこで聞番はその日登城する大名や旗本を可能な限り調べておき、主が自身で察しをつけられるように、家紋と風貌、名と家格を事前に言上しておく。

幸い忠興公は物覚えも勘働きも鋭く、これまで目立った失態は一度も演じていない。

今は大樹公に拝謁している最中で、ここ蘇鉄之間では陪従した他の間番らも共に並んで各々の主を待っている。代替わりして間もない、あるいは何かと粗相の多い旦那を持つ者は気を揉んで、正面の御屏風部屋の板壁を睨んだり咳払いをしたりと落ち着きがない。

しかし理兵衛は悠揚と茶の一服を喫してから、おもむろに膝を立てた。忠興公の退出にはまだ半刻ほどある。蘇鉄之間を出てゆっくりと進み、大廊下に至る手前の部屋に入った。

御坊主衆の詰所である。中を窺い、長年、懇意にしている妙阿弥を探した。墨絵の松林図が描かれた襖の前で、頭が動く。理兵衛に気づいて立ち上がり、摺足で近づいてきた。

理兵衛は入り口の戸襖の陰に身を寄せ、妙阿弥を待つ。

「先だっては、大きに」

妙阿弥は公家の末流の生まれであるらしく、京訛りの言葉を用いる。理兵衛に告げた礼は、先日、干鮑を贈ったことを指している。格別の種を報せてくれた場合、節季の贈物とは別に何がしかを届けるのが常だ。

　御坊主衆は城内にあって、茶を供するなどの雑務を担っている。諸役人の詰所を行き来し、時に老中部屋にも出入りして諸奉行との間で交わされる文書を運ぶ。御日記方の書役でもある。つまり公儀の事情に最も精通している衆だ。

　理兵衛が短く挨拶をすると、妙阿弥は下膨れの顔を近づけてきた。互いの頰を寄せるがごとき恰好で、他の御坊主衆の耳に立たぬように声を潜める。各々、懇意の聞番がいるのは周知のことであるのだが、独自の種はやはり聞かれたくないものだ。

「もはやご存じよりかもしれませぬが、念の為」

　妙阿弥はさらに顔を寄せてきた。衣に薫きしめた香と口の臭いが入り混じる。

「近々、寺社奉行からお呼び出しがあるはず」

「寺社奉行」と鸚鵡返しにして、理兵衛はすぐさま思い当たった。

「寺領の件であろうか」

「奈良より使者が参り、召し上げられた領地を何としてでも、八作藩から取り返したいとの訴えを起こす決意との由」

　早晩、かような仕儀に及ぶだろうとは予測していたが、思ったよりも動きが早い。

八作藩に限ったことではないが、藩領の中に別支配の領地がある。奈良や京など由緒の古い寺社は徳川の世になる以前から諸国に領土を持っており、縮小されながらも「飛び地」で残っているのである。藩としては、己の庭先に持ち主の異なる茶庭を抱えているようなもので、これが何かと悶着（もんちゃく）の種になる。

八作藩の場合は、度重なる飢饉（ききん）によって藩の財政が逼迫（ひっぱく）したことが契機だった。江戸、京、大坂の商人からの借銀が膨大になり、近いうちに利息銀も払えぬという事態に陥った。理兵衛がまだ国許にいた頃のことだ。

そこで前の藩主が、家臣からの思案を募った。理兵衛は藩の窮状についてかねてより思うところがあったので、意見書を認（したた）めて提出した。

——家臣の俸禄は、その二歩（ぶ）を藩が借り上げる。知行（ちぎょう）八百石以下の者と寺社からは知行地を借り上げ、その代償として年貢相当分の蔵米（くらまい）を支給する。

この理兵衛の「上知（あげち）」の思案が採用となって、藩は急場を乗り切ったのである。周囲の朋輩（ほうばい）らは己の手柄のように沸き立ったが、父祖伝来の知行地を藩に差し出すことになった上士らからは随分と恨まれた。

先祖に顔向けができぬ。

あくまでも借り上げであるので、いずれ返すことが前提となっている。しかしこれまで自身で差配してきた土地が藩の支配下になれば、「奪われた」と感じるようだった。

一方、理兵衛ら下士はほとんどが知行地を持たぬ家で、米だけを支給される蔵米取りだ。むろんそのうちの二歩は藩が借り上げて支給されないのであるから、暮らしは逼迫する。だが土地を差し出すわけではない。理兵衛としてはそこを勘案したわけではなかったが、「己の腹が痛まぬ意見書だ」と陰で非難された。

江戸留守居役に抜擢されたのは、そんな最中だ。理兵衛の身に何らかの危害が及ぶことを懸念しての措置だったのではないかと、何年も経ってから思い当たった。領土とは遠い江戸の方がまだ風当たりがましだろうとの判断か、理兵衛の姿を国から消し去ることで上士らの怒りをひとまず鎮めたかったのか。おそらく、その両方だろう。

江戸屋敷に入ったその日、立ち話をする上士に頭を下げても一顧だにされなかった。野口や小堀の父親らだ。むろん、最初は家老にもなかなか目通りを許されなかった。

妙阿弥は傾けていた半身を戻し、ほとんど口を動かさずに問うてきた。

「そもそも、奈良は上知に同意しはったのでありましょう」

「いいえ。同意はされておらぬのです。ただ、蔵米は大坂で受け取っておられる」

藩としては、それは「同意した」と解釈する。承服できねば、蔵米を受け取らねばよいのだ。奈良の寺領は石高七百石、そこから藩への年貢と二歩を差し引いて、毎年、三百五十石の蔵米だ。にもかかわらず、寺はその後、忘れた頃に「領地を返せ」と申し入れてくる。

先月、寺の使者がまたも江戸屋敷を訪れたので、家老と共に応対して突っぱねた。

これは、国中惣並之仕置にござりまする。

藩内一律の処置であるのだ。一つでも特例を認めれば、上士らは必ず己らも知行地を返してもらえるのではないかとの希みを抱く。

「領地を召し上げられたゆえ天下御祈禱の護符の拵えもままなりませぬと、御奉行に愁訴したそうにござりまするぞ」

八作藩としてはいかに不作であろうと借銀に苦しもうと、その蔵米だけは遅延しなかったのだ。収穫がその石高に満たぬ年でも、大坂に送り続けた。

それを今さら「召し上げられた」とは、不実であるのはどちらだ。

理兵衛は内心で吐き捨てた。しかし面には一切出さず、妙阿弥に目礼する。部屋を出て行こうと踵を返しかけると、黙って腕を引かれた。

「今ひとつ、ごわりますのや」

理兵衛は少し引き返し、妙阿弥の口を見つめる。

「先だって、北町奉行で捕物がごわりましてな。商家に押し込み強盗に入った一味で、何かと悪稼ぎをしておったようにごわります。さような下郎は、牢内で己の悪事を披露したがるそうで」

市中の出来事にまつわる話も聞番には大事な種だが、御坊主衆から聞かされるのは珍しい。

「その者らも小伝馬町(こでんまちょう)の牢獄で、奇妙なことを吹聴致しましたそうな。それが牢屋同心の耳に入り、町奉行所に報せが参ったので吟味をしたところ、白状致しましたのや」

妙阿弥から出たその後の言葉に、理兵衛は総毛立った。

扇子を閉じたり開いたりする音が続いている。

寺社奉行は苛立(いらだ)っている。額に立てた青筋を見ても、それは明らかだ。

「奥村、評定所に持ち出させぬためにこうして内々に伝えてやっておるのだぞ。奈良は本気で訴える気だ。今なら間に合う。料簡(りょうけん)して、返却致せ」

「ですから、先ほどから申し上げております。あの寺領は、手前の藩の政策として国中一律に借り上げたもの。御奉行の御指図がなければ、返すわけには参りませぬ」

「それはならぬと、申しておる。あくまでも、但馬守殿が奈良の事情を斟酌して返却するという形を取るべきだ。考えてもみよ。但馬守殿の分別で行なえば寺は有難く拝むし、世評も上がる」

その手には乗らぬ。

「手前どもと致しましては、たとえ評定所に持ち出されても構いませぬ」

「貴藩の所業、天下に晒してもよいと言うか」

「事ここに至りては、覚悟の前にて」

奉行は唸り声を洩らし、己の腿の上に扇子の要を打ちつけた。「奥村」と、目をすがめる。

「その方、勝てると思うてか」

今度は脅しをかけているつもりらしい。

「わかりませぬ。手前どもは神妙に、御公儀よりの御指図に従うのみにござります」

奉行は長息し、また扇子を鳴らす。

理兵衛は背筋を立て、奉行の肩越しに床の間の画を眺めた。

画面の上から下部まで深山の滝が一筋に落ち、飛沫の勢いが伝わる筆致だ。が、手前には楓らしき枝が横に大きく張り出し、猿がぶら下がって遊んでいる。すべてが墨の濃淡だが、猿の毛先一本にだけ朱が差してある。

面白いのは、枝に掛かっているのが猿の右手の指一本だけだということだ。この一瞬を危ういと感じる者もいるだろうが、猿の面持ちはどこか面白がっているふうで、左腕や両脚の線にも揺るぎがない。

画題は『深瀧落猿図』と読めたが、理兵衛には「落ちそうで落ちない図」に見える。絵師の名はちょうど奉行の頭に隠れて見えない。

御坊主衆の妙阿弥からこの件について種を得たのは三日前で、昨日、寺社奉行の屋敷に呼び出され、今日も同じ押し引きを繰り返している。家老からはすでに「一任する」との諾を得ていた。

そもそもが、理兵衛の上知案によって抱えることになった争論だ。家老としては「己で始末をつけよ」との考えもあるだろう。「殿には儂からお伝えしておく」と、家老はその話をすぐに打ち切り、話柄を変えた。

「御老中も、但馬守殿が内証で奈良にお返しなさるのが真っ当至極と仰せであるぞ」

奉行は、今度は老中を引っ張り出してきた。

「できかねまする。もしも我が殿が奈良に返してしまわば、国許の家中が黙っておりませぬ。それを盾に取り、知行地返却を訴え出るは必定にございまする」

「ゆえに、内証、内証でと申しておる」

「内証などあり得ませぬ。これまで送っていた蔵米を止めるのでございますから、三月と掛からず藩内に知れ渡りましょう」

「奈良を例外とすればよいではないか」

「一つ例外を作れば、それぞれが例外を主張して嘆願に及びます」

返すのであれば、「御公儀の命によって、此度は余儀なく返却せざるを得なかった」という形を取らねばならない。でなければ、知行を借り上げられた上士らの不満が燻り続ける。

「しぶといのう」

「聞番にございますれば」

理兵衛は見切っていた。

公儀は藩の政に介入しない、これを長年の慣いとしている。評定所で「返却せよ」と命令を下すわけにはいかぬはずなのだ。その先例を作ってしまえば諸藩の悶着が公儀に持ち込まれ、天下の政の仕組みそのものを揺るがしかねない。

ゆえに奉行も老中も、「藩主の分別で、内証に返してしまえ」と説いてかかる。

「あくまでも、返却の儀は御公儀の御指図によること、これ以外は承服致しかねまする」

奉行は額と頬を絞るように目を瞑り、すぐに押し開いた。

「本日はここまで」

背後で気配がしているので、用人が他用を知らせにきたようだ。奉行が忌々しさも露わに座敷から去るのを、理兵衛は平伏して聞いていた。

後日また呼び出され、同じやり取りをせねばならぬのだろう。しかし引き下がるつもりはなかった。交渉によっては互いの折り合う案を探すが、「できぬことは、できぬ」と突っ張らねばならぬ局面もある。

ここで折れれば、先祖に顔向けができぬと泣いた上士らに申し訳が立たない。


四月も末になって、江戸屋敷の山躑躅が次々と花を開いた。

庭師の丹精によって白に真紅、紫の木々が寄せ植えされ、優美な稜線を描いている。初夏の鳥が木々の梢で囀り、池泉の水面に響き渡るさまが、書斎の文机に向かっていても目に映るほどだ。時折、そこに華やかな声が交じる。

今日は藩主、忠興公が親しい大名を招き、庭で宴を催しているのである。互いの妻子も同伴で庭に出ているので、それぞれに従っている奥女中らの声が晴れやかにさざめく。

理兵衛は配下の書役から回ってきた書状に目を通し、修正すべき点に筆を入れた。さらに聞番仲間からの問い合わせに返事を書き、先例を調べねばならぬものはそこに付箋をつけて補佐役に回すための文箱に入れていく。

「旦那様、よろしゅうございますかな」

障子の向こうで伊蔵の声がした。

「何だ」

「多田様がお越しにございます」

目を上げる。

「奥の六畳に通せ」

「かしこまりました」

文箱の蓋を閉めた。開け放った障子の向こうで、黒竹の葉が青々と揺れている。昨日は雨が降ったので幹の色も艶光りしている。さらにその先に、目を投げた。

補佐役の二人はそれぞれ用向きで外出しており、書役らの姿は障子の陰だ。

野口直哉の横顔だけが、そこにある。先例を引いているのか、文机に広げた何かを見ながら筆を動かしている。時折、顎(あご)を上げて目瞬(まばた)きをし、また視線を落として読み進める。

己の頭で考えながら仕事をしている、それが少しはわかる顔つきになった。物言いに逡巡する癖は相変わらずだが、補佐役らからは「呑み込みは悪うございませぬ」との報告を受けている。

「思うたよりも、早う仕上がるかもしれませぬぞ」

仲間内の茶屋寄合にもそろそろ同伴してやってはどうかと、二人とも口を添えてきた。補佐役は生涯、補佐役のままである。が、いずれ己の上役になる若者を可愛がり、守(も)り立てようとしている。

「そうだな。夏のうちに一度、連れて参ろう」

理兵衛はそう答えておいた。本心だ。本心ではあるが、例の件が明らかになるまではと自重してきた。多田佐右衛門の来訪によって、ようやくその懸念が晴れようというものだ。

奥に入ると、多田が胡坐(あぐら)を組んで茶を飲んでいた。黒釉(こくゆう)の茶碗に顔を埋めるようにして、上目で理兵衛を見る。

相対して腰を下ろすと、多田は茶碗を畳の上に戻した。

「調べがついたぞ」

「雑作(ぞうさ)をかけた」

「あいにく、黒だ」

多田らしく一思いに告げて寄越す。理兵衛は束の間黙して、腕を組んだ。

「どちらだ」

「両人ともだ」

さすがに、目を剝いた。

多田は懐から切紙(きりがみ)を取り出し、畳の上に置いて差し出す。それを手に取り、目を通した。また笑い声が聞こえた。この座敷は書斎よりもなお庭に近いので、忠興公の声もする。上機嫌だ。

一読して、己の懐に仕舞った。「奥村」と呼ばれて顔を上げると、多田が一呼吸置いて言葉を継ぐ。

「水滴の借りは、まだ返しておらぬからの」

「いや、この調べをつけてくれただけで充分だ」

滅多な相手には頼めぬ。

「かようなことで返せる借りではないわ。おぬしが間に入ってくれたお蔭で、東と無事に内済できた」

「よせ。おぬしに神妙な顔をされると、山躑躅の庭に雪が降る」

軽く受け流すと、多田は真顔になった。

「死ぬなよ」

黙って見つめ返す。

「こんなことでおぬしが腹を切れば、悪しき先例になる」

「知れたことを」と、笑いのめした。

「少なくとも、拙者が借りを返すまで待て」

理兵衛はどうとも答えず、多田を送り出した。

まずは両人を吟味して仕置を決めなければならない。何から順に問うかと思案しそうになって、その前に奈良だと、考えを止める。

四月の初めには数日置きに寺社奉行から呼び出しを受けたが、半ばから急に音沙汰がなくなった。事態は膠着したままだが、こちらから出向くわけにもいかない。交渉事においては、先に堪忍袋の緒を切った方が不利だ。

また考えがあの両人に戻ってしまい、懐から切紙を取り出す。もう一度念入りに読んで目を閉じた。耳の底で水音が轟く。滝だ。そして指一本で枝を摑んでいるあの猿が、もう一方の手と足で空を掻いている。もがいている。

　今日はなぜか、滝壺に落ちそうな気がした。


　雨の中、駕籠を走らせて寺社奉行の役宅に向かった。二月半ぶりの急な呼び出しである。

「今日は蒸すのう」

　奉行は寛いだ様子で脇息に腕を預け、左の手でゆるりと扇子を使う。しばし雑談をして、「先だっての寺領の件だが」と斬り込んできた。

「やはり内証で返却致せ。御老中、御三方も同じお考えだ」

「それはできませぬ」

　いつものように討ち返したが、奉行は平然としている。

「但馬守殿は合点されたぞ」

　絶句した。

「先日、偶々、殿中の御廊下で行き遭うたので、見事な庭をお持ちだそうなと声を掛けたのだ。その流れで、此度の一件についても少々話し合うた。儂の考えを聞いて、但馬守殿は快く承服されたぞ。まことに聡明な御仁であることよ」

殿中で会ったのは偶然ではないはずだ。御奉行は忠興公を待ち伏せ、呼び止めた。その場限りの取り繕(つくろ)いで、殿は言質(げんち)を取られたのだ。それが命取りになりかねぬというのに。

よもや己の主に足をすくわれるとは、思いも寄らなかった。

「明後日、評定所の寄合がある。奈良の使者らはそこにまた嘆願に来るようだ。その際、八作藩の正式な返答を伝えてやりたい。江戸での逗留が長引いて、御坊らも難儀を極めておるのだ。明日じゅうに良き思案を持って参れ」

「返却せよ」ではなく、「良き思案を」と言った。ということは妥協案だ。理兵衛の頭の中を透かし見るように、奉行は目を据えてくる。

「上知はあくまでも、借り上げであろう。年限を決めて返却することにしてはどうじゃ」

これはもう、誰かの知恵が入っている。御老中の指図か。

「奈良のみ、返却年を限るわけには参りませぬ。国中一律に借り上げたのですから、返す際も一斉でなければ仕置が乱れまする」

「他藩の例を調べてみたが、五、六年で返しておるではないか。貴藩は二十年ぞ。長過ぎる」

それらの藩は家臣らの不満に耐えきれずに返却したのだ。そしてその後、数年も経たずにまた上知を行なっている。あるいは、札差からの借銀で財政の不足を補っているに過ぎない。

しかし理兵衛は反論しなかった。我が主、忠興公に目通りを願うのが先決だ。

夜になってようやく許しが出て、表向の御座所に入った。

家老には屋敷に戻ってすぐさま報告したので、忠興公にもすでに用向きの主旨は伝わっているはずだ。ようやく現れた忠興公は、やはり苛立ちを隠そうともしない。

「強談判も良いが、程が過ぎれば傲岸ぞ。恥をかくのは儂じゃ」

冷たい目だ。

理兵衛は「殿」と、膝を前に進めた。

「当藩の借銀返済が完了するのは、いつの見込みにござりまするか」

ふいの問いに忠興公は答えられず、一段低い下座に控えている家老に目を移す。家老がさらに低い場にいる理兵衛に向かって、咳払いをした。そして上座に顔を向け直す。

「勘定方によりますれば、あと五年と聞いておりまする」

忠興公は、理兵衛に「あと五年じゃ」と言葉を放った。

「ならば、今年から数えて五年の後に返却すると、年限を決めてもよろしゅうございましょうや」

すると「致し方あるまい」と、なお不機嫌になる。さらには「それで良いの」と、家老に念を押す。奉行には合点したものの、「五年後」と返却が具体的になったことで、やっと藩が失うものが目に泛んだようだ。

「ただし年限を決めるに当たっては、毎年続けてきた蔵米は向後五年間、止めることと致します。これが条件にござります」

理兵衛はそこで息を整え、声を低めた。

「そしてもう一案。年限を決めずに、藩が借銀を返済し終えた暁に一斉に知行地を返すゆえ、奈良の寺領もその際に返却。ただしそれまでは毎年、三百五十石の蔵米を支給致します」

後者は現状のままということだが、それは口に出さなかった。

「この二案を奈良に示しては、如何にござりましょうや」

「であれば、毎年、蔵米を受け取る案を取るのが尋常だろう。知行地に代官を置く費えが要らず、不作の心配をせずとも、季節になれば労せずして蔵が埋まる」

「では、この二案を当藩の返答として御奉行にお預け申します」

作法違いではあるが、忠興公を真っ直ぐに見た。

「つきましては、御奉行への合点は撤回していただかねばなりませぬ」

「理兵衛。儂に、二言(にごん)を吐けと申すか」

またも、目の端が吊り上がった。

「撤回なされば、それは一言にござりまする。手前が段取りをつけまするゆえ、何とぞ」

理兵衛は拳(こぶし)を開いて畳の上に置き、頭を下げた。


奈良の使者らが江戸を出立(しゅったつ)する際、屋敷に立ち寄った。

寺社奉行の仲立ちによってようやく決着を見て、証文の判物(はんもつ)を渡したのである。

十日前、奉行が使者らと会う際、理兵衛は座敷の隣室に控えていた。最初、使者らが難色を示すのが聞こえた。

「五年後とは、遠過ぎまする。せめて三年にしていただけまへんやろうか」

ある声が言い、さらに別の声が「しかも」と続けた。

「それまで蔵米を止めるとは無体(むたい)なことや。あれは続けてもらわぬと、どうもならん」

使者ら同士で不足を言い立てた。奉行は黙って言い分に耳を傾けているようだったが、だんだん扇子を鳴らす音が忙しなくなる。

「これでは、いっかな調停ができぬ。拙者は降りさせてもらう」

語尾が鋭くなった。

「評定所に訴訟を起こされても、これは八作藩の知行地争論ゆえ取り扱いはできかねまする。悪しからずご了承されたい」

おそらく奉行が立ち上がったのだろう、畳伝いに音がする。

「いや、お待ちくだされ」

使者らは狼狽して、「今しばらく」と懇願した。そして、結句、使者らは毎年、蔵米を受け取る案を選んだのだ。

「毎年三百石を支給、借銀返済の暁には藩内と足並みを揃えて貴寺の知行地も返却させる。それで、よろしゅうござるな」

「諸色高騰の折柄にござります。せめてあと五十石、上乗せしていただくわけには参りまへんか」

「相わかった。それは某から口添え致して、承服させる」

忠興公と家老には「毎年、三百五十石」との了解を取り付けていたが、奉行には「三百石」と伝えていた。使者らにも奉行にも、立つ瀬が必要だ。

屋敷を訪れた使者らは初めは緊張を隠さなかったが、忠興公自ら庭を案内し、四阿(あずまや)では御令室が手ずから茶を点(た)ててもてなした。屋敷を辞する際にはすっかり胸襟(きょうきん)を開いて打ち解け、忠興公に「国許にお帰りになる際には、ぜひとも奈良にお立ち寄りくだされ」とまで言った。

寺の重鎮らへの土産(みやげ)として理兵衛は白銀(はくぎん)の包みと絹織物、昆布などの祝儀物を手配し、その目録は家老を通じて渡してある。

寺社奉行への礼は、能装束を拵えて贈ることになった。忠興公の「前言撤回」は理兵衛が書状を書き、そこに忠興公は自らの花押(かおう)を記した。大名たる者、本文は代筆が当たり前である。藩主が国許に帰っている間のために、聞番は皆、花押だけの料紙を数十枚も手許に置いているほどだ。

使者らを送り出し、忠興公から労(ねぎら)いの言葉を受けて御殿を辞した。

庭の裏手の木立沿いを通り、自らの屋敷に引き返す。前から来る家臣らは理兵衛の姿を認めると、道を開けて頭を下げた。中には藩内で重きをなす家臣の顔もあって、「これは、ご丁寧なる仕儀」とこちらも礼を返す。

「奥村殿。此度は、真にご苦労でござった」

己の役目を果たしただけであるのに、親身な声がやけに胸に沁みる。蝉が鳴いている。

よく晴れた空を少し見上げてから、裏木戸から中に入った。

伊蔵まで何かを聞き及んでいるようで、板間に平伏して出迎える。

「お帰りなさりませ」

「よせ、よせ。似合わぬことをすると、寿命が減るぞ」

軽口を叩いて、奥から表への廊下を進む。執務部屋を覗くと、補佐役や書役らも揃って居並んでおり、一斉に頭を下げた。

「手を止めるな。此度の一件落着、すぐさま廻状を用意せねばならぬぞ」

己の手柄を誇るのではない。聞番で「先例」を共有するのだ。公儀と自藩の立場をいかに解釈して、いかに掛け合ったかを残して伝える。

理兵衛は面々の顔を見回し、頬を紅潮させている顔に視線を留めた。

書斎に来るように告げ、先に歩き出した。野口は「はッ」と声を張って応え、すぐさま背後に追いついてくる。坪庭沿いに鉤形に巡ると、野口は先に回って腰を下げ、片膝立ちで障子を引いた。

今日は朝から御殿に詰めていたので、書斎の中は薄暗がりだ。付書院（つけしょいん）の窓障子を開け放ち、陽射しと風を入れる。上座に腰を下ろし、掌で指し示して真正面に野口を坐らせた。

「此度はご苦労であった。殿から格別に、お褒（ほ）めの言葉を頂戴した」

「いいえ。御留守居役がお独りで踏ん張られたのでございます。此度の一件に競（せ）り負ければ、損なう藩益は甚大にござりました」

補佐役らが話すのを耳にしてか、昂奮したような口ぶりだ。しばらく野口が語るのを聞いてやり、本人が気づくのを待つ。蝉の鳴き声だけになって、ようやく用件に考えが及んだようだ。顔に笑みを張りつけたまま口を噤（つぐ）み、やがて訝（いぶか）しげに目を細めた。

「小堀の、無礼討ちの一件だ」

微動だにしなくなった。

「飛脚問屋の手代と口入屋の主、通りに面した水茶屋の女、証人はこの三人であったな。この者らを買収したのは、その方だな」

何の音も発しない。

「野口、その方は、あの晩、一緒におったのだ。町人らに非礼な振舞いに及ばれたのは、お前だ。二八蕎麦の爺さんが成行をすべて見ていた。いや、確かにおったのだ。店仕舞いをして行燈の火も落としていたので、その方らは気づかなかったようだと申している。だがあの夜は半月で、その方らの手提灯もあった」

野口の顔から血の気が引いてゆく。

「銀子で買わずとも、本物の証人はいた」

「そんなはずは」

声をようよう、絞り出した。

「私の聞番仲間が調べた。間違いはない。これ、この通り、口書も取ってある」

懐から切紙を出し、野口の膝の前に置いた。ゆっくりと手を伸ばしているが、瘧がついたかのように指が震え、持ち上げられない。

多田の調べによると、小堀と野口はやはり幼い頃からの朋友で、一時はよく呑み歩き、悪所通いも一緒であったそうだ。二人はあの夜、久方ぶりに連れ立ち、品川宿まで足を延ばして端女郎を買った。江戸屋敷には門限がある。帰り道を急いでいた。そして近道を思いついてか、往来よりも少し狭い脇道に入ったようだ。そこで、町人らと悶着が起きた。

相手の連中はひどく酔っており、向こうから絡んできた。そこだけは、野口の申し立ては真実だった。

ただ、絡まれたのは野口である。小堀はそれで頭に血を昇らせ、刀の鯉口を切った。

月光で一閃が走った。血飛沫を浴びた者らはけたたましく転び、這うように散った。屍が一つ、残った。

連中は無宿人であったらしく、多田の手の者でも行方は突き止められなかった。屍については八作藩より町奉行所に無礼討ちの届を出したので、すでに町役人に命じて葬らせている。

その後、しばし放心した体であった野口がいきなり喚いたのを蕎麦屋の爺さんは聞いている。

「何てことをしてくれた。誰も、事の次第を見ておらぬではないか」

「落ち着け、野口」

「よくも、そんな。このままでは、おぬし、腹を切らねばならんのだぞ」

小堀は無礼討ちが認められる条件を失念していたか、料簡違いを起こしていたか。俄かに狼狽え始めた。

「どうすればいい。野口、おぬし聞番であろう。何とかしてくれ」

「そうだ。何とかせねば、何とか」

野口は譫言のように繰り返し、小堀を無理やり町家の軒下に押し込んだ。そして月明かりの下、目を凝らす。按摩や医者の風体の者をやり過ごし、遊び人風の男二人が女を連れて通りがかった。

「その方、何と持ち掛けたのだ」

野口の目はあらぬ方を見て、それでも白い唇を動かした。

「道案内を頼みたい、と」

「相手がよく乗ってきたものだ」

「博打で有り金をすったと大声で話していたのが聞こえましたゆえ、道々、口書を取らせるだけで礼金が得られる仕事があると教えました」

「飛脚問屋の手代と口入屋の主、通りに面した水茶屋の女というのは、出鱈目であるな」

「町奉行所の埒外の事件です。御留守居役さえ」

そこで言葉が途切れた。

「私さえ騙しおおせれば事は済むと、考えたか」

野口の黒目が定まっていない。

「その方が買収した者らは常日頃悪事を働く仲間で、遊び金欲しさに押し込みを働いて町方に捕えられたのだ。牢内でも神妙にするどころか肩をそびやかし、己のしてきたことを吹聴した。その悪自慢の一つに、お前のかかわった一件があったのだ。その男は喧嘩沙汰の証人になってくれたら礼を弾むと、武家に持ち掛けられたと言ったらしい。何も書いていない紙に爪印だけを押して、飛脚問屋の手代に成りすましたと笑っておったそうだ。口入屋の主にした男はその者の使い走りで、水茶屋の女は男の情婦だ。二人とも共に押し込みを働いたゆえ、縄について小伝馬町にいる」

「お許しください」

我に返ってか、野口は大声を出して畳に突っ伏した。

「控えよ。執務部屋に聞こえる」

「私も腹を切らねばならぬのでしょうか」

総身を震わせ、泣き始めた。

多田が訪れて調べを伝えてくれた日から、理兵衛はその仕置をずっと考えてきた。

「蕎麦屋の爺さんは証人になってもいいと、請け合ってくれたらしい。つまり最初の喧嘩沙汰は、やはり無礼討ちで落着できる」

野口が顔だけを上げた。

「では」

「町人を買収して偽の証人を仕立てた仕儀は、それとは別件だ。おぬしも小堀も、召し放ちが妥当であろう」

家禄を召し上げられ、領地内から追放される。

「そんな。父母はどうなります。まだ幼い弟妹もおるのです」

己を恥じて腹を切ると申し立てれば引き留めようと考えていたが、目の前の無様な姿を目にするうちに厭(いや)になった。

悄然(しょうぜん)とする。

国許に帰らず、妻をも離縁し、まさに命懸けで聞番を勤めてきた。その二十年の果てがこれか。かように愚かな配下によって、私は御役を失うのか。

頬が冷たくなる。滝音がまた轟いて、水飛沫を浴びる。

あの楓の枝の、何と頼りないことよ。あの一本の指の、何と細いことよ。

もう落ちてしまおうか。

風が渡り、多田の声が遠くで響いた。

死ぬなよ。

こんなことでおぬしが腹を切れば、悪しき先例になる。

わかっているが、己の配下がしでかしたことだ。他にどうやってこの始末をつければいい。

野口はまた背中を丸め、頭を抱えて震えている。

その姿を見ながら考えた。ようやく肚を決めた。

「野口直哉。今から、仕置を致す」

惨めな背中が緩慢に動き、ようやく目を合わせてくる。白目が醜く滲み、血走っている。

「その方は偽証人を仕立てた罪によって、切腹。安心しろ。介錯は私がしてやる」

野口の家は、忠興公に嘆願して残す。上士のままではおられぬかもしれぬが、いかなる手を使ってでもそれはしてやろう。そのすべてを済ませてから、私も腹を切る。己がいなくなった後の藩がどうなろうが、知ったことではない。誰かがどうにかするものだ。

一歩引いて見渡せば、諦念ではない安堵が心に広がる。なぜか大雪の顔が泛んだ。あの時、何ゆえ私から「妾になれ」と言わなかったのだろう。

「だが、もう一案ある」

野口の髻はすっかりと崩れ、月代や額に髪の毛が幾筋も張りついている。

「己の落度の何もかもを闇に埋めて、生きる」

理兵衛が言うと、野口の突き出た咽喉仏が動いた。

「牢内の者らがいかに申し立てたとて、私は知らぬ存ぜぬで押し切る。この道を取る方が藩の名を穢さず、おぬしの家も従前通りだ。誰も何も失わぬ。この御役もだ」

理兵衛はそこで言葉を切り、「ただ」と息をついた。

「己が保身のために口を噤んで生きるは、もはや武士とは言えぬ。それでも聞番である限りは、いついかなる場合も冷静に掛け合わねばならぬのだ。諸事に通じて物事を見極め、易きに流されず、無益な争いを避けて藩と家中の安堵を守らねばならぬ。報われることなど、ほとんど無い」

野口は瞠目していた。初めて、胸の底が軋むほど想像している。

「かくも無残な人生に、お前は残るか」

私はお前が選んだ方につき合おう。

「御留守居役」

野口が唇を震わせた。涙と洟が入り混じって、濡れている。滝壺を覗き込んだような目だ。

ようやく、肚の底から絞り出すような声で返答を告げた。

楓の枝を摑んだ、ただ一本の指に力を籠めている。指の節が白くなるほどに、野口はひしと握り締めていた。

理兵衛は、「しかるべく」と答えた。

春天

芙希(ふき)は本所(ほんじょ)の家を出て、大川(おおかわ)沿いの堤(つつみ)へと上がった。

川風が吹き上げてきて、鬢(びん)の幾筋かがほつれて耳朶(じだ)や鼻先を嬲(なぶ)る。指先で撫(な)でつけることもせず、両手の中の籠(かご)を大切に抱え直して歩く。

何も入っていない小さな竹籠で、べつだん重いわけではない。立派な漆(うるし)塗りでもない。むしろ安手の凡庸(ぼんよう)な品で、かれこれ二十年以上は使っているのですっかり古び、細竹で編んだ所々が破れて撥(は)ねているほどだ。けれど芙希はいつもこれを火鉢の近くに置き、煎餅(せんべい)や菓子、蜜柑(みかん)などを入れている。そして野に出る時も、必ずこの籠だ。

また風が吹くが、四十になった今でも袴(はかま)姿を通しているので裾の乱れも気にすることはない。しばらく歩いて、小石まじりの赤茶けた道へと真(ま)っ直(す)ぐに下り立った。いくつかの角を折れて進むと、目当てにしていた空地の色が目に入る。萌(も)え出たばかりの若草の色と、陽射しにやわらいだ土の色だ。

良かった、残っていた。

ほっと安堵(あんど)の息を吐(つ)く。もしやここも土が掘り返され、縄が張られているのではないかと、少しばかり不安であったのだ。近頃はいずこも普請(ふしん)続きで、毎日のように市中の景色が変わる。川を行き交う舟の音も騒々しく、誰も彼もが忙(せわ)しない。

草々を踏みつけてしまわぬように足を捌(さば)きながら、野に入った。中腰になって辺りを見回せば、緑の杉菜(すぎな)の合間で茶褐色の細長い頭が見て取れる。身を屈(かが)め、顔を寄せた。いつもながら、本当に面白(おもしろ)い形をしていると思い、芙希は目を細める。頭は筆の穂先に似ているけれど、よく見ればその穂先には亀の甲のような形のものがぎっしりと詰まっているのだ。もう少し季節が深まれば亀甲(きっこう)から緑の粉が煙のように飛び出して、風に流れるのが見える。そして肌色の茎(くき)の節々は、一人前に袴をつけている。

腰を落とし、根元から摘(つ)み取って小籠に入れる。手の届く限り、二本、三本と摘み、屈んだまま少し動いてはまた腕を伸ばす。動いては伸ばしを繰り返し、野の中を思うがままに摘んで回る。

土の匂(にお)いがする。こうしていると、束(つか)の間(ま)でも無心になれる。手の届かなかったことや心残りに、そしていつまで経っても埋まらぬ胸中の洞(うろ)に向き合わずに済む。

こうして、春の中にいれば。

けれどよほどゆっくりと時を掛けても小籠はやがては一杯になるもので、名残り惜しいような気持ちにけりをつけて芙希は立ち上がった。籠を脇に抱えて野に一礼をし、踵（きびす）を返す。

目の先には、よく晴れた春天（しゅんてん）だ。白く光る綿雲がのんびりと、戯（たわむ）れるように湧いている。

空を眺めながら、芙希はいつものあの音を聞いた。遠い音ではない。耳を澄まさずとも、まるで今もこの身が武場（ぶじょう）にあるような響き方だ。

竹刀（しない）の鳴る音がして、面の中で己が吐く息も聞こえる。

そしてあの人の、愉（たの）しげな笑い声が響く。

正月十日、初稽古（はつげいこ）が始まった。

甲高い声や野太い声が行き交い、竹刀がたわんで鳴る。咽喉（のど）を突かれて後ろざまに倒れ、あるいは籠手（こて）を打たれて竹刀を取り落とす。寒気で冷え切っていた武場はたちまち凄（すさ）まじい音で沸き、芙希が立ち合う相手の総身からも白い熱気が立ち昇っている。

芙希の父であり、直心影（じきしんかげ）流の師でもある坂谷平八郎（さかたにへいはちろう）はいつものごとく上座に端坐（たんざ）

し、皆の動きを静かに見ている。

汗のしずくが散り、たちまち土間の色が変わる。

昨今の江戸は大変な剣術流行りだ。北辰一刀流に神陰流、神道無念流を始め、さらにその枝分かれの流派が増え続けている。免許皆伝を許されればすぐに自らの流名を立てたがる武芸者が多いゆえで、中には弟子を集めるために大枚を投じて床を板張りで整えたり、怪我をしにくいよう土間に畳を敷く所もあるほどだ。

だが父の平八郎は、昔ながらの土間を変えようとはしない。

いざ斬り合いとなって、足許を選べるか。土の上、泥濘、岩場や砂浜でも立ち合わねばならぬが実戦ぞ。板張りの床でいかに稽古を積んだとて、役には立たぬ。

そう言い暮らしている。芙希も何度か出稽古先で板床を踏んだが、足が滑りやすいのに驚いた。妙に動きやすいのだ。技の未熟な者がそんな場で動き回れば、足捌きに妙な癖がついてしまうだろう。まして怪我をせぬように畳敷きにするとは笑止、修練にならぬではないかと思うのだけれども、そんな配慮を巡らせた武場ほど市中の人気を集め、門人も多く集まる。

ことに近頃は町人の間で武術に熱中する者が増えており、「武士以外の者を門人に取るな」と公儀が何度も触れを出すほどだ。

武術熱が高まった契機の一つは、昨年、嘉永六年六月に亜米利加の黒船が浦賀沖に現れたことにある。市中が大騒ぎになって大混乱に陥り、やがて町人のみならず近在の百姓や子供までが稽古場を覗くようになった。一時はこの坂谷武場にも、入門志願者が毎日のように訪れたものだ。

父、平八郎は昔から「来るもの拒まず」の鷹揚さで、相手が望めば身分にかかわらず受け入れる。しかし手本を見せず教えず、黙々と地稽古を重ねさせるだけであるので、素人には見応え、手応えがない。にわかに増えた町人の門人らは、やがて姿を見せなくなった。そもそもは三味線や義太夫を習うのと同じ心持ちであったようで、おだてて派手に打ち合わせてくれる武場へと移ったらしい。父はむろん、「去る者追わず」だ。

やがて坂谷平八郎の門下は二十人ほどで落ち着き、そのほとんどが武家で、今、芙希が立ち合っている岩尾金吾も御家人だ。

芙希は七歳から兄、貴一と共に稽古を始めたので、十八歳になったこの正月で十二年目の修行に入ったことになる。

門人の中で、女は芙希一人きりだ。武家の娘で薙刀を使う者は少なくないがあくまでも嗜みの一つとしてであり、修練に血道を上げる者は少ない。女のみならず、幕臣の中には剣術の稽古など一度もしたことがないという者もざらにあって、そもそも武家の子の育て方は当主である父親の考えに任されており、幼年から学問に励ませて私塾にやる家もあれば、読み書きを軽視する家もある。武道もしかりだ。

ゆえに女の門人は珍しいには違いないが皆無ではなく、他流で名のある女剣士の噂を耳にすることはある。いつかは立ち合ってみたいものだと思いつつ、いまだ果たせていない。母が亡くなって久しいので、父の身の回りの世話や家のさまざまをこなせば日が暮れている。ただし料理は至って苦手で、飯炊きも芋を煮るのも兄の方がよほど手早く旨い。

金吾が突然、打ちかかってきた。芙希は咄嗟に頭と腰を落として踏み込み、胴を真っ直ぐに突いた。

死んだ。

胸の中で、そう呟く。

金吾は息が上がってしまってか、胸も肩も激しく上下に揺れて止まらない。それはこちらも同様で、身を立て直して対面し、頭を下げる。

「それまで。次の組に交替」

父の指図で、板壁沿いに坐していた門人らが立ち上がった。さして広くない場であるので、二人一組になって五組が入れ替わりで稽古をするのが常だ。

芙希は板壁沿いに歩き、格子窓を背にして腰を下ろした。正坐の脇に竹刀を置き、革の籠手を取る。続いて両腕を頭の後ろに回し、面を括っている紐を解いた。布でできた錣を外すと、頭頂から首筋にかけて汗が滴り落ちる。

まったく、女は面倒だ。芙希は髷を結わずに長髪を後ろで一つに結わえているのだけれども、それでも面と錣によって頭が蒸れ、顔もすっかり茹で上がる。初春でこんな具合であるから、真夏ともなれば汗で目前が見えなくなる。幼い頃からそれがどうにも気持ちが悪く、「父上や兄上のように月代を剃りたい」とよく駄々をこねた。

面と胴、籠手を着けて竹刀で稽古をする方式が始まったのは、今からおよそ百年ほど前の宝暦年間であるらしい。剣法の教授が始まった頃は刃引きした刀や木刀を使っていたが、躰を直撃されると大怪我、あるいは死に至ることもあるので、竹刀と防具が考案されたようだ。

ただ、防具の細かな造りは今も流派によって異なり、竹刀の長さも様々だ。中には実際の刀よりも長い四尺、五尺の長竹刀を扱う派もあるが、直心影流では三尺八寸と決まっている。

「きえぇぇい」

まず子供同士が赤い、甲高い声を立てて打ち始めた。門人の子弟である幼年の男子らも五人おり、皆、十歳前後だ。その手前で、兄弟子らも相対して辞儀をする。さっそく腰を落として上段に構える者、相手の胸先に竹刀を向ける者、互いに右に動き、左に動いて二人で円を描き始める組もある。

芙希は胴も外し、襟許と袴を整えて顔を上げた。目前の打ち合いに気を集める。稽古を見るのも、修行のうちだ。

立ち合っているのは若手同士の組で、双方ともまだ躰が定まっていない。上半身が揺れれば当然のごとく腕も揺れるので、竹刀の方向が定まらない。と、先に声を発した者が、力まかせに竹刀を振りかぶった。自身の胴ががら空きになっている。相手はその空を目がけて一歩前へ踏み込む。と思ったが、何と相手につられたように竹刀を振り上げてしまった。これでは勝機を逸したも同然だ。あんのじょう両腕を上げたまま後退して、挙句、胴を打たれた。

死んだ。

これは試合ではなく地稽古であるので、師である父が「一本」と判定するわけではない。この方式は流派を問わずいずこの武場でも同じで、内心で互いに「決まった」「取られた」と自らが判ずるに任せられている。その理由は承知していないけれども、勝敗にこだわらずに修練を積ませるための定めなのだろう。勝とうが負けようが、師が「それまで」と言うまで攻防を続ける。

あ、また死んだ。

こっちも、あすこもだ。あの子なんぞ、頭が瓜のごとく縦に真っ二つだ。

芙希はいつも、実戦に置き換えて立ち合いを見る。自身についても同じだ。勝った負けたではなく、「生き延びたか、死んだか」を数える。今日の初稽古では三人と五本ずつ立ち合ったが、勝ったのは先ほどの、金吾から奪った一本のみだ。

真剣であれば、つごう十四度死んだことになる。

まったくと、芙希は目を伏せる。修行を重ねても重ねても、いっこう強くなれないのはどうしたことか。幼い頃は兄からも三本に一本は取って得意満面で、けれど今はまるで太刀打ちできない。時々、「小成は大成を阻む」などという言葉が頭を過って、いや、小成すらしていないくせにと、頭を振る始末だ。

私はいったい、いつになったら強くなれるのか。己に対して、揺るぎがなくなるのか。

女の非力ゆえだとは思わない。体格に恵まれていない者が屈強な大男を打ち負かしたり、枯れた老武士が若者を難なく打ち伏せるのだ。それが武術だ。けれどいかにすればさほどの武芸者になれるのか、さっぱりわからないのである。むろん、父は何も教えてくれない。

稽古の終了が告げられ、皆で挨拶を行なってから銘々に立ち上がった。

「芙希殿」

呼ばれて振り向くと、金吾だ。瓜実顔で眉も目も細く、唇だけがいつもやけに赤い。

「本日の立ち合い、まことに結構にござった」

そんなわけはないでしょう。五本のうち四本をあなたが取っている。

黙って受け流したが、金吾はなお近づいてくる。

「あの時は、芙希殿の動きがまったく読めなんだ」

そうか。一本を私に取られたのが口惜しいのかと、気がついた。金吾は勝敗に執着する性質で、今は持ち上げるような言い方をしているが、他の、ことに格下の門人から一本を取られようものなら執拗で、次の立ち合いでは相手に意趣を返すような激しい打ち方をする。

「あれはいかなる技か、お教えいただけぬか」

「技なんぞではありませぬ」

気がついたら、前に踏み込んでいたのだ。時々、躰が先に動いていることがある。何も仕組んでおらず、たまさか、勘がうまく働いたとしか言いようがない。

「そういえば、近々、茶会を開くのだが」

金吾は急に話柄（わへい）を変えた。己から教えてくれと持ち掛けながら返答を待たぬとは、ほんに自儘（じまま）なお人だと鼻白む。

「芙希殿もお越しにならぬか。貴一殿もお誘いしてあるのだ」

兄の貴一は遊び好きの呑兵衛（のんべえ）で、三味線を弾けば小唄も歌い、狂歌もひねる。そのうえ方々に馴染（なじ）みの芸者がいるようで、いっかな妻女を娶（めと）ろうとしない。今日の初稽古に顔を出していないのも、昨夜、女の家に泊まったままであるのだろう。それにしても兄上は茶の湯までするのかと、妹ながら舌を巻く。

「私は不調法ゆえ、ご遠慮いたします」

「いやいや、茶の道も剣の道に相通ずるものがありますれば」

振り切るように、足早に外へ出た。芙希としては早く着替えて、湯屋に行きたいのだ。なのにこの人は何ゆえいつも、こうも粘い。

坂谷家の自宅は稽古場とは別の一軒で、路地を奥へと入らねばならない。それというのも自前の屋敷ではなく、裏長屋の一棟と一軒を借りているからだ。

坂谷家は元は肥前佐賀藩の江戸詰家老に仕える与力で、数代前に主の勘気を蒙って召し放ちとなった。しかし父の平八郎といい兄の貴一といい、今さら誰かに仕える気持ちなど全く持ち合わせていないようだ。時折、いずこかの大名や旗本に呼ばれて武芸の披露や家臣への指南を所望される。その褒美金で喰っていけるではないか、世の泰平は有難いと二人揃って暢気で、暮らし向きは楽ではないが、芙希も今のまま修行できれば何の不足もない。

「では、これにて」

金吾に素っ気なく辞儀をして、東西に別れた。東へ折れれば自宅で、西は表通りに通じている。

「ああ」と背後で声がして、振り返れば誰かが武場の前に立っている。気になって引き返すと、戸口の右手の板壁に掛けてある看板を見上げている。大小を差した武家だ。

「ここだ、ここだ。直心影流剣術、坂谷指南場。はあ、辿り着いた」

金吾も共に引き返してきて、鋭い目をして男を見やった。

「お手前、何用にござるか」

いきなり不躾な物言いだ。相手は金吾より明らかに若く、二十三、四だろうか。月代から顔、首がやけに陽に灼けているうえ、羽織と袴は色が去ったような身形だ。供の中間も連れていないので、田舎侍だと値踏みしたのだろう。金吾は何かと威を張る男で、毎日、表通りまで供を迎えに来させている。

「入門をご志願の方でございましょうか」

芙希が数歩前に出ると、男も躰を真正面に向けた。

「いいえ、剣術修行で諸国を回っておる者です。ぜひ坂谷殿の武場でも稽古をさせていただきたく、本日はご挨拶に罷り越しました」

率直で、そしてなぜか嬉しげな話し方をする。

「修行人か」

金吾は吐き捨てるように言い、男を無遠慮に睨め回している。

方々の稽古場を回って他流試合をする者を、剣術の「修行人」と呼ぶ。坂谷武場では、数年ぶりの訪れだ。父の平八郎の名は剣術をする者の間では知られているのだが、門人が少ないので「立ち合うほどのこともない」と通り過ぎてしまわれるらしい。

男は芙希が持つ防具と竹刀に目を留め、ふと目尻を下げた。

「お手前も、修行中ですか」

白い歯を見せ、颯(さつ)と笑う。つられるように、芙希も頬笑(ほほえ)んでいた。

「今ならちょうど父もおります。どうぞ」

「坂谷殿の娘御ですか。これはよき人に行き会(お)うた」

「ご案内いたします」

路地の奥へ向かって進み始める。

「芙希殿、いきなりご師範に会わせてはなりませんぞ。まずは拙者が対応つかまつる」

振り返れば、金吾が顔色を変えていた。

修行人と称して訪れる者の中には剣呑(けんのん)な輩(やから)もいて、同等の腕であっても「あの流派は大したことがない」などと吹聴して回ることがあるらしい。先だっても、無闇に暴れ回って門人と喧嘩沙汰(けんかざた)になった武場がある。ゆえに、銀子を差し出して引き取りを願う師範もいるようだ。

かようなことをするから、今度はそれを目当てにする者が出てくるのだ。

父は苦い面持ちをしていた。芙希もそう思う。噂や評価に拘泥(こうでい)するのは、それを看板にして門人を集めている証拠だ。剣術の修行とは全く別の話だ。

しかし金吾は男をその手合いだと決めつけているようで、前を塞(ふさ)ぐように立ちはだかった。

「お手前、何流だ。国はどこだ、浪人か、いずこに宿を取っておる」

たまらず、「金吾殿」と声を低めた。

「立ち話でいきなり詰問とは、無礼でありましょう。坂谷の娘として申します。これ以上はお控えいただきたい」

そして男に頭を下げ、また歩き始める。

まったく、金吾殿はわかっていない。このお方の持つ気配に濁りがないことくらい、すぐに察しがつきそうなものであるのに。

心と躰は不可分だ。邪心を抱けば身の裡も濁り、それは必ず躰の外に洩れる。私はまだ修行半ばであるけれど、そのくらいのことはわかる。


下女が用意した茶を奥へ運ぶと、父、平八郎はもう上機嫌だった。

「奇遇だのう。私の曾祖父は江戸詰の御家老に奉公しておったのだ。何やら出過ぎた諫言をして疎まれ、しくじった口だが」

「つまり代々、筋金入りの浪人ってことよ」

兄の貴一が帰っていることは台所で下女から聞いたが、初稽古に出なかったことを悪びれもせず、客人と対面している。いつもの巻舌の「べらんめえ」で、いっこう改まった様子がない。ところがその客人も戸惑う様子を微塵も見せず、

「さようでしたか」

旧知の間柄のように頷いて、同じく快活な笑い声を立てた。

芙希が膝前に茶碗を差し出すと、「先ほどはご案内、忝うござった」と礼を言う。

「いいえ。ご無礼を働きまして」と詫びて父と兄の前にも茶を配ると、兄が物問いたげにこちらを見た。

「何かあったのか」

それはまた後でと目配せをしたが、「まあ、お前もここに坐りねえ」と己の隣を掌で示す。

「でも、よろしいのですか」

「今さら、でももさっても、ねえよ。なあ、原殿。これは俺の妹。なかなかの遣い手だ」

客人は芙希が腰を下ろして膝を畳むのを待ってから、居ずまいを正した。

「手前、鍋島家の家中、原数馬と申します。しばし藩の上屋敷の長屋に住まい、江戸での剣術修行に励む所存にござりますれば、よろしくご指南を賜りたい」

「芙希にございます。こちらこそ、よろしゅう願いまする」

膝の前に手をつかえ、礼を返した。かような辞儀をするのは久しぶりだ。武場では膝の上に拳を置いて頭を下げる。

「やあ、見合いみたいだのう」

兄がまたつまらぬ戯言(ざれごと)を見舞ってくるので、眉間をしわめそうになる。が、兄は「そうだ」とふいに半身を動かし、上座の父の前に置いてある何かを手にした。

「お前(め)ぇも拝見しておきな」

奉書包みの書状だ。兄が続けて言うには、この客人は藩が身許を証した手札と、剣術の師による紹介状を持参しているようだった。数馬に目礼をしてから包みを開く。

まず一行目に記されているのは、流派の名だ。そして肥前佐賀藩、原数馬とあり、この者は間違いなく手前の門人であり、武芸を修練していること、この腕いまだ未熟ではあるけれども此度(こたび)は藩主の許しを得て修行に出ることになったので、いずかた様に於かれてもよろしくご指導を願いたいと、剣術の師の名と花押(かおう)がある。

流派は初めて目にする名で、といっても今、剣術の流派は七百以上もある。

「非常に由緒のある流派だ」

父が重々しい声で言い添える。それにしてもと、芙希は顔を上げた。

「二刀流にございますか」

「やはり、珍しいですか」

数馬が目尻を下げるので、思うがままに「はい」と頷いていた。

「肥前から江戸に辿り着くまで諸方の武場で稽古をさせていただき申したが、いずかたでも大層珍しがられました。ある所ではご門弟四十人を相手に立ち合い、皆がもう一度と所望されて、二度やりました」

「二度にござりますか。ということは、八十人と立ち合われたに等しいではありませぬか。それは、何日の間に」

「一日です」

思わず、胸の前で手を組んでいた。

「二刀流、楽しみにござりまする」

声が弾む。

「芙希」と兄に腕をつつかれて、はたと見やれば父が、そして数馬も笑いをこらえているような気配だ。

「お前ぇ、小(ち)っせぇ時分からまるで変わらねぇなあ。飴玉(あめだま)みてぇにまん丸に目ぇ見開いて、口が半開きになる」

あっと掌で口をふさいだが、兄は「こいつね」と頭を傾けて芙希を指した。

「いつもは妙に真面目腐っていやがるんだが、心底、感心したら顔がこんなふうに崩れるんだ。福笑いみてぇに、目鼻口がばらんばらんになりやがる」

心底驚いた。己の顔つきなど、己がいちばん知らない。

「お前ぇ、面ってもんがあって助かってんのよ。素面だと、すぐに相手に読まれちまあ」

一言も返せぬまま、ちらりと目を動かした。父が何やら問いかけたので、数馬は上座に顔を向けている。その横顔に呆れた風はなく、佇まいは変わらない。

芙希はほっと、胸を撫で下ろした。


三日後の夕暮れ、芙希は久方ぶりに、そして大いに呑んだ。

地稽古を終えた後、皆で京橋に繰り出したのだ。安くて旨い酒を出すと兄の貴一がこの小料理屋の二階に数馬を誘い、すると門人らが我も我もと合流した。

「原殿、もう一献」

皆、数馬の話を聞きたがる。この中の誰一人としてかなわなかったというのに、皆、何とも爽やかだ。むろん貴一と芙希も一本も取れず、最後に立ち合った父の平八郎だけが三本のうち二本を取った。

今日の九ツ半、数馬は約束通り現れた。武場には門人らがずらりと待ち構えていただけでなく、誰が喋ったものやら、たぶん兄であろうと芙希は睨んでいるのだが、他流の者が「拝見」と称して訪れ、板壁沿いは互いの肩が触れ合うほど混み合った。

いつものように二人一組になって五組ずつが進み出て稽古が始まったが、皆の目はただ一人、数馬のみに注がれた。最初に立ち合ったのは十七歳の若手で、武を重んじる番方の家柄だ。

数馬の右手には芙希らが用いているものとほぼ同じ長さの竹刀、そして左手にはそれよりも短い竹刀が握られている。

数馬は、下段の構えを取った。意外だった。挨拶に訪れた際はああも穏和であったけれど、いざとなれば様子が変わってもっと猛々しくなるのかと想像していた。二刀流はそもそも宮本武蔵守の流れを汲むのだと後で父が話していた、それを耳にしたせいかもしれない。

通常、これは防御の構えであるのだ。相手を攻撃しやすいのは竹刀を頭上に振り上げる上段の構えで、斬り下ろす動作が最も速い。二刀であるので右腕は上段に構え、左腕で受けの構えを取るのだろうと予測していた。しかし見た目だけで判ずるならば、左右とも防御の構えだ。

最も打ち込みやすい、攻めやすい構えであるはずなのに、若手は一歩も動けないでいる。

「居ついてしまったの」

背後の列に坐っている誰かが、独り言を洩らした。足が動かぬようになることを、土間や床に「居つく」と言う。

「傍目(はため)には、原殿の方が隙(すき)だらけに見えるがなあ」

確かに、芙希の目にもそう見えはする。咽喉許(のどもと)も胴も、開け広げているかのようだ。しかし尋常なら両手で柄(つか)を握るところを片手一本で持ち、剣先はまったく揺れずぴたりと定まっている。左手も同様だ。

そして、あることに気がついた。数馬は静かなのだ。大声を発せず、肩や腕、腰の線も緩やかだ。どこにも張りつめたところがなく、つまりいかようにでも動ける体(てい)だ。

先に動いたのはやはり若手の方で、己の緊張が切れたかのように闇雲に竹刀を振り上げた。数馬はつと身を動かし、受けの左竹刀で胴を斬った。それもごく一瞬の、撫で斬りのごとき所作であったが、若手はどうと崩れ落ちた。

次の相手には、数馬はまるで異なる構えを見せた。左右で自在に突いて瞬く間に追い込み、最後は面を打った。

上座の父に目を動かせば、いつものごとく端然と坐している。けれど芙希には何となくわかった。目の色が違う。

父上、面白がっておられる。それとも、久しぶりに手応えのある相手を得て、腕が鳴っているのかもしれない。

かたわらに坐している兄は最初は珍しく神妙に黙していたけれども、立ち合いごとに「おお」と唸り、「なるほど」と小膝を打つ。そして父と同じく、愉快でたまらないとばかりに目を輝かせている。門人らも、斬って捨てられた者もこれから立ち合う者も、数馬への憧憬を隠そうともしなくなった。その昂奮が、小料理屋の二階座敷でも続いている。

父は他用があってここには来られなかったが、数馬が「坂谷先生には参りました」と感服しきりで、しかもそれが心底からの言葉であるのがわかるので、皆はなお心を寄せたようだ。

数馬は父との立ち合いにおいてはさすがに様子が異なり、大きく上段に構えた。先に斬り込んだのも数馬で、父はそれをすっと払い、前へ踏み込んだ。激しい打ち合いが続き、数馬は左右両手で攻守を行なう。

腕の程がほぼ同じであれば、二刀の方が圧倒的に有利なはずだ。しかし父は竹刀一本で全く引けを取らず、数馬の右肩から左胸へと斬り下げ、追い詰められた数馬がふわりと土間から浮くように飛び上がったその刹那（せつな）、左手の籠手を打った。数馬は爪先で降り立つや、躰が急に重くなったかのように上体が前のめりに傾いた。

「三本のうち一本は私が取り申したが、あれは坂谷先生が花を持たせて下さった一本です。昨年九月の末に肥前を出立して以来、諸国の主だった武場のほとんどはお訪ね申しましたが、あれほどのお方は稀（まれ）にござる。ほんに、よい手合わせをしていただき申した」

芙希はその言葉を聞いた時、胸が一杯になった。万一、目前で父が叩きのめされていれば、やはり心穏やかではいられなかったはずだ。剣術とはかくも過酷なものと承知しつつ、落胆は隠せなかったと思う。

しかも父はわざと相手に花を持たせたりはしない。生死を賭けた真剣での立ち合いと同じ心構えであっただろう。それほどの相手であったし、それは数馬も同じはずだ。

ゆえに数馬は父への尊敬を率直に表し、出会いを歓（よろこ）んでいる。そして兄と門人らは、そんな数馬との出会いが嬉しい。つくづく、剣術はよいものだと思える。

「諸国には、いろいろな武場があるだろう」

兄が訊ねると、数馬は「いかにも」と少しばかり面持ちを引き締めた。

「坂谷先生のようにご師範自ら手合わせをして下さる武場は、むしろ少ないかもしれませぬ」

「立ち合わねえのか」

「諸国には修行人が草鞋を脱ぐ修行人宿があって、そこの主が万事心得て、その地の武場に稽古の申し込みをしてくれるのですが」

「さような宿があるのか」と、門人らが顔を見合わせた。

数馬が言うには、西国には文武を奨励する藩が多く、中でも佐賀藩の今の主君は藩校を拡充し、文に秀でた者は長崎や京、江戸で学ばせ、数馬のように剣術を鍛錬している者は武者修行に許しを下すのだという。修行人宿の掛かりや路銀は藩が持つので、家禄の少ない身分の武士でも旅がかなうようだ。

数馬の実父は佐賀藩の下士で、三男の数馬は幼い時分に藩の剣術指南役の家に養子に入ったらしい。指南役といえども、家の内所に余裕があるわけではないことは身形からも何となく察せられる。

「修行人宿から地稽古の申し入れを受けた武場は大抵、どうぞお越しくだされとの返事をくれますが、ある武場はいざ当日になって遣いを寄越し、今日は所用が立て込んでおるので明日にしてほしいと日延べをしました。それで翌日になると、今日は雨であるので三日後に、と。そして当日いよいよ出向くと、今月はいろいろ立て込んでおるゆえ、来月にならねば無理だと門前払いをされ申した。さすがに、あれには腹が立った」

一同は口々に、「それは、最初から立ち合うつもりなど無かったのではないか」と憤慨する。

「私も肚に据えかねて、ならば最初からそう申されるがよい。今になって今月は無理だなどと申されても、得心いたしかねると申しました」

「原様に恐れをなされたのでございましょう」と芙希が言うと、皆も「そうだ、そうに違いない」と言い募る。

「いや。じつは、その宿には諸国の修行人が大勢逗留しておりまして、互いに剣術を学んで修行する者同士、気を通じ、総勢十人で地稽古を申し入れた次第で。ところが武場は言を左右にして、結句、門前払いです。おそらく我らの人数に怖気づいたのでしょうが、こちらとしてもそのまま出立するのも肚の虫が収まらず、翌月まで待ってた。

「で、またはぐらかしたのですか」と芙希が訊くと、数馬は頭を振り、にやりと笑った。

「相手もさすがに外聞があるゆえ、受けました」

「いかが相成りました」

「当方十人、これまでの経緯（いきさつ）があるゆえ、自ずと荒っぽくなりました。先方の門人らも殺気立っております。で、凄まじい打ち合いになり申した。あの対戦は実に面白かった。大いに盛り上がりました」

からからと笑いながら猪口（ちょく）を干した。束の間、虚を衝かれたように押し黙った皆も、やんやと騒ぎ出す。父上と同じように、手応えのあるのが面白いのだと、芙希も一緒になって囃（はや）した。このお人は、ただ穏和なだけではないらしい。

「それにしても」と、誰かが酔い混じりの声で言った。

「いったんは怖気づきながらも、その門人らは最後にはしっかり手合わせをしたのであるから、原殿も面白かったと言われるのよ。立ち合いから逃げられたままでは、さぞ後味が悪かったろう」

するとと何人かが、咳払いをした。

名は出していないものの、暗に金吾を指している。今日、金吾は「体調が優れぬ」と遣いを寄越して、顔を出さなかったのだ。本当に調子が悪かったのかもしれないが、ふだんから何かと傲慢な態度を苦々しく思う者は少なくない。とくに若手に対して威圧的で、父や兄が不在の際には己が主かのようにあれこれと指南して混乱させる。「型の手本を見せてやる」と称して若手を執拗に打ち込み続け、芙希が間に入って止めたこともある。

数馬は周囲の猪口にも酒を注ぎながら、干し貝柱の紐を口に入れた。

「逃げるのも戦法の一つですよ。私など、本気で殺(や)られると察した時は、躰が思わず逃げており申す」

皆が啞然となった。そんなことを平気で、しかも武士は決して口にせぬものだ。

「幼い時分より、武士は恐がらぬもの、鍛錬するものと教え込まれて育ちました。けれど私は近頃(ごろ)、人はなぜ強くあらねばならないのか、ふとわからなくなる」

芙希は息を凝らし、先の言葉を待った。私は、それ以前の「いかに強くなるか」で行き惑っている。しかし数馬はそのまま口を噤(つぐ)んでしまった。

「そのお考えとは、いかに」

「まだわかりませぬ」と、己の首の後ろに手をやった。そして「ただ」と、目を合わせてきた。

「もしかしたら、戦わずに済むように、人は武の修練を積まねばならぬのかと」

「戦わずに済むように、強くならねばならないということですか」

芙希はなぞってみたが、剣術そのものが戦いの祖型であろうにと思ってしまう。

すると数馬の肩に、兄の貴一が腕を回した。

「やあ、良かった。禅僧みてぇなことを言い出したら、とてもじゃねえがついてけねえなと尻尾を巻きかけた。いや、大したことねえ奴で、ほっとした」

どっと笑い声が立ち、座は一気に賑やかさを取り戻した。兄は女将に三味線を持ってこさせ、やがて放歌高吟になる。

芙希はさっきの数馬の言葉がまだ気になって、ぼんやりと酒を呑む。しかしやはりわからぬままで、やがて数人に誘われて踊り始めると、数馬も盆を手にして加わった。

「原様、踊りは下手にございますね」

からかってやると、「いや、芙希殿もなかなか奇妙ですぞ」と返された。

二月も末に近づいた朝、雀の声で目を覚ました。

芙希が寝間に使っている六畳は裏庭に面しており、障子越しに明るい陽射しが入ってくる。

そうだ。今日こそ、干そう。

飛び起きるように起き、身支度を整えてから薄い板を納屋から持ち出して植込みの前に置き、部屋に防具を取りに戻ってまた庭に下り立った。板の上に面と胴、籠手を並べる。時々、こうして光に当てねば汗臭くてかなわないのだ。よしと腰に手を当て、空を見上げればよく晴れている。

原様が今度顔を見せられるのは、いつだろうか。

この頃、気がつけば数馬の来訪に思いを馳せている。兄も心待ちにしているようで、以前より遥かに稽古に熱心になった。

数馬は江戸詰の家中や他藩の修行人とも盛んに交流しているようで、今ではいつも数人と連れ立って稽古に訪れる。酒盛りも三日に一度は互いの長屋や宿で行ない、兄や門人らもそこに交わって随分と交友が広がったようだ。

「数さんと呑む酒は、ほんに旨え」

兄は町人のように「数さん」などと呼ぶようになっていて、近頃は江戸弁まで数馬に教えているらしい。諸国の家中が集まれば初めは武家言葉で話すので意は通じるのだが、酔いが進めば国訛りが出て、わからなくなるらしい。

この家でも何度か酒盛りになったので、芙希は酒や肴を運びながら仲間に入り、そして面喰らったことがある。

「ばってん、黒船ば、ほんに凄かったのう」

「ああも大けな図体で、よう動くことじゃ」

「それにしても、原殿が舟を出そうと申された時は、肝が冷えたのう」

すると数馬は、顔をほころばせる。

「うんにゃ。せっかく足を運んだんじゃ。ただ砂浜で眺めとっても、面白うなかけん」

あれは数馬が初めてこの稽古場で立ち合って、数日後のことだ。

亜米利加のぺるりが再び浦賀沖に来航したのである。後の市中の噂によれば、軍艦は七隻だったそうだ。しかも前年の六月の初来航にはあれほど大騒ぎをしたが此度はさほど恐ろしがらず流言飛語もなく、町内で誘い合って物見遊山のごとく黒船見物に出掛ける者も少なくなかった。

そして兄、貴一が「俺たちも見てくる」と言い出した。

「泰平の眠りを覚ます上喜撰、たった四杯で夜も眠れず、って奴をよ」

兄は昨年流行った狂歌に節をつけて言い、やれ草鞋だ、笠はどこだと騒ぎ回って下女を辟易させた。

「俺たちって、もしや原様と一緒なんですか」

「口を開けば原、原って、うるせえなあ」

「兄上も同じではありませぬか」

「やい、この見物にだけは連れてかねえぞ。浦賀まで行って日帰りしねえと、奴さんは真っ当なご家中だ。暮六ツには屋敷の門が閉じられちまう」

「また、誤魔化して。酒盛りでは平気で遅くなっておられるではありませんか。門番に頼んだら裏門からこっそり入れてもらえるんだと、原様はおっしゃってましたッ」

「いや、相手は黒船だぜ。万が一ってことがある」

急に兄が真面目な顔をしたので、「万が一」と鸚鵡返しにした。

「それでは、原様も危ないではありませぬか。兄上、おやめください。もしや兄上がお誘いになったんではないでしょうね」

「いいや、数さんの発案よ」

「二人とも、お調子者なんだから」

兄は夜更けに逃げるように家を出て、夜八ツ過ぎに藩屋敷の長屋を出立した数馬らと落ち合って浦賀に向かったようだ。東海道をぶっ通しで歩き抜き、六ツ半頃に相模に入って湊で舟を雇い、沖合に出たという。

兄が帰ってきたのはその日の五ツ半で、夜も更けかかった時分だ。

「間近に見えるところまで大接近しましたぞ」

父を相手に自慢げに語る。さんざん心配して待っていただけに、何とも小面憎かった。

その黒船見物によって兄は数馬とますます意気投合し、江戸の方々を案内している。数馬は剣術修行のために武場を訪ねるだけでなく、その地をしっかり見聞したいと考えているようで、これまで味わった名物や風儀、景色を披露する際は生き生きと語る。それを聞いていると、芙希も旅に出たくなる。

女が一人で剣術修行の旅というのはさすがに無理だろうけれど、供を連れていれば。そうだ、兄上が同伴してくれればどこにでも、肥前にも行けるかもしれない。

朝餉を済ませ、干した防具と竹刀を持って武場に向かう。父と兄は昨日から上総の武場に出稽古に行っており、帰りは明日になると聞いていた。門人らの数人も同道しているようで、「芙希はどうする。行くか」と兄に訊かれたのだが、何となく気乗りがしなかった。

「原様も行かれるのですか」

「いや。数さんは麴町の武場に稽古を申し込んであるんだと」

「さようですか」

「行くのか」

「参りません」

「お前ぇ、露骨だなあ」と兄は呆れ返ったものだ。

「兄上らの手の内は知り尽くしておりますゆえ」

「いや、そういう意味じゃなく」と唇を揉むように動かし、「ま、いいか」と変な笑い方をした。おおかたの察しはつく。私が原様をお慕いしているように捉えているのだ。下司の勘繰りとやらだ。

私はただ、剣術のことを学びたいだけなのだ。一生、こんなふうに剣術のことだけに熱中していられるとは、そんな甘い考えは持っていない。いずれは兄も妻女を迎えるだろうし、いつまでもこの家に居つくわけにはいかないことくらい承知している。

やがて嫁いだら、まずは夫と舅姑に仕え、子を産んで育て、剣術を続けることをたとえ許してもらったとしても、それは二の次、三の次の「嗜み」になるのだろう。ゆえにこれまでいくつかあった縁談でも、「もう少し、この家に置いてください」と父に頭を下げて断ってもらってきた。

今だけなのだ。「修行」ができるのは。

だから己で、何かを掴んだと思えるまで究めておきたい。その念願だけは、どうしても譲れない。

武場の戸口の錠を外して中に入り、窓や裏口まで開け放して箒を手にした。いつもは父の役目である。父はいかほど呑んでも潰れることがなく、朝はいつも通りに起き、武場の掃除をする。「私がいたします」と申し出ても、父は「よいのだ」と取り合わない。掃除も修行のうちだと考えているような気もする。

数馬も至って酒が好きで、しかし一升を超すと量がわからなくなるらしく、翌朝、寝過ごしたと頭を掻いていることがある。芙希はその様子を目にすると、何とはなしに親しみを感じる。これほどの才に恵まれた剣士であっても踊りは下手で、寝過ごしもするのだ。

掃除をし終えて土間に坐すと、表から裏口へと風が通る。清々しい匂いがする。花の匂いを含んでいるのだろうが、芙希は花の名をよく知らない。見分けがつくのは梅に桜、桃くらいだ。

防具に手を伸ばしかけて、ふと膝の上に戻した。竹刀だけを持って、立ち上がる。

息を整え、胸を張りながら腕を大きく左右に開いた。右手で竹刀の柄を握り、真っ直ぐ前へ向ける。左の腕はそのまま角度を保ち、肘から先だけを天井に向ける。短い竹刀を持っているつもりで、拳は握っている。

左右の腕が共に攻守をできる、その躰捌きはいかなるものか。

私はこれをしてみたかったのかと、芙希は己の躰に教えられたような気がした。兄弟子の中には、人は常に心が先に動くものであり、ゆえに精神の鍛錬が大事だと考える者がいる。そうかもしれないが、そうとは限らない瞬間もある。現に芙希は幾度も、心身ではなく、身心の順に動いたことがあった。それは紛うことのない体験だ。

ずっと原様の立ち合いに目を凝らしてきたけれど、やはり己の躰でやってみるしかない。

芙希は目の前に相手を思い泛べ、息を吐いたと同時に踏み込んだ。胴を突く。しかし身を躱され、左胸を狙われる。籠手を取られた。咽喉を突かれる。右手一本で攻めるのは甚だ心許なく、左手も受けきれない。

とうとう、左肩から右の腋へと袈裟懸けに、ざっくりと斬り下ろされた。竹刀を握ったまま、土間に突っ伏した。左の首筋から血飛沫が上がる。目の中も血赤で染まる。

死んだ。

「芙希殿」

声がして、顔だけを動かした。目が合う。

「原様」

飛び起き、正坐に直った。

「申し訳ない。しばし待ったのだが、さすがにどうかされたかと心配になって、声を掛けてしもうた」

「もしや、見ておられましたのか」

数馬は眉を下げ、頭を掻きながら土間に片膝をつく。

「どこから」

「どこからであったかな。それはわからぬが、二刀流の構えを修練しておられるのかな、と」

ほぼ最初からではないかと、芙希は肩を落とした。とんでもないところを見られてしまった。何と間(ま)の悪いこと。そういえば、と再び顔を上げる。

「今日は、麹町の武場をお訪ねのはずでは」

「それが、師範と門人は差し障りができたとかで誰もおらぬのだ。相手をすると申されたのは、ほぼ子供ばかり。しばし遊んでやって、出てきた」

「それはご苦労様にござりました。でもあいにく、父と兄も出稽古で。門人らも」

「知っている」

数馬が事も無げに言ったので、「は」と声が洩れた。

「芙希殿はおられると知っておったので、足を運んだ」

「さようですか」と言うなり、胸の裡がおかしくなった。早鐘のように打っている。しかも気の利いた言葉一つ思い泛ばず、首から上が熱くなるばかりだ。

「いや。あの、すまぬ」

詫びられて、なおのこと混乱を極めた。あまりに顔が熱いので、散らすために笑ってみた。奇妙な鳥のような声が出る。たぶん兄が言うように、眉と目玉と口がばらばらになっているだろう。

混乱のついでのように、思わぬ考えが浮かんだ。

「原様。一度だけで良いのです」

我知らず、口に出していた。数馬は物問いたげな目をして、少し首を傾(かし)げるようにして見返してくる。

「お手合わせを願えませんか。防具なしで。私は一度でよいから、真(まこと)の立ち合いがしたいのです。真剣でなくてもいい。竹刀でよいから」

「手合わせですか」と、数馬の顔つきはなぜか苦笑に転じた。しばらくそのまま黙して芙希を見つめ、「何ゆえ」と訊いた。

「防具で守られたところしか打突(だとつ)してはならない、それが武場での決まりになっておるでしょう。肩から袈裟懸けにしても、一本とは認められませぬ。むろんそれも死傷を防ぐためなのでしょうが、いざ真の斬り合いとなれば一本も何もありませぬ。私はその覚悟を躰につけさせておきたいのです」

数馬が目を瞠(みは)っている。

「私も、同じことを考えた時がある」

そして頷いた。

「お申し入れ、承(うけたまわ)った」


数馬は二刀流で、むろん芙希は一刀で向き合った。

やはり、まるで切っ先が届かなかった。数馬はさんざんに芙希を翻弄(ほんろう)し、しかも寸止めだ。むっと来て、上段に振りかぶりながら叫んだ。

「手加減してくださいますな。真の立ち合いをお願いしたはずです」

「寸止めも戦法の一つだ。それ、現に今、あなたは肚を立てた」

「わざと煽ったのですか」

「覚悟を躰につけさせておきたいと言いながら、そのざまは何だ。しょせんは、あなたも勝負に囚われているだけではないか」

「いいえ。勝ち負けではなく、私は生き死にを胸に置いています」

「私もしていた。ごく幼い頃からそうだった」

「感じが悪い」

「悪うて当たり前だ。敵対しておるから、斬り合うのだろう」

「わかりませぬよ。いざ乱世となれば、年来の知友でも敵味方に分かれて戦わねばならぬこともあるでしょう」

「なるほど」と引いたので、斬り込んだ。今度は躱されることなく、互いの竹刀ががっしりと矢来のように組んで離れなくなった。少しでも動かせば、たちまち力の均衡が崩れる。そのまま右へと動くと、数馬も動く。

「私の躰の右側が空いています」

息が切れ、途切れ途切れになる。

「何ゆえ、その左の竹刀で突いてこられない」

「手加減しているわけではない。あなたが躰のすべてを見事に捌いているのがわかる。今、突いても、その躰は逃げおおせる」

「さような目論見は持っておりませぬ。己でもわからぬまま、こうしております」

「ならば、このままを保たれよ。かような相打ちも良いものだと、私は今、味わっている」

数馬も少し息を切らし、そしてふいに右腕を下げ、目の前から消えた。土間に埋もれるようにして低く、しかも斜めに屈んでいる。左足を軸にして、右足は伸びて指の裏だけで土間を摑んでいる。

そして芙希は、片腹に確かな衝撃を感じていた。

私、今、斬られた。死んだ。

辞儀をするのも忘れ、芙希は土間に両の膝をついた。まだ息は荒く総身の震えが止まらないけれど、胸のすく思いだ。

数馬も土間に足を投げ出し、そのまま後ろに倒れて大の字になった。芙希も同じく、逆の方向に倒れた。足の先が少し触れ合って思わず離し、けれどそっと元に戻した。

三月も半ばになって、初夏のような陽気が続いている。

武場の周囲は今日も黒山の人だかりで、それというのも稽古を見物しに訪れるのだ。この裏長屋の連中だけでなく、日本橋辺りの町人も本所までわざわざ足を運んできて、格子窓の外に幾列もの頭を並べる。

「あれが、鏡新明智流だ」

「鏡新明智流って、士学館かい」

「ふん、わかっておられる。あ、そう。んじゃ、神道無念流で有名な武場はどこか、知ってなさるかい」

「馬鹿にするねえ。斎藤様の練兵館だ」

町人と職人が盛んに話を交わし、戸口の前では女隠居が二人、中を熱心に覗き込んでいる。

「私は近頃、あの若者が贔屓でねえ。このところ、急に腕をお上げなさいましたよ」

「どのお方にございます」

「ほれ、右端に坐って、今から面をつけようとしている。目の下に黒子のある」

「どこ、どこ」

「遅いですよ。もう顔が隠れてしまいましたよ」

まるで相撲か芝居見物でもしているかのようなはしゃぎ方で、芙希が防具と竹刀を持って中に入ろうとすると、「芙希様がおいでなすった」と囃し立てる。

「よッ、今日もお気張りなせえよ」

「そうだ。今日こそ、二刀流から一本取りなせえ」

この界隈(かいわい)で奇異な目を向けられるのには慣れているが、近頃は拍子が狂ってどぎまぎする。見物衆に目礼だけを返し、中に足を踏み入れた。

数馬は今日、久しぶりに稽古に来たいと父に遣いを寄越していたはずだが、まだ姿が見えない。それだけで不安になって、落ち着かない心地のまま左手に進み、格子窓の下に腰を下ろした。用意をしながら、戸口で人影が動くたび顔を向ける。

今日も来られないのだろうか。

半月くらい前から、数馬が武場に顔を出す日が間遠になっている。しかも兄はしじゅう数馬と会っている様子であるのに、ふっつりと芙希を誘わなくなった。家にも連れてこない。数馬に何かあったのかと心配で、けれど女の身で藩屋敷を訪ねるわけにもいかず、文を出すのも気が引ける。兄にいちど問い質(ただ)してみたいと思いつつ、近頃はまた外泊続きで、帰ってきたかと思えばすぐに外に出てしまう。

「本日もよろしゅう願います」

慇懃(いんぎん)に声を掛けてきたのは、金吾だ。数馬との立ち合いから逃げたにもかかわらず、翌日はのうのうと稽古場に顔を見せ、「昨日は悪寒がいたして」と言い訳をした。咳込んだり洟を啜ったりするのもわざとらしく、皆を失笑させていた。それからも、数馬が訪れない日を選んで武場に顔を出す。数馬に限らず他流の者は必ず事前に文か遣いを寄越してそれを知らせてくるので、それで目星をつけているようだ。

金吾が隣に腰を下ろした。急いで面をつけ、籠手に手を入れて紐を結ぶ。

「今日は来ておられぬのですか、二刀流は。さては吉原見物にでも出掛けられましたか」

まことにもって、無礼な言いようだ。

「他流試合に駆り出されたのかも知れませぬ。あれほどの器量をお持ちですもの。手合わせを望まれれば、必ず受けて立たれましょう」

皮肉とわかるように言い返した。金吾が何も言わぬのでふと隣を見やれば、顔を強張らせている。

「それほど、原殿を慕うておいでか。私を百姓上がりと思うて侮っておいでか」

「何をおっしゃっているのです」

金吾の目の縁が幾度かひくついて、泥のような色に染まっていく。赤い唇は逆に色を失って紙のようだ。

「それほど想いを寄せたとて、いずれはこの江戸から去る者ではないか」

「承知しております」

四月になれば江戸を出立して、また旅に出ると本人から聞いている。下総、常陸、陸奥、出羽と足を延ばし、舟で松前にも渡ってみたいと言っていた。そしてその帰路、また江戸に立ち寄るという。たとえ見送っても、必ずもう一度会える。

「まして、国許には妻女がおられるものを」

「また出まかせを」

「いや。見知りの茶人に鍋島家の家中がおって、そう聞いた」

「調べたのですか」

「人聞きの悪いことを申されるな。騙しておったのは、原殿だ」

「騙してなどおられませぬ。あの人は一度だって」

一度たりとも、自ら「独り身だ」と言ったことはなかった。ただ、妻女のことも口にしなかったので、思い込んでいた。兄上は知っているのだろうか。もしかしたら、私だけが知らなかったのだろうか。

継ぐ言葉がなく、金吾を見つめていた。いや、何も見ておらず、皮肉げに勝ち誇ったような笑みを茫然と眺めただけだ。気がつけば稽古は始まっていて、金吾と相対していた。手も足も出ない。肩を突かれ、面を打たれ、なす術もなく散々に打ち込まれた。

やがて方々で声がして、窓の外で誰かが叫んでいる。

「おい、ありゃ何だ、おかしいぞ」

「滅多打ちにされてる」

父の声も聞こえた。

「やめい。引けいっ」

「金吾殿、よさぬか」と、門人らの声がする。頭を強く打たれて、目がくらんだ。総身の力が抜け、崩れ落ちる。

私は大丈夫です。なんの、これしき。

そう呟くのだが、金吾のわめき声や門人らの怒声で掻き消されてしまう。

金吾殿のせいではありませぬ。私が少し、妙なだけです。己でも理由(わけ)がわからない。何ゆえこうも力が入らぬのか、わからない。

躰が癒(い)えたのは、三月も末になってのことだった。

骨に障(さわ)りはなかったが、打ち身がひどかった。兄は枕許で憤ったが、「違います」

と兄を宥めた。

「私の受け方が悪かったのです。いつもならああも打ち込まれぬものを、少し熱がありました」

方便を遣ったのだが、家に運び込まれた後、真に高熱を発してうなされた。

「あんな者を庇い立てせずともよい。金吾がそなたに、いったい何をしたと思う。勝ちが明らかになっているにもかかわらず、倒れたそなたを打ち続けたのだぞ。しかも最後は脳天を打った。下手をしたら、そなたは死んでいた」

父は黙ってそばにいたが、兄からは「破門を言い渡した」と聞かされていた。後味の悪さだけが残って、寝たり起きたりを繰り返すようになってからも胸の裡が重かった。そしてどうしても、武場に足が向かないのだ。幼い頃から一日たりとも休んだことはなく、いや、疱瘡にかかった時はさすがに立ち上がれず、その時はまだ母が生きていたので、躰ごと抱き締められた。

かほどに好きなものがそなたにはあって、良かった。

寝ていなくてはいけないではないかと叱ることもせず、母は芙希の背中をさすった。なぜかその時にすとんと腑に落ちるものがあって、今度は素直に寝床に横になったのだ。そんな昔のことを思い出したりしながら養生して、今では家の中のことは尋常にできるようになった。けれどどうしても武場に行けない。

怖かった。あれほど斬られ続けた恐ろしさを、痛さを躰が先に思い出してしまう。真の斬り合いをあんなにも望んでおきながら、まったく腑甲斐ない。己の甘さ、軽率さを思い返せば、歯嚙みしそうになるほど苦しい。苦しいから、武場の土間に立てない。

自室の文机の上に置いてあった小籠を持ち上げ、小脇に抱えた。裏庭で洗濯物を干している下女に「土筆を摘んでくる」と告げると、「おや」と妙な顔をした。

「私も土筆くらい摘めるわよ。母上が生きておられた頃はよく野に出て、一緒に袴も取ったんだから」

その後、一晩水に晒して灰汁を抜くのだ。ただ、どうやって料るのかはとんと見当がつかない。

「それはそれは。行っておいでなさいまし」

大川沿いに歩くと、並木の桜が満開だ。風が吹くたび薄い紅色の風が流れ、枝々の下では鼓や三味線で踊っている。呑んでいる。

数馬は見舞いに来てくれたようだが、一度はまだ芙希が目を覚ましていない時で、一度は帰ってもらった。

「かように無様なことになって、原様に合わせる顔がありませぬ」

兄は「そうか」と呟いた。玄関に引き返した兄はそのまま数馬と共に外に出たようで、夜更けになってひどく酔って帰ってきた。そして寝間に入ってきて、枕許に坐った。

「起きているか」

目をきつく瞑り直し、息を詰める。そのうち、洟を啜る音が聞こえた。

「ちくしょう、何だってあの歳で女房持ちなんだ。若いゆえ、独り身だと思うじゃねえか。いずれは義理の弟になってくれるんじゃねえかって、夢を見ちまうじゃねえか。お前には諦めさせようと思ったが、俺が思い切れねぇんだ。ああも詫びられたら、怒りもできねえ」

しばらくしてかさこそと紙の音がして、「何でえ」と舌打ちをした。

「籠かよ。まったく、数さんの無風流にも年季が入ってらあ。こんな物、何で惚れた女への見舞いにする」

芙希は空の小籠を胸に抱え、桜の下を歩く。

兄の言葉の最後を時々、取り出してみるけれど、かえって胸が締めつけられる。独りになると、いつもこうだ。父や兄の前では平然と振る舞って、膳拵えにも挑んでいる。

昔、母と共に歩いた道を足はちゃんと憶えているようで、堤を下りると見覚えのある大名屋敷の練塀(ねりべい)が現れた。塀沿いに進み、いくつかの角を折れる。

あった、ここだ。

そこは屋敷や蔵に囲まれて取り残されたような空地で、杉菜の緑が一面に広がっている。あまり踏みつけてしまわぬように足を捌き、屈み込んだ。土筆の頭はすぐに目につくもので、根元から一本、二本と摘んでゆく。いつしか夢中になって、立ち上がっては中腰で動き、また摘む。

――芙希殿。

何という空耳だろう。ええい、未練がましい。顔を左右に振り、また手を動かす。

こんなにも誰かを想うなど、初めてのことだった。いつからこんな気持ちになったのか、自分でも判然としない。妻女がいるとわかった時に、己の気持ちが露わになったような気もする。添える相手ではないから、こうも苦しいのかもしれない。

「芙希殿」

もう一度声がして、振り向いた。

「どうして」

籠を抱えたまま立ち上がり、しかし狼狽(うろた)えて、膝頭が震えそうだ。

「家をお訪ねした。土筆摘みに出掛けたと教えられたので、この周辺の野を探し申した」

「そんな。野なんぞ、どう駈け回ったって方々にありますのに」

「貴一殿にお訊ねして、最後は脅すようにして見当をつけていただいた。どうでも、もう一度だけあなたに会っておきたかった」

数馬は数歩、前へ踏み出した。芙希は居ついたように動けない。また数歩、間合いが狭まった。半間ほど前で足を止めた数馬は、大きく息を吸い、そして吐いた。

「明日、江戸を出立することにしました。お世話になり申した」

頭を下げられ、芙希も辞儀を返した。数馬はそのまま黙している。長い無言だ。芙希は小籠を強く胸に抱きしめて、声をつくろった。

「ほんに、楽しゅうござりました」

頰笑(ほほえ)んでいた。

数馬の咽喉仏が動いて、何かを言いたげな目をする。それを遮るように、芙希は颯と右腕を伸ばし、左の肘を水平に持ち上げた。籠を手にしたままであるけれど、二刀流の構えのつもりだ。

「またいつか、江戸においでになった際は手合わせを願います」

数馬は少し目を細め、そして頷いた。

「また、いつか」

頭を小さく下げた数馬は背を向け、そのまま振り返ることなく立ち去った。

芙希は明日から武場に出ようと思いながら、また土筆を探して摘んだ。


白く光っていた雲が色を変え、また新しい雲がゆっくりと流れている。

芙希は古びた小籠を大切に抱えながら歩く。底が少し破れて突き出た細竹の先を指先でいじり、そろそろ修理が必要かと思案する。

兄上がおられたら、太い綿糸でたちまち繕ってくださっただろうに。

何かと器用であった兄を思い出す。

安政元年、公儀は黒船の来航によって幕臣に武芸の鍛錬をさせるべく、講武場を開く決定をした。安政三年四月には開所し、教授方には流派を超えて実力者が迎えられた。芙希の父、坂谷平八郎もその一人で、翌年、兄の貴一は助教として任命を受けた。慶応二年には幕府の軍改正が行なわれ、講武所は陸軍所と改称された。

父はその頃には没していた。兄はその後、鳥羽伏見の戦いが契機で起きた戊辰戦争に幕軍として出て、そして会津で戦死した。後で知ったことには、戊辰戦争では佐賀藩は官軍として参戦した。もし数馬があの戦に出征していれば、貴一とは敵味方に分かれて戦ったことになる。

やがて明治の御世となり、政府は諸藩から版籍を奉還させ、明治四年には廃藩置県を実行した。芙希が武場を閉じざるを得なくなったのは、この年である。新政府は剣術の稽古についてひどく神経を尖らせ、薩摩訛りの邏卒が何度も訪れては稽古を止めるよう恫喝したのだ。

政には疎い芙希にも旧幕臣による蜂起を恐れているかのように映ったが、もはや門人の一人もおらず、近在の百姓の子らに教えていたに過ぎなかった。今ではそれも立ちゆかず、細々と手習を教えて暮らしている。

そして今年、明治九年の正月、思わぬ客があった。金吾だった。

総髪を短く切った金吾は大坂で何やら事業を始め、仕事で東京に出てきたと言い、父と兄の仏前に手を合わせた。

「それにしても、よくこの家が残っておりましたなあ」

しみじみと家の中を見回している。垢抜けた身形をして、毒気まで抜けたように見えた。金吾は芙希の父から破門された後、異なる流派に入り、幕末の動乱期には京へ上ったとの噂があった。あの頃、誰も彼もが京を目指したのだ。公方様でさえ京や大坂に行ったきりになり、江戸城は主が不在の時期が続いた。

しかし金吾は己の来し方を語ることはなく、芙希にしたことを詫びるでもなく、武場を御一新後も続けていたと知ると「よく一人で守ってこられましたな」と労(ねぎら)った。いつも苛々(いらいら)として、己の出自に拘泥しているように見えていた金吾であっただけに内心では驚いたが、「一人には慣れております」と、芙希は笑って返した。二十歳を過ぎてからは縁談もあまり持ち込まれぬようになり、やがて幕末の動乱期に入ったのである。生きるだけで精一杯だった。

「そういえば」と、金吾は少し眉根を曇らせた。

「先だって、思わぬお方の噂を耳にしました。憶えておいでですか。佐賀の、二刀流の剣士であった」

束の間、とぼけようかと思ったが、黙って首肯した。数年前、兄の法要に訪れた武場の門人で、今も数馬と文のやり取りをしているという者があって、その消息を昔の門人仲間に口にしていたのだ。

数馬の妻女は若い時分から病弱で、長年、寝たり起きたりを繰り返し、子に恵まれなかった数馬は一人で介抱の手を尽くしていたが、とうとう亡くなったらしいと話していた。数馬は誠実に妻を愛したのだろう。素直にそう信じられた。

金吾が再び口を開く。

「一昨年、佐賀で乱が起きたのはご承知と存じますが」

また黙って返す。廃藩置県によって士族は家禄を奪われ、帯刀まで禁じられたのだ。新政府に不満を募らせた士族は諸国で反乱を起こしたが、その中でも最も大きな戦となったのが、明治七年二月に佐賀の士族が起こした乱である。捕らわれた首謀者は斬首となり、いったんは政府に参画していた江藤新平（えとうしんぺい）という武士などは梟首（きょうしゅ）に処せられたと、芙希も新聞で読んでいた。

「あの乱を制圧した政府軍の軍人が私の知人でありまして、反乱軍の小隊長に二刀流の者がいたと言うのです」

思わず息を呑み、口を掌で押さえた。ようやっと声を絞り出したが、「それで」と先を促すのが精一杯だ。

「わかりません。ただ、敵ながら見事な戦いぶりであったと知人が感服しておりましたので、あの男であったのではないかと、無性にそう思えましてな」

金吾はその後、いくつかの世間話をして、暇（いとま）を告げた。

芙希はすぐさま古い新聞をかき集め、近所の役人の家をも訪ねて問うた。その結果知れたのは、佐賀の乱に参加した士族は一万を超えていたこと、小隊長であれば戦死を免れたとしても有罪判決を受けて牢獄に入っている可能性があることだった。

以来、芙希の胸に洞ができた。かくも回天してしまった世にあって、再び相まみえるとは思っていない。しかし必ず生きていると信じていたからこそ、芙希はこの二十二年を生き延びられたのだ。

けれどもうあの人はこの世にいないかもしれないと思うと、凄まじい寂寥に囚われてどうしようもなくなる。暗澹となる。ましてや日増しに周囲の景色は変わり、本所の大名屋敷があった辺りも今はメリヤス工場だ。毎日、木々が切り倒され、土埃が舞い上がる。大川の川面もすっかり濁ってと、芙希は顔をそむけて歩き続けた。

長屋の路地はまだ旧幕時代の名残りがあり、この辺りはたぶん時代に取り残されているのだろう。武場を開いていた時に借りていた長屋は今も建物はあるものの、印刷工場が入ったかと思えば出ていき、次の足袋屋も続かず、今は空家のままだ。窓の格子は何本かが朽ち、軒には燕の巣が並んでいる。今日も雛が鳴いている。

芙希はちらりと見上げ、路地の奥へと歩く。家の玄関口には今も「直心影流剣術坂谷指南場」の看板を掲げている。しかし誰も気に留めぬほど古びて、角も丸まってしまっているほどだ。

私も同じように取り残されている。

そんなことを思いながら歩を進めて、だが芙希は足を止めた。その看板を見上げている人影がある。首を傾げながら近づいた。洋風の帽子の下は銀髪で、羽織袴姿だ。左手で洋傘を持ち、それを路地の土の上についている。芙希の気配に気づいてか、ゆっくりと躰を開くように足を動かした。

土筆の籠を取り落としそうになり、ひしと腕に力を籠めた。羽織の右袖はだらりと力がなく、手首から先が見えない。芙希の視線を掬うように、変わらぬ笑い方をした。

「洋式の銃で、肘から先を吹っ飛ばされ申した。二刀流なんぞ、何の役にも立たなかった」

戦わずに済むように、人は武の修練を積まねばならぬ。

昔、数馬が口にした言葉がふいに思い出された。

「でも、まだ左手が残っておいでです」

すると数馬は眉を上げた。

「手合わせを願えますか」

芙希はもう何も言えず、小刻みに顎を引いた。

見上げた春天は滲んで揺れているが、澄んだ青であることはわかるのだった。

草々不一

青葉の風が吹く庭を、前原忠左衛門はぼんやりと見ていた。

長年、槍術と柔術、水練で鍛え抜いてきた躰は五十六歳にしていまだ引き締まり、腹も出ていない。が、ふと気づくと背中を丸めている。こんなことは初めてだ。口から出るのは溜息ばかりという己にも、たじろいでいる。

妻女が先に逝くと、男は腑抜けになる。

何年前だったか、朋輩らと呑んでいて、老妻を失った男の噂話が出たことがあった。四十九日の法要でも男泣きに泣いて、慰撫の言葉も掛けられなかったという。

「身につまされるの。そろそろ御奉公を辞して隠居暮らしをしようかという矢先に先立たれては、男は途方に暮れるしかない」

同情しきりの声が多かったので、忠左衛門は「武士にあるまじき」と一喝したものだ。

「妻がおらぬようになっただけで抜け殻のごとくとは、柔弱極まりない。心身の鍛錬が足りぬのだ」

朋輩らを睨めつけると、皆、肩をすくめて酒を舐めていた。

「しっかりせんか。我らは御目見得以下とはいえ、二百有余年前、権現様がこの江戸に開府されて以来、代々お仕え申してきた直参ぞ。筋目正しき武士ぞ」

その日はちょうど、忠左衛門を始め、譜代の徒衆ばかりの酒席だった。

徳川将軍家に仕える譜代の家臣団のうち知行高一万石未満の者を直参といい、家格によって旗本と御家人に分かれる。旗本はかつて戦場にあって主君の軍旗を守って戦った騎兵であるが、徒は歩兵として出陣したのが始まりの下級武士だ。馬や乗り物の使用、そして組屋敷では門構えも許されていない。

が、忠左衛門は徒衆の一人であることを何よりの誇りとして、奉公に励んできた。

徒組は平素は城門で詰め、大樹公が参詣や鷹狩、大名家に御成りになるなど外出の際には乗物の周囲を徒歩でお供して、その警護に当たるのが勤めである。

忠左衛門は片時も乗物から離れず、往来を横切る蟻一匹を見て取るほどの気迫でその任に当たってきた。

天下泰平のこの世で、よもや大樹公の乗物を襲う曲者などおりはすまいと気を抜く輩(やから)もいるのだが、それはとんでもない心得違いというものだ。戦のない世をかなえたのは歴代の大樹公であり、その主君を忠左衛門の父祖らは命懸けで護ってきた。武士の奉公はいつ、いかなる時にあっても戦に臨む心構えが肝心である。

　そして妻女は毎朝、夫を職場という戦場に送り出すために家を守るのが務めだ。日々、家事を滞(とどこお)りなく行ない、子を育て、家同士の交際に怠(おこた)りなきよう励みさえすれば良い。さようなこと、町人ならいざ知らず、武家に生まれた女なら誰にでもできることだ。

　その妻女に先立たれたからと言って、武士が身も世もなく嘆き悲しむとは、まったく不届千万(ふとどきせんばん)の仕儀であると忠左衛門は思ったのである。

　ところが、いざ己がその立場になってみると、どうにも勝手が違っていた。烏賊(いか)のように背筋に力が入らず、物を言う気にもなれぬ。

　まして嫡男、清秀(きよひで)の差配ぶりが一々、気に喰わない。

　清秀は幼い頃より武術を好まず、学問一辺倒であった。忠左衛門が槍術や柔術を指南しようとしても書見台の前から動かず、「子(し)ぃ、のたまわくぅ」と奇妙に尻上がりな文言を謳(うた)うばかりだったのだ。まだ六歳になるかならずの時からであったので、他人の子を見るような思いであった。

忠左衛門は他の多くの徒衆と同様、没字漢である。平仮名はともかく、漢字の読み書きはほとんどできない。文字など読めずとも、職場の引継ぎの文書など、読める者に頼めばそれで済むのである。

それよりも何よりも、武を磨くことだと忠左衛門は信じてきた。しかし嘆かわしいことに、昨今の公儀では、勘定役など役方の者の方が能吏として重んじられる。家格を越えて昇進する目があるとすれば、それは才知の力だとする風潮があるのだ。おのずと、武術の鍛錬など二の次、三の次という若者が増えた。

「学問など武士の仕業にあらず。頭と口先ばかり進んでは、性根がぬるうなる」

そう叱咤して、清秀を何度も庭に引きずり出した。

丹田への気の入れ方から腰の据え方、腰物の抜き方、いずれも躰に叩き込むしかない。泳法も同じだ。夏になれば大川に連れて行き、清秀を素裸にして放り込んだ。口でとやこう教授するより、まずは水に慣れることだ。

ところが清秀は手足もろくに動かさぬまま、沈んでしまったのだ。当時はまだ元服前で、前髪があった。その頭が川波に呑まれて見えなくなって、その時ばかりは忠左衛門も肝を潰しそうになった。溺れかけていたのを助けて下谷の御徒町の組屋敷に連れ帰った時、妻の直の顔から一瞬で血の気が引いた。

その夜、つききりで看病した直は忠左衛門に一切、口をきかず、目も合わさなかった。清秀の枕許に黙って坐(すわ)り、唇を引き結んで我が子を見つめていた。

翌朝、直に頭を下げられた。

「旦那様、もう堪忍して下さりませ」

一言も返せなかった。

そして直は清秀を遠縁の儒家に学びに行かせ、家でも自ら書を教えるようになった。直も貧しい御家人の家の生まれであったが、一族は皆、学問に秀(ひい)でており、学者として名を成している者もいる。ゆえに直は御家流(おいえりゅう)とかいう、くねくねとした文字はもとより、障子の桟(さん)のごとく角張った唐様(からよう)も書けるらしい。

そして清秀は母方の血筋を受け継いでか、長じては学問吟味において優秀な成績をおさめ、褒賞(ほうしょう)まで受けた。今は家格に似合わぬ役方として、公儀財政の監査を行なう勘定吟味役(かんじょうぎんみやく)を拝命するのも夢ではないという。

「清秀殿はまれに見る俊英ぞ。いずれは勘定奉行にまで登りつめるのではあるまいか」

精進明けの席で、出世街道をひた走る清秀のことを口に上(のぼ)せては悦に入っていたのが、清秀の妻の父であった。幕閣とも親しい旗本家から妻を娶(めと)るとは分に過ぎると忠左衛門は戸惑ったが、先方から「是非に」と望まれた縁談だった。

通夜も葬式も前原家に似合わざる盛大さで、清秀の交際がいかほど繁華であるかを思い知らされる恰好となった。忠左衛門は昨年の末に家督を譲って隠居の身であるので、清秀が何もかもを取り仕切るのは当然のことだ。そうとわかってはいるが、前原家の縁者やかつての朋輩らは遠慮がちに隅に坐り、長居しなかったのである。

忠左衛門は憮然として、義父の機嫌を取り持つ倅の背中を睨んでいた。

まるで、婿養子にやったようなものではないか。

尋常であれば、妻にそう吐き出しさえすれば気が済んだはずだった。根に持つと肚が膨れる思いになる。それでは翌日の勤めに障るので、いつも帰宅して着替えをし、直が淹れた茶で一服つけながら肚の中を浄めてきた。上役との行き違いや朋輩との諍い、自身がかかわらぬ喧嘩沙汰であっても話してしまう。

直は忠左衛門の黒縮緬の羽織と無紋の袴を畳みながら、それを聞く。朋輩の妻女の中には気が強く、何かと意見がましいことを口にする者も珍しくないらしいが、直は微かに笑みを泛べ、時には「それはお気の毒ですね」と言わぬばかりに眉を下げたりして忠左衛門の言葉を受け止めた。愚痴や不平不満、くどくどしい世迷い言を。

しかし、今はその直がいない。

三月、江戸を麻疹の流行が襲い、大人も子供も随分と死んだ。直は幼い頃に罹病していなかったため、「用心いたさねばなりませんね」と自ら外出を控えていたのだ。しかし裏木戸には魚売りや青物売りが毎日、訪れる。直は書物を読むのも好きであったので、貸本屋の小僧も新刊を背に負うてやって来ていた。

忠左衛門は、あの小僧が怪しいと思っている。やけに顔が赤く、だるそうな所作をしていた。ほどなく直の顔面に赤い発疹が現れ、瞬く間に総身に広がった。何日も高熱を出し、手の尽くしようもないままこの世を去った。信じられぬほど、呆気なかった。

むろん、忠左衛門は人前で嘆き悲しむなどという無様な真似は働いていない。けれど三十年も連れ添った妻がこの家にいないということがかくもこたえるとは、あまりに慮外のことだった。

ことに四十九日が過ぎて弔問客の訪れも間遠になると、胸の中に風が吹き込んでしかたがない。

そして今日も落縁に坐って胸高に腕を組み、背を丸めている。これではいかぬと目を上げれば五月晴れの空には雲ひとつなく、どこかで雲雀が鳴いている。隠居家の静けさがかえって身に沁みて、また土の上に目を落とす。

かようなことなら、隠居などせねば良かった。奉公に出てさえいれば気の張りようもあったものを。そんな悔いも泛んでくる。組屋敷を出て、ここ浅草今戸町に小さな家を借りて数ヵ月で葬式を出した。

これからは夫婦二人でのんびりと、たまには釣りにも直を伴って安穏に暮らすつもりだった。

「長年の御奉公、お疲れさまにござりました」

直の声がよみがえる。忠左衛門は「隠居願」を出し、それが認められてから直に話した。

本来であれば主君への奉公は、生涯続くものだ。七十、八十になっても現役で勤めている者は大勢いる。しかし何せ、御役の数が足りぬ。旗本、御家人を合わせて二万二千人、それほどの人数に見合う勤め口はいかに公儀といえども用意できない。清秀の出世、昇進などまったく稀有な例で、非役の小普請組のまま生涯を終える者も少なくないのだ。

御役に就けねば役料が付与されぬので扶持米だけではとても食べていけず、一家は借金や内職と縁が切れない。とくに若い御家人はこれから子を育てねばならぬので、無役のままではとても暮らしが立ち行かぬ。

忠左衛門にはそれが痛ましく思え、せめて己一人でも早々に現役を退けば、誰かが御役に就けると考えた。

　正直に申せば、有力者の髭の塵を払うことに汲々とする者らの姿をもう見ていられぬという思いもあった。それは妻に話すことではないので告げなかったが、直は深々と頭を下げて忠左衛門をねぎらった。

　気配がして振り向くと、下女が「ご隠居様」と呼んだ。

「小川町の殿様がお越しになりました」

　近くの焼物職人の娘を通いで雇ったので、行儀作法も何もあったものではない。清秀は旗本ではないので、殿様という呼称は誤っている。「御家人の当主は旦那様だ」と注意しかけると、まもなく清秀が姿を見せた。ちらりとこなたに目を這わせるも父親のかたわらに坐るつもりはないらしく、摺足で六畳に入った。

「父上、こちらに」

　有無を言わせぬ口調だ。むっと、肚の中が斜めになる。父をはるかにしのぐ立身を誇ってか、年々、上からものを言うようになった。いや、昔から気の合わぬ父子だったのだ。こやつの考えておることも生きようも、わしにはさっぱりわからぬ。わかりとうもない。

「母上の遺品を千代乃（ちよの）に整理させておりましたところ、かようなものが出て参りました」

直の暮らしぶりは至って慎ましく、むろん贅沢のしようもない小身の家であったのだが、鏡台や文机（ふづくえ）、簞笥（たんす）には着物や櫛（くし）、そして書物などもあり、それを清秀の妻、千代乃に託したのだった。形見分けと言えるほど大した物はないはずだが、忠左衛門が手許に置いておいても仕方がない。

渋々ながら立ち上がり、六畳に入って清秀に対座した。清秀の膝前に、白いものが置かれている。紙包みだ。

「何じゃ、これは」

「文（ふみ）のようにございます。母上の」

「直の。誰宛てに」

「だんなさまと表書きしてありますので、父上宛てと存じます」

清秀は怜悧な面差しを崩さず、いつもながら隔てを置いた言いようだ。

「わし宛てのわけはなかろう」

またいちだんと口の端が下がった。だが清秀は動じない。忠左衛門はむうと息を吐きながら、紙包みを取り上げた。上下を折り目正しくきっちりと畳んであり、表に一行が記されている。

――だんなさま
覚えのある手跡だ。直は、草が風に吹かれて揺れているような文字を書いていた。能書家であると上役に褒められたことがあるが、忠左衛門には巧拙など判じようもない。

直の「だんなさま」とは、わしのことよのう。

わしに文とははて面妖なと怪しみつつ裏を返すと、やはり「なお」と差出人の名が記してあり、その脇に添書らしきものがある。が、それは漢字混じりであるので、判じようがない。

するとすかさず、清秀が口をはさんだ。

「余人、開けるべからず」

「よじん」と、我ながら間の抜けた声だ。

「他の者という意にて、つまり父上の他にはこの文を読むなと、母上は書いておられます」

忠左衛門の読み書きがいかほどのものであるか、直はよく承知していたはずであるのに、いかなる料簡か。

「構わぬ。そなたが読んでみよ」

文を突き返すと、清秀はじっと忠左衛門に目を据えた。

「よろしいのでござりますか」

「構わぬ」

清秀は黙って文を受け取り、上包みをはずした。半切紙（はんきりがみ）を糊（のり）で継いだ巻紙を両の手で持ち上げ、読み上げ始める。

「一筆申し上げます。三十年もの間、長々、お世話になりまして有難う存じました。今、これをしたためておりまするは、額（ひたい）と頬（ほお）に三つ、四つの発疹を認めましたゆえにて、これはまず間違いなく麻疹であろうと存じます。もしやということも覚悟いたし、旦那様に一筆啓上することといたしました……という意のことが、まずは記してありまするが」

「注釈は要らぬ。さっさと読まぬか」

清秀は眉間を曇らせたが、文に目を戻した。読み上げる。

至って愚妻であったと殊勝に詫（わ）びを連ねているようで、思わず目を閉じた。いったいいつのまに。病床から脱け出して墨を磨ったのだろうか。いや、発疹が出たばかりの頃はまだ尋常に家の中のことをしていた。最期の言葉をこんな形で聞かされようとは、思いも寄らぬ。

直、愚妻などと、それはとんでもない謙遜ぞ。弔問客は皆、そなたを褒めたたえていた。

——ようできた御内儀(ごないぎ)であられましたな。まこと、貞女であられた。

——物腰が柔らこうて、出過ぎず引き過ぎず。常に夫君をお立てになって、賢女とはああいう御方を言うのだろう。かような妻女を持てたとは、おことも果報者でありましたの。

そんな言葉を掛けられるたび、黙って返礼をした。その通りだという首肯のつもりであった。

が、その貞女、賢女が何ゆえ、こんなものを残したのか。

ふと、その疑念が戻ってくる。忠左衛門が文を読もうとすれば、それこそ今、こうしているように、余人とやらの力を借りねばならぬのだ。

清秀はまだ読んでいる。

「妻女たる者として、本来であれば、あの世まで持って行くべき事とは承知しながら、やはりお伝えしておかねばならぬと思い直してござります」

むと、思わず声が洩れた。あの世まで持って行くべき事、とな。

「じつは清秀につきまして、衷心(ちゅうしん)よりお詫びせねばならぬことがござります」

「ま、待て」

何かを追い払うように、右手を大きく動かした。しかし忠左衛門が制止するまでもなく、清秀は文を持つ両手を膝の上に下ろしている。

「ここから先は、ゆめゆめ余人にお読ませになりませぬよう、平にお願い申します。と、行間に追而書(おってがき)が入っておりまする」

清秀の咽喉仏(のどぼとけ)が、ごくりと動く。

「母上、おいたわしや。父上に文など書く暇があれば、養生なされば良かったものを」

「清秀、わしを責めておるのか」

真っ向から、冷たい眼差しが突き刺さってきた。

こうして相対してみれば、細い鼻梁も瞳の澄んだところも、直によく似ている。直は瓜実顔(うりざねがお)で、躰つきもすらりとしていた。ところが忠左衛門はずんぐりとして、顎(あご)は将棋の駒のごとく横に張っている。目鼻は申し訳程度についているだけで、それでも己では武者らしき面構えと自負してきたが、目の前の倅の容姿とはほど遠い。

――清秀につきまして、衷心よりお詫びせねばならぬことが……

まさか、直に限って。

同じことを考えてか、俯いた清秀は頰を強張らせて文を包み直している。その指先も女のように細く、己の無骨な手とは似ても似つかない。

忠左衛門は右の手を握り締め、拳で鼻の下をこすった。そのまま天井を仰向いた。


あくる日、夜が明けるのを待って菩提寺に出掛けた。

直の遺骨を納めてまもない真隆寺は、今戸橋を渡って広小路を抜け、しばし歩いたところにある小さな寺だ。

線香を手向けながら、墓石に向かって問うた。

直、そなた、不義を働いたのか。いつからだ、いつからわしを裏切っていた。

道理で、あの倅はわしに似ておらぬはずだ。

そこに思いが至るだけで、腸がまた煮える。直を喪って呆けていた己がとんだ戯けに思えて、合わせた手と手が震える。桶の水を切るように墓石にぶちまけた。

相手はいったい、誰だ。

かくなるうえは、果たし状を差し向けて討ち果たすと決意した。相手の名はあの文に記してあるはずなのだ。しかし、わしは読めぬ。それを承知しながら文で告白するとは、わしを愚弄しておるとしか思えぬ。

清秀が帰った後、忠左衛門は破り捨ててしまおうと何度も紙包みを手にして、そして結句、自らの手でもう一度、文を開いた。

そこには、うねうねと水草の茎のごときものが揺れていて、それはまだいい。平仮名であれば一字一字、目を凝らせばいずれは解読もできよう。勤めのある身ではないのだ、いくらだって時を掛けられる。しかし腹立たしいことに、直は漢字も平気で使っているではないか。草の間に偉そうな文字が黒々と埋め込まれていて、まるで難攻不落の城のごとくだ。忠左衛門は本丸に一歩たりとも近づけない。

気がつけば陽がずいぶんと動いていて、昨日よりもさらに青い空が広がっている。陽射しが強く、月代が熱いほどだ。忠左衛門は額の汗を拭いもせず、憤然と立ち上がった。

境内を横切ると、和尚が背後から何かを言って寄越した。振り向く気にもなれなかった。胸の中には、清秀に似た面差しの男と斬り結ぶ己の姿がある。

御家人の妻と姦通するなど、まともな武家ではあるまい。そうだ、おそらく浪人者だ。総髪には銀色のものが混じり、すさんだ臭いがする。

かような無頼の徒など、わしの手に掛かればわけもない。一太刀で仕留めてくれよう。

その光景（さま）はいくらでも泛んで、男を斬って捨てる際の手応えさえはっきりと感じ取れる。だが相手は誰だという問いに戻ると堂々巡りになる。文を読まぬことにはわからぬ。が、読めぬ。

腹が空（す）いているのに気づいたが、喰い物屋に立ち寄る気にもなれない。足早に歩き続けて、やがて誓願寺（せいがんじ）の門前町を通りがかった。

と、胸に何かがぶち当たった。一軒の町家から子供らが蜂（はち）のように飛び出してきていて、その中の一人と衝突したのである。

「あ痛（いて）え」

額を押さえて呻（うめ）いたのは十二、三歳くらいの男子で、口を尖（とが）らせて忠左衛門を見上げた。

「大事ないか」

忠左衛門は足を揃え、少し腰を屈（かが）めてその子に訊（たず）ねた。武士たる者、町人には慈愛をもって接さねばならぬ。ことに相手は、か弱き子供だ。ところがその子は「ち」と舌を打ち、走りざまに言い捨てた。

「爺さん、往来の真ん中をぼうと歩いてちゃ危ないじゃないか。気をつけな」

説教口をきかれた。唖然としていると、背後から「あいすみません」と詫びられた。

「幼い子の無作法にございますので、どうか勘弁してやって下さいまし。明日、きっと言い聞かせますので」

三十過ぎに見える女が頭を下げていた。戸障子を開け放した家の戸口脇には細長い看板が掛かっていて、四角い文字が四つ墨書してあり、さらに平仮名で何やら書いてある。

「しゅせきしなん」

すると女は「町人の子らに教えております」と言った。

「手習いか」

「はい。夫はお武家様に招かれて、ご子息らに教授申し上げております」

少し誇らしげに言い添える。亭主のことなんぞ、どうでもよい。この女だ。この者に文を読んでもらえば、妻に密通された恥も少しは抑えられると思った。御徒町を訪ねれば文字の読める昔の仲間もいるにはいるが、自ら恥を吹聴するようなもので、断じてそれは避けたかった。

万一、かような噂が市中を巡れば、清秀の出世の障りになるやもしれぬ。

ふとそんなことを考える己に、戸惑った。

悲しいかな、我が子ではないかもしれぬのに、父たる心はまだ失えない。

「お武家様、お具合がお悪いのではありませぬか。麦湯でも差し上げましょうか」

女が袖口を押さえながら掌で戸口を示したので、忠左衛門は思わず口にしていた。

「そなた、文は読めるか」

女は不思議そうに首を傾げたが、「はい」と頷く。

「私も教えておりますので。ひとまず、中へどうぞ。立ち話も何でございますから」

おっとりと優しい声音に惹かれて、忠左衛門は中に入った。十二畳ほどの部屋の隅には天神机が積み上げられており、右手の障子は開け放たれて小さな庭がある。広縁伝いに奥から猫が何匹も出てきて、女を見上げて鳴く。

「奥が自宅になっておりますもので」

女は釈明しながら茶を淹れ、「もう少し待っててね」と猫らに言い、

「文とは、いかなることでしょうか」と湯呑みを差し出しつつ、「申し遅れました」と頭を下げた。くるくると、目まぐるしいほどだ。女なるもの、なぜこうも一時にいろいろなことに気が回るのだろう。

「かよと申します」

何となく直の若かった頃に風情が似ているような気がして、忠左衛門は胸がふさがる思いがする。怒りよりも、己が情けなかった。

「それがしは今戸町に住みおる隠居、前原忠左衛門でござる」

そう言って懐の紙包みを取り出してから、しもうた、偽名を使えば良かったと気がついたがもはや後の祭だ。手許で天地を引っ繰り返してから、かよに差し出す。

「だんなさまとありますが、これは」

かよは表書きだけを見て、顔を上げた。忠左衛門は咳払いをして、束の間、考えてから口を開いた。

「それがしの友人の妻女がしたためた文にござっての。没字漢ゆえ、わしに読んでくれぬかと頼んで参ったのだが、それがしも四角い文字がどうにもいけぬ。いや、多少はわかるが、読み違えをして伝えては気の毒ゆえ、誰か、文字の確かな者に読んでもらおうと思い立った次第にて」

急に思いついた嘘であるので、我ながらしどろもどろだ。かよは「さようですか」と、口許に手をやった。

「失礼ながら、お武家様にも没字漢はおられると夫が申していたことがありましたが、真であったのですね」

「武士に学問は要らざる長物だ」

いつもの考えを持ち出したが、なぜか背中が丸くなる。

「お言葉を返すようですが、商家でも証文やら帳面付けやら、読み書きは必須にござります。それゆえ、皆、束脩を工面してこうして手習塾に子をお寄越しになるのです。お武家様のご奉公ではなおのこと、文書が多いのではありませぬか」

「組には誰かひとりくらいは読み書きのできる者がおるゆえ、その者が皆に読んで聞かせておった。まあ、己の名くらいは皆、書けるでの。たまにそれも怪しい年寄りもおるが、少々、間違うておっても別段、お咎めはないものだ。それがしら徒衆はまずは上様の御供が第一、武術こそが本分と心得ておる」

少し肩を開き、胸を張っていた。

「では、ふだんの文のやり取りはいかがなさっておられるのですか」

「こちらに用件がある場合は、妻女にその旨を申しつけて代筆させれば事は足りる。届いた文も妻女が読み上げるので、わしが判断を下しさえすれば後は妻女が良きようにはからう。槍術の師範から丁重な礼状が来ておったとか、いついつ道場で模範試合を行ないたいのでお出まし願いたいなど、非番の日もなかなか忙しいものでの」

するとかよは両の眉をふうっと上げた。

「御内儀様のお働きが大きゅうございますねえ」

感心しているのか嘆息しているのか、よくわからぬ顔つきだ。

そう、その妻女に先立たれて途方に暮れていた。しかしもはや生前の働きなど、何もかも消し飛んでいる。

「ともかく、読んでもらえまいか。なにしろ、わしの、いや、わしの友人の妻女がかんぷうやもしれぬのだ。次第によってはただでは済まされぬ。面目を懸けて闘わねばならぬ」

「かんぷうですか」

「いかにも。貞女の面をつけた、とんだかんぷうじゃ」

「ああ、奸婦ですか。物騒なお話にございますね」

かよの眉根がまた動いた。今度は明らかに、胡乱な目つきである。

「と、友人が申しておるのだ。おことに迷惑は掛けぬ。それは誓う」

かよは一つ息を吐いてから、紙包みを手にした。

「拝見いたしましょう」

中の文を取り出してさっそく目を上下に走らせるが、いくらも経たぬうちに頭を振った。

「さきほど、ご友人の御内儀の手になる文とおっしゃいましたが、これは遺言ではないのですか。書いたお方はご息災にございますか」

「いや。没した」

「では、なおのこと読めませぬ。この、だんなさまと記されたご当人しか読んではならぬと、禁じ文がございます」

「たっての頼みなのだ。友人は苦悩している」

「苦悩」

かよは目を上げてどこか一点を見つめていたが、また忠左衛門に眼差しを戻した。

「では、今からでも読み書きをお習いなさいませ」

「今さら、わしが何ゆえ、さようなものを習わねばならぬ」

憤然と言い返すと、かよは俯いて文を畳み始めた。

「そのご友人に一言、習えとおっしゃればよろしいのでは」

しもうた。どうにも、口がうまく回らぬ。

「いや、頼まれたのはわしだ。武士が頼むと言われては、おめおめと引き下がれぬもの。して、どのくらい習うたら、それを読めるようになる。ひと月はかかろうか」

「さて、それは人それぞれにございますから何とも申せませぬが、手前どもではおよそ三、四年で奉公に必要なことは身につけられるようにとの考えを持って指南しております」

「三、四年も。いや、事は急を要するのだ。その文に書かれている漢字さえ読めるようになればよい。何とか、ならぬか。礼は弾む」

かよは文を持った両の掌を仰向けに膝の上に置いたまま、目許を引き締めた。

「さような学び方など、ありませぬ。身の内の学、芸というものは、大根や牛蒡(ごぼう)を買うように、今、欲しいと言ってすぐに手に入れられるものではございませぬ。武術も同じではありませんか」

「いかにも。幼い頃より鍛錬を積み重ねてこそ、何も考えずとも身が動くようになる」

「では、お察しがおつきになりましょう。まして平仮名と異なって、漢字は星の数ほどこの世にございます。三、四年で学べるのは方角や暦(こよみ)、十二支に用いられる文字、それから文の冒頭に用いる謹啓や一筆啓上、結語の草々不一(そうそうふいつ)などが精々です。それでも、子供らがいずれ世間に出て生きていくのに困らぬようにと教える、いわば最少限、必要な文字にございます。後は皆、生涯、稼業や奉公を通じて学び続けるのですよ」

そう言いながら文をもう一度開き、「たとえば、ここをご覧ください」と指を差した。忠左衛門は身を乗り出して、目を凝らす。片仮名の「フ」「ト」、そして数字の「一」だ。

馬鹿にしおって。このくらいは読めるわ。

「フトイチが、いかがした」

すると、かよははっきり「いいえ」と言った。

「これは漢字の二文字にて、不一と読みます。意を尽くしきっておりませぬが、そこは忖度なさって下さいとの決まり文句です。このお方はかなり達筆でおられるので少々手こずるやもしれませぬが、さほど難しい漢字を使うておられるわけではありません。それは内容を読まずとも、一見で判別できます」

「さようなことが、わかるものなのか」

恐るべしと、忠左衛門は目の前の女師匠を見返した。額の生え際や眉もやけに凛々しく、頼もしく見えてくる。

「ですから、ぜひ、ご自分でお読みになれるようお学びなさいませ。前原様」

忠左衛門は右の拳で、ごしと鼻の下をこすった。友人云々の嘘など、とうに見抜かれているようだ。

「それほどに、亡くなったお方の言葉は重うございますよ」

猫どもがまた近寄って来て、かよの膝や肘に頭をすりつけている。庭に夕陽が降りてきて、塀の外で浅蜊売りの声が聞こえる。

忠左衛門はかよを見返し、習うならこの塾だと決めた。


翌日の朝、忠左衛門はかよの夫である男師匠、佐原竹善の弟子になった。

手習子は皆、師匠の「弟子」として入門するらしく、昔は武家の主従のように盃事もあったらしい。が、昨今は至って略式のようで、奥に招じ入れられて束脩を差し出すだけだった。

竹善は三十過ぎの総髪、髭面で、小難しそうな痩せぎすだ。忠左衛門にさほど興味がなさそうで、「お励みなされ」とだけ言い、すぐに風呂敷包みを抱えて出て行った。

「本来であれば、男の子は夫の、女の子は私の弟子なのですが、このところ出教授の依頼が立て込んでおりまして、しばらく私が代教を務めさせていただきます」

かよに詫びられたが、忠左衛門は胸を撫で下ろした。倅と同じ年頃の男師匠に教えを請うよりは、はるかに気が楽だ。

「よろしゅう頼む」

殊勝に頭を下げた。背後の襖(ふすま)の向こうは教場で、手習子らが次々とやって来ているらしく、笑ったり叫んだり大変な騒ぎだ。どすんどすんと膝の下の畳が揺れるので、相撲(すもう)をとっている者もいるようだ。

かよに伴われて教場に入った。己の天神机と筆、硯(すずり)の類は自前で用意するようにと言われていたので、忠左衛門は直の小さな文机と文箱(ふばこ)を抱えて門前町まで訪れていた。

「みな、静まって。新しいお仲間を紹介します」

それにしても、何という秩序のなさだと、呆れて教場を見渡した。

机の向きは思い思いで、輪になって双六(すごろく)で遊んでいる何人かが中央に陣取り、その脇で算盤(そろばん)を鳴らして踊り、庭に面した縁側では女の子らが猫を追っている。はたまた右の隅に目をやれば、天神机をいくつか積み上げてその上に乗り、飛び降りている男の子らの姿も見える。

「半太郎(はんたろう)、危ないからおよしなさい」

かよはさほど大きな声を出すわけでなく、のんびりと隅の子らをたしなめた。と、机の上に乗っていた男の子が「やっ」と両腕を耳の後ろに振り上げて飛び降りた。

こいつか、さっきからうるさい音を立てていたやつは。

忠左衛門が「む」と睨むと、向こうもまっすぐこちらに向かってくる。

「昨日の爺さんだ。おいらに、ぶち当たったんだぜ。往来の真ん中を、ぼんやりと歩いてたんだ。まったく、痛いの何の」

額に手をやりながら皆に言挙げしている。昨日の、無作法で小癪な子供だった。

「わしのせいにばかり、いたすな。そなたも前を見ておらなんだであろう」

半太郎という子供は目をぱちくりとさせたが、ふいに頭を横に倒して何かを探すように背後を見た。

「先生、新入りって、どこにいるの」

「新しいお仲間は、こちらの前原忠左衛門様ですよ。ご隠居様です」

かよの言葉を聞くなり、教場が妙な声でどよめいた。

「あんなお爺さんが手習いって、何で」

「嘘でしょ、お孫をつれてきたのかと思った」

よく響くのは、縁側で群れている女の子らの声だ。女なるもの、幼少より口が進んでいる。

「でも、どう見てもお武家様でしょ。何で、竹善先生をおうちに呼ばないの」

むろん、それは考えたのだ。が、清秀や千代乃がいつやって来るとも知れず、それこそ昔の仲間がふいに訪ねてくることもある。総髪に髭面という、いかにも手跡指南らしき風体の男にあれこれ教えられている姿を庭越しに見られでもしたら、何と噂されることか。忠左衛門は妻女に先立たれて、おかしゅうなったと言われるだろう。

いや、もっとばつが悪いのは、宗旨変えをしたと捉えられることだ。さんざん、学問など心身をぬるくする、武士らしからぬ仕業と見下げてきた。

そして、女師匠であるかよを家に招くのも、外聞が悪いのである。それはそれで、要らざる噂の種を蒔く。

「ねえ。ご隠居の手習いなのかい」

半太郎は忠左衛門の周りをくるりと回って検分を済ませると、また見上げた。からかわれているようだ。が、かような場合は相手にならぬのが一番だ。争いはまず避ける、それが兵法の基本である。

「どうとでも申せ。仔細あって入門いたした。道楽や遊びではない」

しかしなぜか、己の顔がみるみる熱くなり、赤面しているのがわかる。心よりも先に躰が恥ずかしさを打ち明けてしまったようだった。五十も半ばを過ぎて、まだ鍛錬が足りぬ。

「ふうん」と半太郎は頷いて、胸の上で腕を組んだ。

「じゃあ、ご隠居はおいらたちの弟弟子ってことか。ねえ、ちゅうざえもんのちゅうは、忠義の忠かい」

ふいを突かれて、「いかにも」と答えてしまった。たぶん、そうに違いない。

「じゃあ、忠さんでいいね。みんな、ご隠居は忠さんだから」

「半太郎、いいかげんになさい。弟子の序列よりも、長幼の序というものがありま
す。わかるでしょう、そんなことくらい」と、かよがやっと注意をする。

「じゃあ、何て呼べばいいんだよ。仲間入りするには呼び名がないと困るんじゃないの。なあ、みんな」

すると一斉に皆が同調した。半太郎は腕組みをしていた左手を動かし、指先を顎に当てる。

「爺ちゃんとか、ご隠居さんとか、隔てを感じちまうしなあ。大将、親分。そうだ、親分っての、どうだい」

親分も忠さんも、侮(あなど)られていることには大差ない。

「いかようでも、好きなようにいたせ」

こんな塾、どうせ三年も四年も通うつもりはないのだ。わしがその気になれば、こやつらの数倍の速さで読み書きを習得してみせる。秋になれば、この文も解読しおお

せるはずだ。

それからだ。わしが事を起こさねばならぬのは、それからのこと。

忠左衛門はつかつかと教場の中に進み、脇に抱えていた文机を置いた。


六月の末になって、庭の蟬(せみ)がうるさく鳴き続けている。

それより騒がしいのは子供らで、相も変わらず、思い思いに読んだり書いたり、悪戯(いたずら)をして遊んでいる。

とくにひどいのはあの半太郎で、猫の顔に墨で眉を描いて、とうとう穏和なかよを怒らせた。天神机の上に立たされて、左手に一本の線香を、右手にはたっぷりと水の入った茶碗を持たされている。まったく、いい気味だ。

幼い子の筆使いを背後から直してやっていたかよが、忠左衛門に近づいてきた。

「進んでいますか、親分」

何が気に入ったのか、今ではかよまでが「親分」呼ばわりだ。

忠左衛門はかよに与えられた手本を左に置いて、その読みを学び、半紙にその文字を書くという習練をしている。入門した当日、かよは城の門の名を東回りに順に記した手本を用意してくれたのだ。

「なに、城門となｑ。わしは昨年まで、御城がご奉公の場であったのだ」

するとかよは「ええ」と頬笑んだ。

「もしや、わしに合わせて手本を用意して下されたのか」

「それは、手習子の誰にもすることで、前原様だけを特別に扱うておるわけではありませぬよ。たいていは二月の初午の日に入門してきますが、六歳で来る子もいれば十歳で来る子もおりますし、いずれ商家に奉公させたいと親が望んでいる場合は算盤を、女の子はお針も学びますので、一人ひとり異なる手本を用意するのが尋常です。学びの進み具合もまた、それぞれですから」

「それは、竹善先生独自の考えであられるのか」

「いいえ。江戸のみならず、いずこの国でも手習塾はこのやり方であると夫から聞いております。一日の最後は九九を一緒に空読みしますが、それまでは銘々で、年長の子が幼い子を教えることもございますよ」

意外だった。学問と言えば皆で「論語」とやらを、揃って読み上げるものと思っていた。寺の僧侶が一斉に経を唱える、あの重々しいさまを想像していた。

文字の練習に使うのは半紙で、最初は薄墨で書き、だんだん濃くしていくように教えられた。その方が何度も書けるからで、一日で紙は真っ黒になる。かよが朱墨で書きようを直し、さらにその上からまた墨で書くので、黒塗りの下から朱が透けて模様みたいだ。

かよは忠左衛門の背後に来て、文机の上に顔を寄せた。息がかかるほど顔が近く、忠左衛門は半身を少し左に傾ける。

「親分、上から同じように漫然となぞるだけではいけません。書くつど、新しい心持ちを心得て下さい」

今日も早や真っ黒になっているのに、かよは筆運びまで見抜いた。

「では、次の城門の読みをお教えしておきましょう」

「ん。お願い申す」

かよは経本のように折り畳んだ手本を開いた。この手本にはさまざまな種類があるらしく、姓によく用いられる漢字を並べた「名頭」なるものもあるらしい。「源平藤橘」とも呼ぶようで、町人のほとんどは氏姓を持たぬのに、子供らがその漢字を学ぶということに忠左衛門は驚かされた。いずれ商人ともなれば武家とかかわりを持たざるを得ないからとかよは説明していたが、それだけでもないらしい。

「貸本で人気の戯作には、源平の合戦ものや仇討ものも多うございましょう。それらの物語を楽しむためにも学ぶのです」

「楽しむために、学ぶのか」

なお、驚いた。

その時、教場の中の子供らが何やら違って見えた。天神机の上に頬杖をついてぼんやりと眠そうにしていたり、うつぶせに寝転んで何かを読んでいたり、筆を持つのに飽いてお手玉を始める子もいる。と思えば、また銘々に素読や手習い、算盤に取り組む。厭々(いやいや)ではなく、どの子の顔も生き生きとして、おおらかだ。

忠左衛門は何とも言えぬ心地になった。この心持ちを何と言えばよいのか、その言葉を己が持たぬことには気がついている。ただ、子供らがこうして学ぶ姿があるということが泰平なのだと思った。この幸せな風景を守ることこそが、武家の勤めぞ。

「親分、気がそれていませんか。しっかりお聞きなさい」

かよの手が肩に置かれて、はっと気を戻した。

「すまぬ。もう一度」

「しかたありませんね。では、この城門の読みですよ。ここ」

人差し指が手本の上に置かれ、一字ずつ下に下りる。

「内(うち)、桜(さくら)、田(だ)、門(もん)」

「おお、この四文字が内桜田門か。よう存じておる。別名、きっきょう門と申してな」

「親分、それは吉凶ではなく桔梗門です。こう書きます。秋の七草の一つ、桔梗も同じ文字を用いますよ」

かよは新しい半紙を出して、三文字を書いた。

「吉と凶の門ではなかったのか。わしはてっきり。ああ、いや、朋輩らも皆、同様に呼んでおったので」

毎日、こんな調子だ。耳学問がいかに頼りないことであるか、日々、思い知る。

「そういえば、席書で書く文字をそろそろ考えておいて下さい」

「せきがき、とは」

「手習いの腕がいかほど上達したか、皆で清書をして教場に掲げるのですよ。六日に一度、浚いをしているでしょう。その大規模なものを当塾では、七夕の日に催すのです。親御さんや近所の方らも見物に訪れて、それは賑やかですよ」

「出来栄えのいい子は褒美をもらえるんだぜ。まあ、親分はまだ期待しない方がいいけど」

振り向くと、半太郎が立たされたまま、にやりとこなたを見ている。

「ごうまんの仕置を受けている者が、偉そうに申すな」

「傲慢じゃなくて、捧満（ほうまん）」

半太郎はたっと机から飛び降りた。かよが小さく叫んだが、茶碗からは水が一滴も零（こぼ）れない。線香はどうやら既に尽きていたらしい。半太郎は忠左衛門のかたわらに寄ると勝手に筆を持ち上げ、墨をつけた。桔梗門の左に、線だらけの二文字を書いた。

「奉公の奉に手偏をつけた捧、それから満月の満。月や潮が満ちるの、みつもこれだぜ」

忠左衛門は黒々と大書されたその字を見て、思わず唸った。どの線も揃って少し右上がりになっており、かよに教えられた「留め」や「払い」、「撥（は）ね」もやけに立派に思える。顔を上げると、半太郎は不敵な笑みを泛（うか）べている。どこをどう見ても、裏長屋者の小倅なのだ。丸盆みたいに平たい顔で鼻は上を向き、頬はそばかすだらけ、手足は使い古しの箸（はし）のように薄汚れている。

しかしと、忠左衛門は目をすがめた。

こやつ、できる。

そう睨んだ途端、懐に入れた文がかさりと音を立てた。

夕暮れの庭で、秋虫がちろちろと鳴いている。もう初秋である。

忠左衛門は灯の下で筆を遣(つか)っている。あさってはいよいよ七夕の席書で、明日には清書を仕上げて出さねばならない。忠左衛門は「捧満」と書くことに決め、その二字を習練しているが、いっかな、うまく行かぬ。「捧」の字は横線が好き勝手に泳ぎ、「満」は右下の撥ねが難しい。

文字を書くにも武術のごとく構えがあって、息遣いを要するのだということは何となくわかってきた。さまざまに工夫を凝らしながら、腕を動かし続けている。

あんな小童に侮られ続けてたまるか。ここで一矢報いてやる。

半太郎への競い心に駆られ、このところは塾から戻るなり、ひたすら文机の前に坐っているのだ。

半太郎は悪ふざけが多く、しじゅう仕置を受けている。それを揶揄(やゆ)してやろうと、忠左衛門は「捧満」を書くことにしたのだが、妙なことに気がついた。よくよく見ていれば、何かを新しく始めるのも半太郎なのだ。そこにある反故(ほご)紙や紐、ひごを使って「こうなれば勝ち、ここに行っちまったら負け、これは引き分け」と遊びを思いつき、男の子も女の子も巻き込んでしまう。

「半太郎は利発な子です。書も大層な腕前で、まだ十一歳とは思えぬほどです。ですが本人に言えばすぐに天狗になりますから、これは内緒にございますよ」

かよは笑いながら口止めをした。半太郎は何やら、恐ろしく画数の多い字を書いて席書に出すつもりのようで、それも褒賞が狙いであるらしい。良くできた者は竹善に選ばれて、皆の前で菓子などが与えられるという。

あの小童め。塾では遊んでいると見せかけて、家で懸命に習練しておるに違いない。でなければ、大人も顔負けのあんな二字を書けるわけがないのだ。

忠左衛門はそう察しをつけて、毎日、半紙を汚し続けている。

「ご隠居様、夕餉の用意をしておきました」

敷居の向こうから下女の声が聞こえた。顔も上げず、「ああ、ご苦労」と応えた。

「気をつけて帰れよ。陽の落ちるのが、早うなったでの」

「はい。ではまた、明日」

近頃、少しは行儀が良くなったが、いまだにお菜のまずいこと。この間も秋茄子の煮つけが膳の上にのっていたがぐだぐだに煮崩れて、箸で摘むのにも難儀した。考えれば、直は何を作っても旨かった。組屋敷の庭を耕して自ら青菜や茗荷、紫蘇の類を育て、厳しい懐をどう按配していたものやら、六日に一度は旬の焼き魚や造り、貝のぬたあえを供したものだった。秋になれば茸を焼き、冬は鴨汁だ。ほかほかと躰の芯から温もった。

あの一椀、一皿がいかほど旨かったかということに、忠左衛門は今頃、気づかされた。もう二度と口にできぬとわかってようやく、格別のものだったのだと知った。

足音がしたような気がして手を止めた。振り向くと、清秀だ。一礼をしてから部屋に入ってきて、しかし数歩も歩かぬうちに腰を下ろし、膝を畳んでいる。

「ご無沙汰いたしました、父上」

「いかがした、かような時分に」

清秀はそれには答えず、文机に目をやった。慌てて半紙を重ね、膝の周りに置いた紙もまとめて尻の向こうに放り投げた。

「筆を遣うておられるのですか」

「いや、ただの手遊(てすさ)びぞ。ここはむさいゆえ、隣に移ろう。夕餉ができておる。一杯やるか」

苦し紛れに誘ってみれば、清秀は目を丸くしている。小さな灯しかともしていないので顔つきはつまびらかではないが、きっとそうだろうと思った。これまで一度たりとも、共に呑もうなどと口にしたことがない父である。

「今宵は酒席に招かれておりまして、長居はできませぬ。少し立ち寄ったまでにて」

「さようか」

もう言葉の接ぎ穂を見失った。

「お蔭さまで上役の御覚えもめでたく、年が明けたらまた重責の御役を拝命することになりそうです」

「ほう。とんとん拍子だの」

「気楽な勤めではありませぬ。方々に目配り、気配りをいたしておりまする。漫然と警固をしておるだけでよい勤めとは、異なるのです」

相も変わらず、出世を誇る言いようだ。が、ここはさらりとかわす術も見せておいてやろうと、鷹揚に返すことにした。

「根を詰めるでないぞ。躰をこわしては、元も子も無い」

「父上に案じていただかずとも、さようなことは百も承知にて」

こやつ、いったい、何をしに寄ったのだ。さては鬱憤晴らしか。

忠左衛門は舌打ちをして、己の顎を摑んだ。もう、口をきく気にならない。昔からこいつは、こうだったのだ。直の背後からじっと、学問のない父をうかがい見ていた。さぞ、見下げていたのだろう。

「母上の文は、いかがなされました」

切り口上に問うてくる。

「どうにも、しておらぬ。あのままだ」

本当は毎晩、寝る前に一度はあの文を開いている。ところどころ、少し読める字は増えた。冒頭の「一筆申し上げます」、そして末尾の「不一」、中ほどには「学問」や「武士」もある。

――じつは清秀につきまして、衷心よりお詫びせねばならぬことがござります。

清秀が読み上げた、あの一文は今も胸底に杭のごとく引っ掛かっているが、何となく、不義密通の告白ではないような気がしていた。そう思いたいだけなのかもしれぬ。ただ、毎晩、見ていると、水草のごとく揺れる美しさに何の疚しさがあろうかと思えてならぬのだ。手習塾のかよの言葉も、その直感めいたものを助けていた。

亡くなったお方の言葉は重うございますよ。

かよはそう言ったのだ。さっと一見しただけで、さほど難解な漢字は使われていないと判じた手練れである。もしかしたら、もう少し内容を汲み取っていたのではないか。しかし忠左衛門は、まだ読むことができない。

直、そなたはいったい、清秀についての何を詫びたいのだ。

清秀に亡き妻の面影を重ねてみたが、肩から上が影になってよく見えない。

「では、そろそろ御免つかまつります。遅れるわけには参らぬ相手にございますゆえ」

素っ気なく立ち上がったかと思うと、もう後ろ姿になっていた。

何か、屈託を抱えておるのではないかと気になったが、掛ける言葉を持ち合わせていなかった。

太鼓や鼓の音が往来で鳴り響き、教場の中は人いきれで暑いほどだ。

席書がこれほど賑やかな催しであるとは想像だにしていなかったので、忠左衛門は年甲斐もなくうろたえていた。手習子の親と思しき者らが弁当包みを提げて訪れており、さらに庭では近所の商家や職人らが懐手をして見物しているのだ。往来には露店まで出ているらしい。

子供らは皆、自身の父親や母親と一緒に、張り出された己の書を指差し、照れ笑いをしたり叱られたりしている。その中の文字のうち、「七夕」や「彦星織姫」、「鶴」「亀」あたりはかよに教えてもらったので読めるのだが、中にはとんと見当のつかぬものもある。

とくにひときわ大きな紙に記した半太郎の文字は複雑過ぎて、目の奥がちかちかとするほどだ。当人を摑まえて訊ねようと思うのだが、どこにも姿が見えない。

やがて半太郎の書の下に何人もの大人が集まり、感心しきりとなった。

「こいつぁ、大したもんだ」

「これ、何てぇ読むんです。あたしもたいてい読本好きだけど、こんな字は初めてだ」

「これはね、麒麟ですよ」

「ああ、やっぱり、そうかと思ったんだ」

「またまた。負けず嫌いだね、あんたも」

ほう。あれは「きりん」という文字なのか。忠左衛門は笹飾りの陰に遠慮がちに坐っていたのだが立ち上がり、その字の下に近づいてみた。人の頭越しであるが、紙は鴨居からぶら下げてあるのでよく見える。

「麒麟ってのは、有難え霊獣だろ。顔が龍で、尾っぽは牛、それで馬の蹄を持つんだってな」

「そう。躰の毛は黄色だけど、たてがみは五色だってね。でもって、鱗まであるってえんだから、水の中でも走れるのかね」

祭のごとき喧騒の中で、忠左衛門はその麒麟とやらを思い泛べた。雄々しい獣の姿だ。そう思わせてくれる、堂々たる字である。

隣に立っていた女隠居が目尻を下げながら話し掛けてきた。

「おたくのお孫さんも、ここで習っておいでですかえ」

「いや。孫はおりませぬ」

「では、ご近所にお住まいで」

「それがしは、ここで学んでおります。この麒麟を書いた子供の、弟子に当たります」

返事が不得要領(ふとくようりょう)であったのか、女隠居は「はあ」と口をすぼめたまま離れてしまった。忠左衛門もそのまま動き、一点、一点の作をゆっくりと見物する。我が「捧満」は一番端にぶら下がっていて、思わず苦笑いを零した。

「親分、まだまだの出来だね。ま、気を落とさないで頑張んな」

声がして、見下ろせば半太郎だった。

「おぬし、どこにおったのだ。探したのだぞ」

「うん。今日はちと、うちで野暮用があった」

大人びた物言いをした。

「家はどこなのだ」

「この近く。おいら、雪駄屋(せったや)の倅」

「さようか。今度、購いに行こう」

「いいけど」

半太郎は言い淀んだ。

「かような爺さん、迷惑か」

「そうじゃないけど」

と、かよの声がした。見れば手招きをしている。

「みんな、これより本日の評を始めます。こちらに集まって」

今日は竹善もいて、親らの挨拶に鷹揚に応えている。その前に手習子が集まり始めたので、親や祖父母は縁側へと移る。忠左衛門は身の置き所に迷ったが、思い切って子供らの最後尾に立った。

竹善が懐から紙を取り出して、名を読み上げた。

「吾妻屋うめ、これへ」

うめは七歳で、お手玉の好きな子だ。頰がいつもより赤く、ぎくしゃくと竹善の前に進む。

「七夕の文字、よう励んだの。これからも精進いたせ」

かよが褒美らしき包みを差し出すと、皆の目はそれに釘づけになった。

「いいなあ、おうめちゃん」

「今年のご褒美、ふぢやの飴菓子なんだって。とても甘いんだって」

羨ましがっているが、年上の子らは「よかったね」と声を掛けてやっている。おうめは梅干しみたいな色になって列に戻ってきたが、忠左衛門と目が合うと、にこりと小さな歯を見せた。心底、嬉しいのがわかり、「おめでとう」と言ってやった。

それから次々と前に呼ばれ、褒美をもらっていく。呼ばれぬ者は少し俯いて、ちらりと振り向いて親を見、唇を嚙んだりする。親の手前、恥ずかしく、そして口惜しくもあるのだろう。けれどこうして師匠に評されることで、進む力を得るのだ。今度こそ褒めてもらいたいと、また筆を持つ。

「上総屋半太郎、これへ」

竹善の声が、ひときわ大きく響いた。半太郎も「はい」としっかりした声で返事をして、進み出る。竹善が皆を見回した。

「半太郎の麒麟は筆運びの勢い、墨色、気韻、すべてにおいて殊の外の出来栄えである。ようここまで習練いたした。ついてはわしから硯、かよから筆と紙を与える。此度は格別の褒美じゃ」

半太郎がどんな顔でそれを受け取っているのか、忠左衛門は真後ろの最後列なので見えない。だが、かよが風呂敷包みを差し出した時、ちらりと横顔が見えた。いつものふてぶてしさは鳴りを潜め、やけに神妙だ。

「有難う存じます」

頭を下げて受け取ると、子供らが歓声を上げた。太鼓がどどんと鳴る。かよは半太郎の肩に手を置き、小腰を屈めて何かを言っている。半太郎はこくりと頷いて、かよのかたわらに並んだ。

「じつは、半太郎は今日で退塾することになりました。みんな、お別れを告げてやって」

忠左衛門の口から「な」と声が洩れた。皆も同時である。

「何で、半ちゃん。何でやめちゃうんだよ」

「ひどいよ。そんなこと、何も言ってなかったじゃないか」

いつも子分のようにくっついていた男の子らが、色をなして半太郎に詰め寄った。

「半太郎のおうち、家移り（やうつり）しなさるのよ」

「そんなあ。半ちゃんと遊べないんじゃ、つまらない。おいらも退塾する」

頬を膨らませながら、足踏みをする子もいる。半太郎は「ありがとうよ」と笑った。それ以上はもう何も言わず、唇を引き結んで包みを抱えていた。

直の三回忌の法要を済ませた翌日、忠左衛門は縁側に坐っていた。

春陽の中で、懐から白い紙包みを出した。表書きの「だんなさま」はうっすらと汚れ、きっちりと折り畳まれていた上下も撚(よ)れて皺(しわ)になっている。

直、待たせたの。ようやく、読ませてもらうぞ。

胸の中で呟(つぶや)きながら包みを開き、中を取り出した。覚悟はできている。

二年前、清秀が読み上げた通り、文の冒頭は忠左衛門への礼がしたためてあり、そして件(くだん)の文にさしかかった。

じつは清秀につきまして、衷心よりお詫びせねばならぬことがございます。ご承知のように清秀は生来、壮健とは言えぬ生まれつきにて、赤子の頃はそれはよう風邪をひき、高熱もしじゅうにござりました。七つまで生き延びられるかどうかとお医者にも告げられ、私は己の寿命を引き換えにしてでもと神仏に祈ったものにございます。どうか、母の愚かさとお笑い下さいませ。麻疹に罹(かか)ったのではないかと今、疑いを持った私は、あの時、お借りした命を天にお返し申すのだと、そう得心いたしております。心は至って穏やかにございます。

いえ、旦那様にお詫び申したいのは、このことではございませぬ。私は、躰の弱い清秀が先々、武士として生きていくためには、学問を身につけさせるのが肝要と考えました。本来であれば、旦那様から武術の教えを受け、立派な御徒としてお育て申すべきところ、私は旦那様の得意となさること、その逆を目指そうと考えたのです。

きっかけは、憶えておいででしょうか、清秀が川で溺れかかったあの日にございました。

このままでは父を恐れるばかりの、意地のねじけた人間になってしまうのではないかと、私は危惧いたしました。そこで学問の道に進ませたいと考えたのです。これはまったくもって、賭けにございました。その賭けがいかがであったのか、私にはまだわかりませぬ。

ですが、もしかしたら父親として子と接する楽しみを、その甲斐を旦那様から奪うてしもうたのではございますまいか。私はずっとそのことが気懸りで、お詫びしたいと思うておりました。

どうか、お許し下さいませ。

清秀は、いえ、もう家督を継がれたのですから、清秀殿と呼ばねばなりますまい。清秀殿は誰も予想だにせぬ出世を遂げましたが、そのぶん、妬み嫉みの波に揉まれ続けましょう。位階を極めれば極めるほど、波も大きゅうなろうと拝察いたします。なれど、もはや親は盾になってやることはできませぬ。子が己の力でいかほど泳いでいけるか、ただ、見守ってやって下されば幸甚に存じます。お頼み申します。

私は、旦那様の武辺者としての生きようを、今でも誇りに思うております。いえ、正直に申せば、学問一筋の家に育ちました私には、大変、珍しゅうございました。旧き良き武士の面影を、旦那様に見ていたのでございましょう。その生きようを貫いて下さることを、私は願います。

ただ、読み書きの向こうにある世界にもほんの少し踏み出されてみれば、それはそれで面白うございます。と申し上げるのは、もはや蛇足でございましょうね。ここまで、旦那様は読んで下さったのですから。きっと自力で、ここまで来て下さったのでしょう。何年掛かりましたか。最後に、この言葉で筆を擱きたいと存じます。

よう、頑張られました。褒めて差し上げます。

不一

忠左衛門は最後の一行に至るともう一度、そしてさらにもう一度、読み返した。褒めてもろうた。

目をしばたたかせ、胡坐(あぐら)を組み直す。裏木戸の際にある枝垂(しだれ)桜が揺れ、清秀が入ってきた。その背後には妻女の千代乃も付き添っていて、忠左衛門に向かって頭を下げる。

「義父上(ちちうえ)、昨日はどうもお疲れさまにござりました」

「こちらこそ。雑作(ぞうさ)を掛けた」

千代乃は頷いて縁側から上がった。下女に茶を言いつけている。清秀はそのまま腰を下ろした。忠左衛門の胡坐の中にあるものにゆるりと目をやり、目許をやわらげた。

「読まれましたか。とうとう」

「ん」

「いかがでしたか。母上は何と」

「申さぬ。秘密じゃ」

すると、清秀は白い歯を見せて笑った。その横顔を見て、何かに気づいた。

「もしや、そなた、知っておったのか。この文の内容を」

「いいえ。存じませぬ。ただ」

「ただ、何じゃ」

「母上の遺品から紙包みを見つけたというのは、偽(いつわ)りにございます。母上が亡くなる前に、それがしにお託しになりました」

　絶句した。

「それがしは、母上にこう申し上げたのです。隠居家に父上おひとりでお暮らしいただくのも気懸りゆえ、我が屋敷で共に住んでいただきます。どうか、ご安堵下されと。ご当人を目の前にして打ち明けるのも、口はばったいものですが」

　清秀は右の手を握り締め、拳で鼻の下をこすった。

「直は、何と申した」

「かような申し出、要らぬ節介じゃと退(しりぞ)けられるであろうと、おっしゃいました。それよりも、私が身罷(みまか)ればこれをお渡しするようにと文を託されました。旦那様が夢中になって下さると良いのですがと、悪戯(いたずら)っぽく笑うておいででした」

「謀(はか)られた。母子にしてやられたわ」

お蔭で、独りの寂しさがいかほど紛れたことかと思う。忠左衛門は、明日も手習塾に行くつもりだ。あさっても、ずっと。

　奉公に出た半太郎は、時々、文を寄越す。かよに聞いたところによると、半太郎の親は細々と雪駄屋を商っていたが、元々、貧乏人に学問など要らぬという考えで、入門も半太郎の懇願によって渋々、認めたような案配だったようだ。塾に納める月並銭もなかなか工面してもらえぬため、半太郎は子守りや内職をして幾ばくかの銭を持ってきていたらしい。それでも親はとうとう店賃も払えなくなり、借金も重なって、江戸から逃げるように在所に帰ったという。

しかし竹善の尽力もあって、半太郎は日本橋の書肆の小僧として住み込みが決まった。忠左衛門は塾の帰りに店先をのぞき、紙束を懸命に運んでいる姿を確かめた。元気そうで、ほっとした。そして文を書いた。

——近くにお越しの節は、ぜひお立ち寄り願いたく候。不一

差出人は、親分と書いた。

千代乃が手ずから茶を運んできて、縁側にゆっくりと腰を下ろした。湯呑みを持ち上げると、清秀が居ずまいを正す。

「父上」

「ん」

「子ができましてござります」

あやうく、口から茶を噴きそうになった。

「それほど、驚かれることですか」

清秀が呆れ、千代乃が笑う。

「いや、めでたい。そうか、わしにも孫ができるか」

「父上、武術の伝授はお頼み申しましたぞ」

「何を言う。わしは手跡も指南してやれるぞ。麒麟だって書ける。左にこう、鹿を置いてだな」

空に向かって、短い人差し指で書いてみせた。

何やら胸が一杯で、とても言い尽くせぬ思いだ。これぞ、不一であるのだろう。

参考文献

『江戸御留守居役　近世の外交官』笠谷和比古／吉川弘文館
『江戸お留守居役の日記　寛永期の萩藩邸』山本博文／講談社学術文庫
『江戸藩邸物語　戦場から街角へ』氏家幹人／中公新書
『お江戸の結婚』菊地ひと美／三省堂
『教科書には出てこない江戸時代　――将軍・武士たちの実像――』山本博文／東京書籍
『剣術修行の旅日記　佐賀藩・葉隠武士の「諸国廻歴日録」を読む』永井義男／朝日新聞出版
『荒天の武学』内田樹・光岡英稔／集英社
『古武術の発見　日本人にとって「身体」とは何か』養老孟司・甲野善紀／光文社
『図録・近世武士生活史入門事典』武士生活研究会／柏書房
『忠臣蔵まで　「喧嘩」から見た日本人』野口武彦／講談社
『『葉隠』の武士道　誤解された「死狂ひ」の思想』山本博文／ＰＨＰ研究所
『旗本御家人　驚きの幕臣社会の真実』氏家幹人／洋泉社
『武士としては』小澤富夫／雄山閣
『三田村鳶魚　江戸武家事典』稲垣史生／青蛙房

解説

佐藤江梨子（女優）

　二〇一八年十月、朝井まかて先生原作『ぬけまいる』のドラマ製作発表会が開かれ、私はそこで初めて先生にお会いしました。私の役は武家の妻女の志花（しか）です。

　先生は偉ぶることなど一切なく、スカッと晴れやか。作品の登場人物を、まるで昨日会っていた友人のように、面白おかしくお話ししてくださいました。私はこれまでにもいろいろな作家さんたちにお会いしてきましたが、そのなかでも群を抜いてお上手で驚きました。きっとお芝居もうまいんじゃないかな？　と思わせるぐらい言葉巧みで、人の気持ちを汲み取り、温めて言葉にしている。すごく面白くて目の奥はキラキラ。それが朝井まかて先生の第一印象でした。

『ぬけまいる』以外でも、読めば読むほど面白い！　切なくほろっと泣かされて、気づけば元気が湧いてくる。そんな先生の作品が大好きで、愛読させていただいてました。

だから今回、編集部の方から「朝井まかてさんのご希望で、佐藤江梨子さんに解説を頼みたい」と言われた時には、嘘？ ドッキリじゃないの!? と思いつつも、「自分が心酔し尊敬する片想いの人から文が届いた！ 書きます。書かせてください！ わーい！ ヤッホー！」と、はしゃいでしまいました。心臓が飛び出さんばかりに嬉しかったです。

ですが、私は他の方の本の帯や雑誌の書評などは書かせていただいたことがあるものの、文庫の解説は初めてなのです。

そこで、朝井先生の既刊文庫の解説をすべて拝見しました。同じことを書いてはいけないんだろうなと思ったからです。

あーこりゃまずい。プロの文章はやっぱり凄い。ちゃんとしている。もしかすると先生は、刺激が欲しくなってしまったのでしょうか？ いつも美味しい食事、うまい文章では飽きてしまうので、たまにはまずい店に行ってみるタイプなのかしら。だから私に白羽の矢が立った？ そんなことまで考えてしまいました。

私は多分、脳みそから口の距離が極端に短いのだろうと思います。思ったことが知らぬ間に言葉として出てくる。自分でもよくゾッとします。そんな私に本当に務まるのだろうか。恐怖心が芽生えてきました。

しかも大好きな先生の作品だけに、より頭がこんがらがる。胸の高鳴りとは逆に、頭が嫌われたくないモード全開になり、「好きです！」だけの、ただただ幼稚な文章になっているのでは。今さら言ってもしょうがないことですが、できればそこまで好きではない作家さんの解説を一度経験してから臨みたかったです（それも失礼な話でしょうか）。

前置きが長くなりました。

私は小説を読む時に、「ここはこういうストーリーにしてほしかった」とか、自分で勝手に想像して愉しんでいます。それが作品を通じての、作者と読者のコミュニケーションだと思っています。

そこで、ここからは本書の各編に、私が続編を書いてみます。

職人が新鮮な魚を選び、一番美味しいところを柳刃包丁できれいに切り分けた刺身は、魚本来の旨みと潮の香りが引き出されています。そういう無駄がなくて美しい芸術品のような朝井先生の文章の後に、素人が手でちぎって、鱗と生臭さしか残っていない刺身とも料理とも言えないゲテモノな文章を書いてしまって本当に申し訳ありません。この解説は、プロとアマチュアの差を愉しんで読んでいただけたら幸いです。

続『紛者』

自分に似てる人をつい目で追いかけてしまった。深川の川沿いを歩いていると、ふくの目の前に酷く太った女が寂しそうに一人で歩いている。ほつれた髪に安そうな着物。人より暑そうに少し湯気立ってしまってる頭。汗で濡れてる額。膨れた餅のような頰。垂れた目。薄いまつ毛。着物の上からもわかるウリのような大きな乳。

その女と数秒いや一瞬の間、目があってお互い寂しく笑ってみせた。「あの着物、やっぱりうちにもある」独り言を人に聞こえない声で鼻歌のように言う。最近そんな癖が出来た。

信次郎がいなくなって、ひと月ばかり、うちの中が湿っぽくて仕方ない。思い出しては泣いてしまってる自分が恥ずかしい。若い娘さんじゃあるまいし。そう思っても三味線を弾こうが客と相撲を取ろうが、お構いなしに信次郎の思い出がやってくる。

九つも下の若くて優しい男だった。

それまで付き合った男は、自分の名前をちゃんと「ふく」と呼んでくれた事などなかった。

「恥ずかしいから人前では声を掛けるな」

「おたふく」「もち」などと呼ばれた。

三十半ばでやっと自分を本当に好いてくれる人に出逢えた……そう確信していたのに。

「福」なんて来やしない。名前負けとはこの事か。そういつも堂々巡りに陥って、眠る前にせめて夢枕に出てきてくれないかと願って「信次郎を信じよう、つうのかい」としゃれてみる。

「お前さん。あたし独り寝は嫌いだよ」いつか吐いた台詞(せりふ)を独り布団に愚痴って目を閉じると、

「ふく」

自分を呼ぶ信次郎の声がした。

続『青雲』

真吾宛てに、「志花」から文が届いた。

すぐにも会いたいと書かれていて面食らった。

でも嬉しい事には変わりなかった。

志花は真吾の幼馴染みで、真吾の父と志花の父は同じ家禄百俵の御家人であった事もあり、父親同士が意気投合し、お互いの家を行き来する仲だった。

真吾も幼い頃、兄妹を交えて何度か会った事があるが、その時は何とも思わずにいた。

臼井世話役の勧めで十八の年から剣術道場へ通う事にした。その時、再会した志花に真吾は懐かしさと安らぎを感じた。真吾はみるみる武術が上達し、志花に「いつか一緒に剣術道場を開こう」と口にするようになった。しかし時というのは残酷なもので、志花は浪人になってしまった父に士官の口を用意すると言われ譜代の御家人の家に嫁いでいった。

それから七年が経とうとしている。

真吾は臼井の頭に自分の頭が似てきた。人は近くにいる人に似てくるものなのか。

真吾は自分の薄くなった頭をペチペチ叩き、顔を少し強めに叩いてみた。

会うのなら夜がいいな。そう願った。

『互いの尻尾や角が目につかぬように、闇に紛れて己の不実や醜さを忘れ、海の匂いがする砂浜で月夜にお待ち申し上げます』

真吾は己の名前を書く前に筆を待つ手が震えている事に気づいた。

続『蓬莱』

早苗にするか、一朗太にするか、はたまたお秋をメインに書くか……。

続編やスピンオフ作品のように、キャラクターをお借りしてお話しを考えるのは愉しいです。短編だからこそ、読者が自由に想像を広げ遊ばせられるのかもしれないと思いました。

まぁ何を書いてもせっかくの良い作品に泥を塗ることにしかなっていませんので、続編披露はここまでとさせていただきます。

『一汁五菜』

主人公は江戸城に勤める料理人ですが、まさかこんなお話しだったとは。恐れ入りました。そしてスカッとしました。

私は人のため自分のために長生きしようと心に決めました。襟を正して前を向けない日もあります。コロナで三年寝太郎のようなダラけた自分になりそうです。マスクしてない人が歩きタバコで、ながら携帯で、信号無視して、目の前でクシャミされても、もちろん私は何も言えない小心者です。でも、本当に悔しい事があったら、技術を磨いて、己を磨いて強くなるしかないんだな。と、強く思いました。

ご馳走様でした。


『妻の一分』

映画の『武士の一分』を一瞬思い浮かべました。でもまったく違っていました。『吾輩は○○○○』も思い出す不思議な世界観。そしてやっぱり面白い。大石内蔵助やその妻や家族のお話し。言葉を介（かい）したって通じない人には通じないし、黙ってたって通じる人には通じるということが書かれています。忠臣蔵が好きな人はきっと飲み干すように読んでしまうでしょう。瞬殺じゃ。


『落猿』

作中に出てくる『深瀧楽猿図』に興味を持って検索しました。本当にあると思い込んだのですが、これは朝井先生の創作ですね。留守居役、今で言う外交官（のようなもの？）のお話しです。

江戸時代も人一人一人の命を大事にしていて、決して切り捨て御免じゃなかった!?それについてのお裁きを見ているみたいでした。

「一つ例外を作れば、それぞれが例外を主張して嘆願に及びます」

今の社会もまったく同じ事の連続で、こうして新しい法律がどんどん出来るんだろうな。誰が死のうが生きようが時代は進む。私が子供の頃は、「嘘じゃない。命懸ける！」って一日に何回も口にしてたけど、本当に人を想う気持ちがなきゃ、そんな台詞言っちゃいけない。正しい命懸けを、確と拝見させていただきました。

今の時代に一度でもいいから、本物の武士に出逢えたら良いな。

『春天』

時は黒船来航の一年後の安政元年から明治九年。武術道場主の娘芙希が十八の時と四十の時のお話し。

時代に流されない人はいない。そしてどんな時代も格好いい人って、人がなかなか言わない事を何の迷いもなく、普通に言えてしまう。その空気にみんなやられるんだろうな。そういう人って、存在がどこか生きてても死んでるみたいな、死んでても生きてるみたいな気がする。みんな、その人を意識し過ぎてしまうからそう思うのか。

朝井先生も、私にとってはそういう生死を超越した存在です。作品は永遠に生き続けますし、「ホンマにあの人、生きてたんかな」と思われるほどのスターですから。

でも朝井先生、長生きしてください。そして私たち読者にもっと感動と笑いを、私たちが生きてて良かったと思える作品をください。


『草々不一』

誠に身につまされるお話しにございます。

前原忠左衛門は五十六歳にして長年連れ添ってきた妻に先立たれます。そして遺品のなかに、亡き妻から忠左衛門宛ての手紙が見つかります。しかも、他人には開けさせるな、読ませるな、と注意書きがあり、四苦八苦。漢字の読めない忠左衛門は、子供たちに交じって塾へ通う事になります。

私は勉強が嫌いで若い頃から働いて生活していました。もうすぐ六歳になる息子は「勉強が好き」と言うので、そろそろ四十の私がよく息子の勉強を見ます。解答を間違えてしまい、恥ずかしいやら情けないやら。やっぱり勉学はいくつになっても出来る時にやらねばならんな、と痛感する日々であります。

下手は下手なり、馬鹿とハサミは使いよう、ということで、見様見真似にもなっていませんが、初解説を書かせていただきました。

解説ブラックリストに載ってしまい、もう一生解説の仕事が来ない人間になってしまったかもしれません。いえ、きっとそうなると思いますが、今回のお話しをいただきまして、嬉しさ半分の一方で、畏(おそ)れ多い、身分不相応な仕事を受けてしまったな、と反省しております。

あー、もう穴があったら入りたい。穴を掘っても入りたい。墓穴掘りました。

ひとつお手柔らかにお願い申します。

本書は二〇一八年十一月に小社より単行本として刊行されました。

|著者| 朝井まかて　1959年、大阪府生まれ。甲南女子大学文学部卒業。2008年、第3回小説現代長編新人賞奨励賞を『実さえ花さえ』（のちに『花競べ 向嶋なずな屋繁盛記』に改題）で受賞してデビュー。'13年に『恋歌』で第3回本屋が選ぶ時代小説大賞、'14年に同書で第150回直木賞、『阿蘭陀西鶴』で第31回織田作之助賞、'15年に『すかたん』で第3回大阪ほんま本大賞、'16年に『眩』で第22回中山義秀文学賞、'17年に『福袋』で第11回舟橋聖一文学賞、'18年に『雲上雲下』で第13回中央公論文芸賞、『悪玉伝』で第22回司馬遼太郎賞。'19年に大阪文化賞。'20年に『グッドバイ』で第11回親鸞賞、'21年に『類』で第71回芸術選奨文部科学大臣賞を受賞。他の著書に『ちゃんちゃら』『ぬけまいる』『藪医ふらここ堂』『白光』などがある。

草々不一

朝井まかて

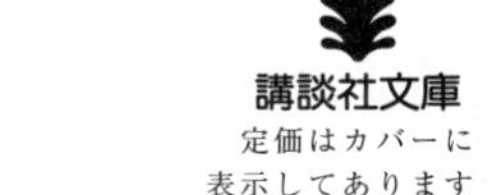

定価はカバーに
表示してあります

2021年9月15日第1刷発行

発行者——鈴木章一
発行所——株式会社　講談社
東京都文京区音羽2-12-21　〒112-8001
電話　出版（03）5395-3510
　　　販売（03）5395-5817
　　　業務（03）5395-3615
Printed in Japan

デザイン—菊地信義
本文データ制作—講談社デジタル製作
印刷———大日本印刷株式会社
製本———大日本印刷株式会社

ISBN978-4-06-523629-1

講談社文庫刊行の辞

二十一世紀の到来を目睫に望みながら、われわれはいま、人類史上かつて例を見ない巨大な転換期をむかえようとしている。

世界も、日本も、激動の予兆に対する期待とおののきを内に蔵して、未知の時代に歩み入ろうとしている。このときにあたり、創業の人野間清治の「ナショナル・エデュケイター」への志を現代に甦らせようと意図して、われわれはここに古今の文芸作品はいうまでもなく、ひろく人文・社会・自然の諸科学から東西の名著を網羅する、新しい綜合文庫の発刊を決意した。

激動の転換期はまた断絶の時代である。われわれは戦後二十五年間の出版文化のありかたへの深い反省をこめて、この断絶の時代にあえて人間的な持続を求めようとする。いたずらに浮薄な商業主義のあだ花を追い求めることなく、長期にわたって良書に生命をあたえようとつとめるところにしか、今後の出版文化の真の繁栄はあり得ないと信じるからである。

同時にわれわれはこの綜合文庫の刊行を通じて、人文・社会・自然の諸科学が、結局人間の学にほかならないことを立証しようと願っている。かつて知識とは、「汝自身を知る」ことにつきていた。現代社会の瑣末な情報の氾濫のなかから、力強い知識の源泉を掘り起し、技術文明のただなかに、生きた人間の姿を復活させること。それこそわれわれの切なる希求である。

われわれは権威に盲従せず、俗流に媚びることなく、渾然一体となって日本の「草の根」をかたちづくる若く新しい世代の人々に、心をこめてこの新しい綜合文庫をおくり届けたい。それは知識の泉であるとともに感受性のふるさとであり、もっとも有機的に組織され、社会に開かれた万人のための大学をめざしている。大方の支援と協力を衷心より切望してやまない。

一九七一年七月

野間省一

松岡正剛

外は、良寛。

良寛の書の「リズム」に共振し、「フラジャイル」な翁童性のうちに「近代への抵抗」を読み取る果てに見えてくる広大な風景。独自のアプローチで迫る日本文化論。

解説=水原紫苑　年譜=太田香保

まL1
978-4-06-524185-1

柳 宗悦

木喰上人

江戸後期の知られざる行者の刻んだ数多の仏。その表情に魅入られた著者の情熱によって、驚くべき生涯が明らかになる。民藝運動の礎となった記念碑的研究の書。

解説=岡本勝人　年譜=水尾比呂志、前田正明

やP1
978-4-06-290373-8

あさのあつこ NO.6〔ナンバーシックス〕#9
あさのあつこ NO.6beyond〔ナンバーシックス・ビヨンド〕
あさのあつこ 待 っ て る〈橘屋草子〉
あさのあつこ さいとう市立さいとう高校野球部 (上)(下)
あさのあつこ 甲子園でエースしちゃいました〈さいとう市立さいとう高校野球部〉
あさのあつこ お れ が 先 輩 ?〈さいとう市立さいとう高校野球部〉
阿部夏丸 泣けない魚たち
朝倉かすみ 肝、焼 け る
朝倉かすみ 好かれようとしない
朝倉かすみ ともしびマーケット
朝倉かすみ 感 応 連 鎖
朝倉かすみ たそがれどきに見つけたもの
朝比奈あすか 憂鬱なハスビーン
朝比奈あすか あの子が欲しい
天野作市 気 高 き 昼 寝
天野作市 みんなの旅行
青柳碧人 浜村渚の計算ノート
青柳碧人 浜村渚の計算ノート 2さつめ〈ふしぎの国の期末テスト〉
青柳碧人 浜村渚の計算ノート 3さつめ〈水色コンパスと恋する幾何学〉

青柳碧人 浜村渚の計算ノート 3と1/2さつめ〈ふえるま島の最終定理〉
青柳碧人 浜村渚の計算ノート 4さつめ〈方程式は歌声に乗って〉
青柳碧人 浜村渚の計算ノート 5さつめ〈鳴くよウグイス、平面上〉
青柳碧人 浜村渚の計算ノート 6さつめ〈パピルスよ、永遠に〉
青柳碧人 浜村渚の計算ノート 7さつめ〈悪魔とポタージュスープ〉
青柳碧人 浜村渚の計算ノート 8さつめ〈虚数じかけの夏みかん〉
青柳碧人 浜村渚の計算ノート 8と2分の1さつめ〈つるかめ家の一族〉
青柳碧人 浜村渚の計算ノート 9さつめ〈恋人たちの必勝法〉
青柳碧人 霊視刑事夕雨子1〈誰かがそこにいる〉
青柳碧人 霊視刑事夕雨子2〈雨空の鎮魂歌〉
朝井まかて 花 競 べ〈向嶋なずな屋繁盛記〉
朝井まかて ちゃんちゃら
朝井まかて す か た ん
朝井まかて ぬけまいる
朝井まかて 恋 歌
朝井まかて 阿 蘭 陀 西 鶴
朝井まかて 藪医 ふらここ堂
朝井まかて 福 袋
歩りえこ ブラを捨て旅に出よう〈貧乏乙女の"世界一周"旅行記〉

安藤祐介 営業零課接待班
安藤祐介 被取締役新入社員〈大翔製菓広報宣伝部〉
安藤祐介 おい! 山田
安藤祐介 宝くじが当たったら
安藤祐介 一〇〇〇ヘクトパスカル
安藤祐介 テノヒラ幕府株式会社
安藤祐介 本のエンドロール
青木理 絞 首 刑
麻見和史 石 の 繭〈警視庁殺人分析班〉
麻見和史 蟻 の 階 段〈警視庁殺人分析班〉
麻見和史 水 晶 の 鼓 動〈警視庁殺人分析班〉
麻見和史 虚 空 の 糸〈警視庁殺人分析班〉
麻見和史 聖 者 の 凶 数〈警視庁殺人分析班〉
麻見和史 女 神 の 骨 格〈警視庁殺人分析班〉
麻見和史 蝶 の 力 学〈警視庁殺人分析班〉
麻見和史 雨 色 の 仔 羊〈警視庁殺人分析班〉
麻見和史 奈 落 の 偶 像〈警視庁殺人分析班〉
麻見和史 鷹 の 砦〈警視庁殺人分析班〉
麻見和史 凪 の 残 響〈警視庁殺人分析班〉

麻見和史 深紅の断片〈警防課救命チーム〉
有川浩 三匹のおっさん
有川浩 三匹のおっさん ふたたび
有川浩 ヒア・カムズ・ザ・サン
有川浩 旅猫リポート
有川ひろ アンマーとぼくら
有川ひろほか ニャンニャンにゃんそろじー
荒崎一海 門前仲町〈九頭竜覚山 浮世綴㈠〉
荒崎一海 蓬莱橋雨景〈九頭竜覚山 浮世綴㈡〉
荒崎一海 寺町哀感〈九頭竜覚山 浮世綴㈢〉
荒崎一海 小名木川〈九頭竜覚山 浮世綴㈣〉
荒崎一海 一色町雪花〈九頭竜覚山 浮世綴㈤〉
朱野帰子 駅物語
朱野帰子 対岸の家事
東浩紀 一般意志2・0〈ルソー、フロイト、グーグル〉
朝倉宏景 白球アフロ
朝倉宏景 野球部ひとり
朝倉宏景 つよく結べ、ポニーテール
朝井リョウ スペードの3

朝井リョウ 世にも奇妙な君物語
有沢ゆう希 末次由紀 原作 〈小説〉ちはやふる 上の句
有沢ゆう希 末次由紀 原作 〈小説〉ちはやふる 下の句
有沢ゆう希 末次由紀 原作 〈小説〉ちはやふる 結び
有沢ゆう希 ろびこ 原作 〈小説〉となりの怪物くん
有沢ゆう希 小説 パーフェクトワールド〈君といる奇跡〉
有沢ゆう希 原作：金田一蓮十郎 脚本：徳永友一 小説 ライアー×ライアー
蒼井凜花 女唇の伝言
秋川滝美 幸腹な百貨店
秋川滝美 幸腹な百貨店〈デパ地下おにぎり騒動〉
秋川滝美 幸腹な百貨店〈催事場で蕎麦屋呑み〉
秋川滝美 マチのお気楽料理教室
東芙美子 原作 雲田はるこ 脚本 羽原大介 小説 昭和元禄落語心中
赤神諒 神遊の城
赤神諒 大友二階崩れ
赤神諒 大友落月記
赤神諒 酔象の流儀 朝倉盛衰記
彩瀬まる やがて海へと届く
浅生鴨 伴走者

天野純希 有楽斎の戦
青木祐子 コーチ！〈はげまし屋・立花ことりのクライアントファイル〉
五木寛之 ソフィアの秋
五木寛之 狼のブルース
五木寛之 海峡物語
五木寛之 風花のひと
五木寛之 鳥の歌(上)(下)
五木寛之 燃える秋
五木寛之 真夜中の望遠鏡〈流されゆく日々'78〉
五木寛之 ナホトカ青春航路〈流されゆく日々'79〉
五木寛之 旅の幻燈
五木寛之 他力
五木寛之 こころの天気図
五木寛之 新装版 恋歌
五木寛之 百寺巡礼 第一巻 奈良
五木寛之 百寺巡礼 第二巻 北陸
五木寛之 百寺巡礼 第三巻 京都I
五木寛之 百寺巡礼 第四巻 滋賀・東海
五木寛之 百寺巡礼 第五巻 関東・信州

伊集院 静　峠の声
伊集院 静　白　秋
伊集院 静　潮　流
伊集院 静　冬の蜻蛉（とんぼ）
伊集院 静　オルゴール
伊集院 静　昨日スケッチ
伊集院 静　あづま橋
伊集院 静　ぼくのボールが君に届けば
伊集院 静　駅までの道をおしえて
伊集院 静　受け月
伊集院 静　坂の上のμ〈野球小説アンソロジー〉
伊集院 静　ねむりねこ
伊集院 静　新装版 三年坂
伊集院 静　お父やんとオジさん(上)(下)
伊集院 静　ノボさん(上)(下)〈小説 正岡子規と夏目漱石〉
伊集院 静　機関車先生〈新装版〉
いとうせいこう　我々の恋愛
いとうせいこう　「国境なき医師団」を見に行く
井上夢人　ダレカガナカニイル…
井上夢人　プラスティック
井上夢人　オルファクトグラム(上)(下)
井上夢人　もつれっぱなし
井上夢人　あわせ鏡に飛び込んで
井上夢人　魔法使いの弟子たち(上)(下)
井上夢人　ラバー・ソウル
池井戸 潤　果つる底なき
池井戸 潤　架空通貨
池井戸 潤　銀行狐
池井戸 潤　仇　敵
池井戸 潤　BT'63(上)(下)
池井戸 潤　空飛ぶタイヤ(上)(下)
池井戸 潤　鉄の骨
池井戸 潤　新装版 銀行総務特命
池井戸 潤　新装版 不祥事
池井戸 潤　ルーズヴェルト・ゲーム
池井戸 潤　半沢直樹1〈オレたちバブル入行組〉
池井戸 潤　半沢直樹2〈オレたち花のバブル組〉
池井戸 潤　半沢直樹3〈ロスジェネの逆襲〉
池井戸 潤　半沢直樹4〈銀翼のイカロス〉
池井戸 潤　花咲舞が黙ってない〈新装増補版〉
石田衣良　LAST［ラスト］
石田衣良　東京DOLL
石田衣良　てのひらの迷路
石田衣良　40（フォーティ）翼ふたたび
石田衣良　s e x
石田衣良　逆島（さかしま）断雄（たつお）〈進駐官養成高校の決闘編1〉
石田衣良　逆島断雄〈進駐官養成高校の決闘編2〉
石田衣良　逆島断雄〈本土最終防衛決戦編1〉
石田衣良　逆島断雄〈本土最終防衛決戦編2〉
石田衣良　初めて彼を買った日
井上荒野　ひどい感じ―父・井上光晴
稲葉 稔　椋鳥の影〈八丁堀手控え帖〉
井川香四郎　冬の蝶〈梟与力吟味帳〉
井川香四郎　日照り草〈梟与力吟味帳〉
井川香四郎　忍（すい）冬（かずら）〈梟与力吟味帳〉
井川香四郎　花（はな）詞（ことば）〈梟与力吟味帳〉
井川香四郎　雪の花火〈梟与力吟味帳〉

2021年6月15日現在